BERND FRANZINGER

Kindspech

TEUFLISCHES SPIEL Panik im Hause Tannenberg: Emma, der jüngste Spross des Familienclans, wurde während eines Ausflugs mit ihrer Urgroßmutter entführt. Zunächst deutet alles auf eine Verwechslung hin. Sollte eigentlich Emmas Freundin Ann-Sophie entführt werden, die einer reichen Unternehmerfamilie entstammt? Doch als am nächsten Morgen Hauptkommissar Wolfram Tannenbergs Todesanzeige in der Zeitung erscheint, erfährt der Fall eine dramatische Wende. Fieberhaft suchen die Ermittler nach einer Person, die ein Motiv für diesen Racheakt haben könnte. Derweil befindet sich die kleine Emma im schalldicht isolierten Keller des skrupellosen Entführers, dem sie auf Gedeih und Verderb ausgeliefert ist. Eingepfercht in einen Gitterkäfig steht sie Todesängste aus.

Der Kidnapper stellt Tannenberg ein Ultimatum und zwingt ihn zur Teilnahme an einem teuflischen Spiel. Ein verzweifelter Wettlauf gegen die Zeit beginnt …

Bernd Franzinger, Jahrgang 1956, lebt mit seiner Familie bei Kaiserslautern. Mit seinen überaus erfolgreichen »Tannenberg«-Krimis gehört er zu den bekanntesten Autoren der deutschen Krimiszene.

Bisherige Veröffentlichungen im Gmeiner-Verlag:
Zehnkampf (2010)
Leidenstour (2009)
Kindspech (2008)
Jammerhalde (2007)
Bombenstimmung (2006)
Wolfsfalle (2005)
Dinotod (2005)
Ohnmacht (2004)
Goldrausch (2004)
Pilzsaison (2003)

BERND FRANZINGER

Kindspech

Tannenbergs achter Fall

Personen und Handlung sind frei erfunden.
Ähnlichkeiten mit lebenden oder toten Personen
sind rein zufällig und nicht beabsichtigt.

Besuchen Sie uns im Internet:
www.gmeiner-verlag.de

Im Ehnried 5, 88605 Meßkirch
Telefon 07575/2095-0
info@gmeiner-verlag.de

2. Auflage 2010

Lektorat: Isabell Michelberger, Meßkirch
Umschlaggestaltung: U.O.R.G. Lutz Eberle, Stuttgart
unter Verwendung eines Fotos von Aboutpixel.de/
Schaukeln B © Schmidt.Koeln
Druck: Fuldaer Verlagsanstalt, Fulda
Printed in Germany
ISBN 978-3-89977-777-2

»Kinder sind Hoffnungen.«
Novalis

wo bin ich?
wer bist du?
wo ist Mama?
ich hab Angst
nein, ich will nicht
nein, nein, aua, aua

Samstag, 3. August

Dass ausgerechnet mir altem Knacker noch mal so was Verrücktes passiert, dachte Tannenberg. Nie und nimmer hätte ich das für möglich gehalten.

Er seufzte tief.

Ja, meine liebe Lea, ich habe mich verknallt, und zwar bis über beide Ohren. Ich fühle mich wie damals, als ich vor dem Burggymnasium stand und mit klopfendem Herzen auf dich gewartet habe. Mensch, Lea, nie hätte ich geglaubt, dass ich mich nach deinem Tod noch einmal richtig verlieben könnte.

Und jetzt hat's mich total erwischt.

Ich weiß, dass ich dir gegenüber kein schlechtes Gewissen zu haben brauche. Du hast oft genug zu mir gesagt: Wolf, du darfst auf Dauer nicht allein bleiben. Such dir eine neue Partnerin und werde mit ihr glücklich. Ich wünsche es dir von ganzem Herzen. Er seufzte abermals. Ja, genau das waren deine Worte.

Er schluckte hart, während er sich die Feuchte aus den Augenwinkeln wischte. Sein verklärter Blick fiel auf die schlafende Frau neben ihm.

Den Kopf auf ein weinrotes 1. FCK-Kissen gebettet, lag sie auf der Seite und schien ihn anzulächeln. Sie atmete ruhig und gleichmäßig. Zärtlich streichelten seine Augen jeden Quadratzentimeter ihres bildhübschen Gesichts. Sein Blick hakte sich an ihrem Ohrläppchen fest, wo ein silberner Ohrring baumelte. Ein Geschenk von ihm, gestern überreicht mit einem Strauß roter Rosen. Er bewegte den Kopf ein wenig zu ihr hin, schloss die Augen und sog genüsslich ihren verführerischen Körperduft ein.

Mann, oh Mann, was für eine Traumfrau!

Von wegen Traum! Kapier's doch endlich, alter Junge: Es ist kein Traum! Sie liegt wirklich in deinem Bett. Und liebt dich über alles – hat sie jedenfalls gestern Abend behauptet. Was für ein Wahnsinn!

Wie aus dem Nichts wurde er von Schwermut heimgesucht. Bekümmert kniff er die Lippen zu einem dünnen Strich zusammen und atmete ein paar Mal schwer.

Aber sie ist gut fünfzehn Jahre jünger als ich. Ein enormer Altersunterschied. Ob so was überhaupt gutgehen kann? – Ach, was soll's, egal wie's kommt, genieß einfach die Zeit mit ihr. Wie hat unser Lateinlehrer immer gesagt: carpe diem! Also auf, pflücke den Tag! Besonders den heutigen, schließlich hast du Geburtstag. Und fünfzig wird man nur einmal im Leben.

Vorsichtig umfasste er ihren Arm und zog ihn von seiner Schulter. Sie gab einen wohligen Grunzlaut von sich, drehte sich auf die andere Seite, doch erwachte nicht. Wolfram Tannenberg erhob sich nahezu geräuschlos und schlich ins Bad. Dort erledigte er die obligaten Körperpflegemaßnahmen und kleidete sich an.

Dann kehrte er zurück ins Schlafzimmer. Er kniete vor dem Doppelbett nieder und bestaunte Johanna von Hoheneck wie das siebte Weltwunder. Während er versuchte, die aufschreienden Schmerzen in seinem linken Knie durch eine Positionsänderung zu minimieren, murmelte sie im Schlaf irgendetwas Unverständliches vor sich hin.

Und wenn sie jetzt sagen würde, dass sie mich gestern Abend angelogen hat und mich gar nicht liebt?, schoss ein greller Blitz durch seinen Kopf. Was wäre, wenn sie jetzt den Namen eines anderen Mannes murmeln würde? Vielleicht gibt es ja einen anderen. Einer, von dem ich nichts weiß. Noch nichts weiß. Und zwar deshalb, weil sie sich bisher noch nicht getraut hat, es mir zu sagen. Womöglich ist das einer, nach dem sie sich total sehnt, den sie aber nicht kriegen kann. Vielleicht, weil der Kerl verheiratet ist oder sich nicht von seinen Kindern trennen will.

Blinzelnd schlug Johanna die Augen auf und lächelte ihn versonnen an. »Du bist ja schon wach – und sogar angezogen.« Sie runzelte die Stirn. »Was machst du denn da eigentlich?«

»Ach, mir ist nur meine Uhr runtergefallen.«

»Da ist ja unser Geburtstagskind«, begrüßte Margot Tannenberg ihren jüngsten Sohn, als er in der elterlichen Wohnküche erschien. Sie umarmte ihn und drückte ihn ganz fest an sich. »Alles Liebe und Gute zu deinem Geburtstag, mein lieber Wolfi.« Tränen schossen ihr in die Augen. Schniefend ergänzte sie: »Heute vor fünfzig Jahren war's genauso heiß wie heute, gell, Jacob?«

Der Senior ließ die *Pfälzische Allgemeine Zeitung* auf die Tischplatte niedersinken und streckte seinem Sohn die Hand entgegen. »Gratulation zum Bergfest, Herr Hauptkommissar«, grummelte er.

Tannenberg ergriff die stark behaarte, faltige Männerhand. »Danke, Vater. Aber wieso Bergfest?«

»Weil's von jetzt an nur noch bergab geht – bis zum Friedhof.«

Wolfram Tannenberg kommentierte diese sarkastische Bemerkung nicht. Zum einen, weil er sich seine prächtige Laune nicht verderben lassen wollte, und zum anderen, weil er aus jahrzehntelanger Erfahrung wusste, dass irgendeine Reaktion seinerseits doch nur an der Gummiwand der väterlichen Sturheit abgeprallt wäre.

Schmunzelnd setzte er sich an den Tisch.

»Kurt, was'n los mit dir? Immer noch beleidigt? Nur weil du mal eine Nacht hier unten verbringen musstest?«, fragte er in Richtung des bärigen Familienhundes, der scheinbar teilnahmslos unter dem Fenster lag. Die Schnauze auf die Pfoten gebettet, erweckte er einen geradezu stoischen Eindruck, doch seinen wachen Augen entging nichts. Tannenberg wechselte in eine höhere Tonlage. »Komm, mein liebes, gutes Mädchen, erbarme dich meiner und verzeih mir. Bitte, bitte.« Kurts Schwanzspitze bewegte sich auf und ab, er begann, leise zu winseln. »Du weißt doch ganz genau, dass ich nur dich lieb habe. Bitte hör auf zu schmollen.«

Die äußerst gelungene Kreuzung eines Leonbergers mit einer Langhaar-Schäferhündin richtete sich auf und trottete schwanzwedelnd zu Tannenberg. Der imposante Mischlingshund legte den Kopf auf den Oberschenkel seines Herrchens und holte sich die ersten Streicheleinheiten ab. Dann drehte er sich auf den Rücken und ließ sich ausgiebig das zarte Bauchfell kraulen.

Margot servierte derweil dem Geburtstagskind einen großen Becher Kaffee. Sie stemmte die Arme in die Hüften und verkündete: »Kuchen kriegst du jetzt aber noch keinen. Den gibt's erst nachher, wenn die ganze Familie beisammen ist.«

Ihr Gesicht nahm plötzlich einen mürrischen Ausdruck an. »Wisst ihr was, am besten trinkt ihr jetzt schnell euren Kaffee, und dann geht ihr mir aus den Füßen. Ich kann euch hier nämlich überhaupt nicht gebrauchen. Jacob, du besorgst mir ein paar wichtige Sachen auf dem Markt. Und du, Wolfi, kannst außerhalb meiner Küche tun und lassen, was du willst. Schließlich ist heute dein Ehrentag.«

Jacob warf seiner Frau einen giftigen Blick zu und knurrte: »Wenn ich Geburtstag hab, muss ich trotzdem immer einkaufen gehen.«

»Schon gut, Vater. Ich übernehme das gerne mit dem Markt. Ein bisschen Bewegung schadet mir gar nichts.«

Margot riss den Einkaufszettel ab und reichte ihn ihrem Sohn. Anschließend wies sie mit dem Zeigefinger zur Decke. »Schläft deine Freundin noch?«, fragte sie im Flüsterton.

»Ja, Mutter, sie schläft noch. Sie sieht aus wie ein kleiner Engel.«

»Ach Gott, wie kitschig«, höhnte Jacob. Er taxierte seinen jüngsten Sohn mit einem abschätzigen Blick. »Was diese tolle Frau bloß an dir findet«, blaffte er und verzog sich anschließend in den Keller zu seiner geliebten Modelleisenbahnanlage.

Grinsend drückte Tannenberg seiner Mutter einen Kuss auf die Wange und machte sich auf den Weg in die Innenstadt.

Beschwingten Schrittes eilte er durch die Beethovenstraße. Höflich grüßte er die Nachbarn, die entweder aus den Fenstern lehnten und ein Schwätzchen hielten, die Straße fegten oder an ihren Autos herumbastelten. Ja, sogar die Schleicherin bedachte er an diesem herrlichen Sommermorgen mit einem freundlichen Wort, obwohl er ihr ansonsten lieber aus dem Weg ging. Sie war ihm einfach zu neugierig und aufdringlich. Außerdem erinnerte ihn der kleine, übergewichtige Hund, den sie mehr hinter sich herzog als ausführte, an Kurts Vorgänger, einen heimtückischen und bissigen Dackel, der bei seinen Eltern das Gnadenbrot verzehren durfte.

Er schwenkte in die Eisenbahnstraße ein. An der Einmündung der Karl-Marx-Straße musste er an der roten Fußgängerampel warten. Sein umherschweifender Blick blieb auf einer Frau haften, die er im Geiste spontan als fleischgewordenes Gesamtkunstwerk deklarierte. Obwohl er sie nur schräg von hinten sehen konnte, war unverkennbar, dass diese Dame ihre besten Jahre bereits lange hinter sich gelassen hatte. Ein unübersehbares Faktum, das sie offensichtlich durch extrovertierte Kleidung und einen regelrechten Parfum-Overkill zu kaschieren versuchte.

Die Ampel schaltete auf Grün. Tannenberg trottete hinter der paradiesvogelartigen Erscheinung her. Es muss wohl an einer Kombination dieses penetranten Parfums mit dem Geräusch ihrer laut klackenden Schuhe gelegen haben, dass der Leiter der Kaiserslauterer Mordkommission urplötzlich zu wiehern begann. Er tat dies derart geräuschvoll, dass nicht nur einige Passanten auf ihn aufmerksam wurden, sondern auch die vor ihm wie eine Diva dahinschreitende Dame. Sie wandte sich neugierig zu ihm um. Als er in ihr stark geschminktes, verwelktes Gesicht blickte, hielt er sich an einem Straßenschild fest und begann wie ein heißblütiger Hengst mit den Hufen zu scharren, wobei er munter weiterwieherte.

»Was soll das? Wollen Sie mich etwa anmachen?«, fragte der wandelnde Parfumladen.

Tannenberg reagierte mit einer abwehrenden Handbewegung und entgegnete lachend: »Gott bewahre. Nichts liegt mir ferner als das.« Mit einem Mal empfand er seinen komödiantischen Auftritt als ziemlich peinlich und verschwand eilig in der Basteigasse. Dieser Schwenk bedeutete zwar einen kleinen Umweg zu dem auf dem Stiftsplatz angesiedelten Wochenmarkt, dafür aber bewahrte ihn dieser Schleichpfad vor weiteren neugierigen Blicken.

Aus Angst, den Zaungästen seiner albernen Darbietung noch einmal zu begegnen, erledigte er die Einkäufe so schnell wie möglich. Dabei kam er jedoch nicht umhin, eine ältere Frau, die sich an Knittel's Marktstand vorzudrängen versuchte, mit scharfen Worten auf ihr Fehlverhalten hinzuweisen und ihr den Besuch eines Volkshochschulkurses zum Thema ›Sozialverhalten auf Wochenmärkten‹ anzuraten. Als Belohnung für diese nach seiner Meinung gelungene erzieherische Maßnahme gönnte er sich trotz der frühen Morgenstunde am Härtingstand eine Pferdefrikadelle.

Ob diese plötzliche Heißhungerattacke wohl auf mein Wiehern zurückzuführen ist?, fragte er sich schmunzelnd, während er die Frikadelle mit einem Ketchup-Häubchen krönte.

Als er zehn Minuten später gut gelaunt in der elterlichen Küche eintraf, saßen Jacob und der Rechtsmediziner Dr. Rainer Schönthaler am ausladenden

Holztisch. Obgleich Tannenbergs Bruder Heiner mit seiner Familie im gegenüberliegenden, größeren Haus wohnte, bildete die elterliche Wohnküche das eigentliche Lebenszentrum der Großfamilie. Seit Emmas Geburt lebten Marieke und ihr Ehemann in Heiners Haus im Dachgeschoss. Das junge Paar hatte vor einem halben Jahr geheiratet, wobei Max den Familiennamen seiner Frau angenommen hatte – nicht zuletzt als symbolischer Beweis der engen Verbundenheit mit Wolfram Tannenberg, der Max vor ein paar Jahren das Leben gerettet hatte.

Dr. Schönthaler sprang auf und umarmte seinen besten Freund mit einem schraubstockartigen Griff. »Moin, Wolf, du steinalte Granate. Alles Gute zu deinem Geburtstag.« Genauso brutal, wie er ihn ans Herz gedrückt hatte, schob er ihn nun wieder von sich weg und donnerte ihm als Zugabe einen kräftigen Prankenhieb auf die Schulter.

»Danke, Rainer, das …«

»Komm, erspar uns die Dankesfloskeln«, würgte er ihn ab. »Geschenke hast du ja ebenso wenig verdient wie erwartet, deshalb gibt's die auch erst nachher.«

Noch bevor Wolfram Tannenberg sich gedanklich mit diesem paradoxen Ausspruch beschäftigen konnte, fuhr der Pathologe lachend fort: »Dein Vater hat eben einen Witz erzählt, den musst du dir unbedingt anhören.«

»Also«, meldete sich der Senior sogleich zu Wort: »Einer aus der Ostzone, ein Saarländer und ein Pfälzer gehen im Wald spazieren. Da erscheint eine Fee und sagt: Jeder von euch hat einen Herzenswunsch frei. Die Männer überlegen. Dann sagt der Ostzonler: Ich wünsche mir die DDR und die Mauer zurück. Gut, sagt die Fee, wird gemacht. Nun ist der Saarländer dran. Der sagt: Mein Herzenswunsch ist, dass das Saarland wieder zu Frankreich kommt. Gut wird auch gemacht, sagt die Fee. Und du, Pfälzer, was ist dein Herzenswunsch?, fragt sie. Der Pfälzer grinst und antwortet: Ich hätte gerne ein kaltes Bier.«

»Weil seine beiden größten Wünsche bereits durch die anderen erfüllt wurden«, grölte Dr. Schönthaler. »Ist der nicht spitze?«

»Na, schon so früh bei bester Stimmung, meine Herren?«, hörte Tannenberg plötzlich die Stimme seiner Schwägerin, die nach seiner Meinung mehr Haare auf den Zähnen als auf dem Kopf hatte.

Er wirbelte herum und fiel dadurch Betty quasi direkt in die Arme. Tapfer ließ er ihre angedeuteten Wangenküsschen über sich ergehen. Als letztes Mitglied der Großfamilie gratulierte die kleine Emma. Sie überreichte dem Geburtstagskind selbst gepflückte Gänseblümchen und hauchte ihm einen süßen Kuss neben den Mundwinkel. Anschließend tapste Emma zu Kurt, legte sich auf ihn und schmuste mit ihm.

Nachdem alle am Tisch Platz genommen hatten, betrat Johanna von Hoheneck die Küche. Sie sah einfach umwerfend aus: Die sonnengebleichten, naturblonden Haare umrahmten ein dezent gebräuntes Gesicht, das blaue Augen, strahlend weiße Zähne und mehrere Lachgrübchen veredelten. Sie trug eine randlose Brille, die ihre attraktive Erscheinung mit genau der richtigen Dosis Esprit würzte. Auf ihr gepflegtes Äußeres exakt abgestimmt war die betont jugendliche und sportliche Kleidung: Sie trug ein orange-weißes, quer gestreiftes Poloshirt, 3/4-Designerjeans und passende Sneakers.

Bei diesem Anblick spürte Tannenberg seinen Herzschlag im Halse pochen.

»Verzeih mir, Wolf, ich glaube, ich habe verschlafen«, entschuldigte sie sich.

»Nein, nein, du kommst gerade richtig.«

Sie ging zu ihm hin, gab ihm einen zarten Kuss und drückte ihm ein Kuvert in die Hand. Er öffnete es mit seinem Frühstücksmesser.

»Whow, zwei Karten für das Deep-Purple-Konzert. Super!«, rief er strahlend.

»Ich hab gedacht, dass ich dir so etwas wie diesen Überraschungs-Kulturtrip nach Johanniskreuz nicht noch einmal zumuten kann.«

Ein dankbares Lächeln huschte über sein Gesicht, als er sich an diese unerträgliche Tortur zurückerinnerte. Er war eben ein notorischer Kulturmuffel.

»Guten Morgen, liebe Hanne«, begrüßte Dr. Schönthaler die attraktive Herzdame seines besten Freundes. »Ich denke, nun ist es an der Zeit, dass auch ich dem Geburtstagskind seine Geschenke überreiche.« Unter den neugierigen Blicken der anderen öffnete er die Tür zur Abstellkammer, holte ein großes Paket hervor und stellte es vor Tannenberg auf den Boden.

Der kniete sich nieder und riss den nur provisorisch mit Zeitungspapier umhüllten Pappkarton auf.

»Hattest wohl mal wieder gerade kein Geschenkpapier zur Hand«, spottete der Kriminalbeamte, obwohl er genau wusste, dass sein Freund aus Prinzip diese ziemlich unorthodoxe Verpackungsvariante wählte.

»Geschenkpapier ist mindestens genauso überflüssig wie die Steißbeinfistel, die dir mein Kollege von der Frischfleisch-Fraktion vor einem Vierteljahr herausgeschnibbelt hat.«

In schmerzlicher Erinnerung an das der Operation folgende Martyrium nickte Tannenberg zustimmend.

»Wie geht's denn eigentlich dem Loch zwischen deinen erschlafften Pobacken?«

Wolfram Tannenberg warf ihm einen bösen Blick zu, dann zerrte er das Papier von einem Schuhkarton. »Na, was haben wir denn da Feines?«, versuchte er von diesem leidigen Thema abzulenken. Er hob den Deckel ab. »Was ist denn das?«, fragte er verwundert. Er zog ein roséfarbenes Kissen heraus, das dicht mit Gumminoppen besetzt war.

»Bei diesem segensreichen physiotherapeutischen Accessoire handelt es sich um ein Massagekissen, das gerade bei der Gesäßmuskelatrophie älterer Männer hervorragende Dienste leisten kann.«

Noch bevor sein geschockter Freund irgendetwas entgegnen konnte, zauberte Dr. Schönthaler aus dem Geschenkpaket zwei längliche Schachteln hervor, die er den Anwesenden präsentierte. »In Verbindung mit dieser bewährten Anti-Faltencreme für die sogenannte reifere Haut …«

Weiter kam er nicht, denn Tannenberg stürzte sich auf ihn, drückte ihm das Kissen ins Gesicht. »Elender Mistkerl! Wenn man solche Freunde hat, braucht man wirklich keine Feinde mehr.«

Sonntag, 4. August

8 Uhr 30

Lächelnd schob Margot den Buggy durch die Parkstraße. Ihre heiteren Gedanken beschäftigten sich mit dem 50. Geburtstag ihres jüngsten Sohnes Wolfram, den die Großfamilie gestern gebührend gefeiert hatte. Das Bilderbuchwetter steigerte Margots Feiertagslaune noch ein wenig, und sie fing an, ›So ein Tag, so wunderschön wie heute‹ zu summen. Die kleine Emma wandte das blonde Lockenköpfchen zu ihrer Urgroßmutter um und schaute sie neugierig an.

»Na, mein süßer kleiner Spatz, du möchtest bestimmt wissen, warum die Uroma sich so freut, gell?«

Emma lächelte, oben blitzten zwei Schneidezähnchen auf. Margots Miene verdüsterte sich. Sie hatte die beulenförmige Schwellung im Unterkiefer entdeckt, die Emma und ihren Eltern eine weitere unruhige Nacht beschert hatte.

»Diese doofen, doofen Zähnchen. Erst ärgern sie einen, bis sie da sind, und dann ärgern sie einen, bis sie wieder fort sind.« Sie dachte an die Probleme mit ihrer neuen Zahnprothese und ergänzte seufzend: »Und wenn sie endlich draußen sind, hat man noch immer keine Ruhe.«

Margot ließ ein beiges Taxi passieren, dann überquerte sie zügig die Trippstadterstraße. Am östlichen Eingang des Stadtparks wurde sie von ihrer Freundin

Elfriede erwartet, die vor knapp eineinhalb Jahren zum ersten Mal Oma geworden war. Seitdem besuchten die beiden älteren Damen oft gemeinsam den nahe gelegenen Stadtpark. Die kleinen Mädchen in den Buggys gluckster vor Vergnügen, als sie sich begegneten.

Elfriede Krehbiel war einen Kopf kleiner als Margot, brachte aber trotzdem einige Kilos mehr auf die Waage. »Hast du an die Kaffeestückchen gedacht?«, fragte sie zur Begrüßung.

»Aber natürlich, meine Liebe, wir wollen ja nicht, dass du uns verhungerst.«

»Nein, nein, so weit darf es wirklich nicht kommen. Gott sei Dank gibt es ja die Bahnhofsbäckerei, wo man sogar sonntags ofenfrische Leckereien bekommt.« Voller Vorfreude rieb sich Elfriede die Hände und brummte dabei genüsslich. »Hmh, dann sollten wir uns schleunigst zu unserem Frühstückstisch aufmachen.«

»Eine sehr gute Idee«, entgegnete Margot lächelnd.

Die umfassende Neugestaltung des Stadtparkgeländes hatte lediglich der alte Baumbestand einigermaßen unbeschadet überstanden. Ansonsten wurde so ziemlich alles verändert, was überhaupt zu verändern war: Sämtliche Wege waren neu angelegt, Blumen- und Rasenflächen anders proportioniert, mehrere Kinderspielplätze über die gepflegte Parkanlage verteilt und mit modernen Metall-Sitzbänken und blitzenden Mülleimern aus Edelstahl umrahmt.

In der Nacht hatte ein heftiges Gewitter für die lang ersehnte Abkühlung gesorgt. Die Luft war immer noch so feucht, dass hellgraue Dunstschwaden über das weitläufige Parkgelände waberten. Doch die kräftige Augustsonne hatte sich bereits über die milchig trüben Schleier hergemacht und sie an mehreren Stellen auseinandergerissen.

Die beiden Großmütter erreichten die Sandfläche, die von einem riesigen Kletterturm dominiert wurde und die für gewöhnlich der Lieblingsspielplatz der kleinen Mädchen war. Margot hob zuerst Emma und danach Ann-Sophie aus ihren Buggys, gab ihnen ihre Eimerchen und schlenderte mit ihnen zum Sandkasten. Elfriede trocknete derweil mit einem Handtuch die Sitzflächen und den Mülleimerdeckel ab. Dann warf sie eine runde Tischdecke über den zum Frühstückstisch umfunktionierten Stahlzylinder, der zwischen zwei Bänken positioniert war. Anschließend legte sie die Kisschen auf die harten Parkbänke.

Margot kehrte zurück, nahm gegenüber ihrer Freundin Platz, schenkte sich Kaffee ein und berichtete Elfriede in aller Ausführlichkeit von der gestrigen Familienfeier. Irgendwann trippelten Emma und Ann-Sophie zum nächsten, etwa zehn Meter weiter gelegenen Sandkasten. Mit wachsamen Augen sondierte Margot die Umgebung. Das einzige menschliche Wesen, das sich zu dieser frühen Morgenstunde im Park aufhielt, war eine jüngere Frau, die auf der anderen Seite des Stadtparks ihren Vierbeiner ausführte. Der Hund war angeleint. Erleichtert wandte sich Margot wieder ihrer Freundin zu, die bereits das zweite Kaffeestückchen vertilgte.

Plötzlich ertönte ein gellender Schrei, dem hysterische Hilfe-Rufe folgten. Die alten Damen blickten sich entgeistert um. Auf dem parallel zur Karcherstraße verlaufenden Fußweg erspähten sie die Hundebesitzerin. Sie wies mit ausgestrecktem Arm an den beiden Großmüttern vorbei zur Parkstraße. Reifen quietschten. Elfriede und Margot rissen die Köpfe herum. Mit entsetzten Mienen verfolgten sie ein Taxi, das mit Vollgas in Richtung Universität losbrauste.

»Da hat eben einer ein Kind entführt«, schrie die junge Frau mit sich überschlagender Stimme. »Mit dem Taxi dort hinten.«

Reflexartig schnellten die Blicke der Großmütter hinüber zum Sandkasten. Ein Schmerz wie ein Stromschlag durchpeitschte Margots Körper: Ann-Sophie saß weinend im Sand – doch von Emma war weit und breit keine Spur zu entdecken.

Immerfort Emmas Namen rufend, rannte Margot wie von Sinnen zum Sandkasten, über den Spielplatz, bis zur Anliegerstraße, von wo aus das Taxi weggefahren war. Doch Emma blieb wie vom Erdboden verschluckt.

Völlig außer Atem hielt Margot an und blickte sich hektisch nach allen Seiten um. Sie presste die Hand so fest auf ihre linke Brust, als wolle sie diese ausquetschen. Sie war kreidebleich, eiskalter Schweiß perlte auf ihrer faltigen Stirn.

Elfriede traf bei ihr ein. Auf dem Arm trug sie Ann-Sophie, die sich wimmernd an sie klammerte. Vor ihren Füßen entdeckte Margot Emmas Lieblingsförmchen. Es lag neben einem Papierkorb. Margot überkam ein heftiger Weinkrampf. Die junge Frau, die inzwischen ihren kläffenden Hund an einen Baum angebunden hatte, erreichte nun die alten Damen.

»Was genau ist passiert? Was haben Sie gesehen?«, stieß Margot schluchzend hervor.

»Ein Vermummter hat sich das eine kleine Mädchen geschnappt. Dann ist er zum Auto gerannt, hat es in den Kofferraum gesperrt und ist losgefahren.«

Jedes Wort traf Margot wie ein tiefer Nadelstich. Verzweifelt schlug sie die Hände vors Gesicht. »Polizei«, keuchte sie.

»Hab ich bereits verständigt«, erklärte die junge Frau.

Ein Ruck ging durch Margots Körper. »Geben Sie mir bitte Ihr Handy«, forderte sie. Mit zitternden Fingern tippte sie die Nummer ihres jüngsten Sohnes ein.

8 Uhr 55

Das schrille Läuten riss Wolfram Tannenberg abrupt aus einem jugendgefährdenden Traum. Schlaftrunken tastete er die andere Betthälfte ab. Doch die war leer. Während er blinzelnd die Augen öffnete, erinnerte er sich daran, dass Hanne noch in der Nacht nach Hause gefahren war. Sie wollte heute Morgen zeitig aufstehen, um gemeinsam mit ihren Brüdern bei einer Zuchtpferde-Auktion einen neuen Deckhengst für das elterliche Gestüt zu ersteigern.

»Wenn sie wüsste, dass ich gestern eine Pferdefrikadelle gegessen habe – oh ha, mein lieber Kurt, das gäbe Schwierigkeiten«, sagte er zu seinem Hund, während er zum Telefon schlurfte.

Als er die verzweifelte Stimme seiner Mutter

hörte, die ihm in abgehackten, wirren Worten die schrecklichen Ereignisse schilderte, fuhr ihm ein krampfartiger Schmerz in die Magengegend, der ihm fast den Atem nahm. Kurt drückte sich an seinen Oberschenkel und leckte ihm winselnd die Hand. Einige Sekunden lang war Tannenberg wie paralysiert. Er hatte das Gefühl, als ob ihm gerade das Blut in den Adern gefror. Doch dann schoss Adrenalin in seinen Körper.

»Ich komme sofort«, keuchte er. In Windeseile streifte er seine Jogginghose über und schlüpfte in die Hausschuhe. Anschließend stürmte er die Treppe hinunter. Ein höllischer Schmerz fuhr ihm ins linke Knie. Aber er biss die Zähne zusammen und spurtete zum Stadtpark. Kurt folgte ihm bellend. Unterwegs verlor Tannenberg einen Pantoffel. Er kickte den anderen ebenfalls fort und rannte barfuß weiter. Kurt sammelte die beiden Hausschuhe ein und folgte seinem Herrchen mit fliegenden Ohren. An der Schumannstraße wäre er fast von einem Kleintransporter überfahren worden.

Von all dem bekam Tannenberg nicht das Geringste mit. Wie ferngesteuert rannte er durch die staubigen Straßen des Musikerviertels. In seinem Hirn wirbelten die Gedanken wild durcheinander.

Der arme kleine Wurm. Hoffentlich tut ihr dieser Drecksack nichts an. Oh Gott, ich muss dringend eine Ringfahndung auslösen. Er tastete seine Jogginghose ab. Verdammt, kein Handy dabei!

Völlig ausgepumpt traf er im Stadtpark ein.

»Hat jemand ein Handy?«, stieß er hechelnd aus.

Die Hundebesitzerin reichte es ihm. Von der Zentrale erfuhr er, dass die Polizeileitstelle bereits eine

Ringfahndung nach einem beigefarbenen Taxi unbekannten Typs und Kennzeichens ausgelöst hatte.

»Welche Automarke, welches Modell?«, fragte Tannenberg.

Nur Schulterzucken.

»Kombi? Limousine?«

»Kein Kombi«, erwiderte die junge Frau. »Ein Auto mit Kofferraum.«

Bei diesem Wort heulte Margot auf.

»Buchstaben oder Zahlen des Kennzeichens?«

Allseitiges Kopfschütteln.

»Das ging doch alles so rasend schnell«, entschuldigte sich Elfriede Krehbiel.

»Und die Kleine hat auch nichts erkannt?«, fragte Tannenberg mit Blick auf Ann-Sophie, die ihm den Rücken zugewandt hatte und sich noch immer krampfhaft an ihrer Oma festklammerte.

»Sie ist so alt wie Emma und kann noch nicht sprechen, lesen schon gar nicht«, erklärte Elfriede.

»Na-, natürlich«, stammelte der Kriminalbeamte. »War es *eine* Person oder waren es mehrere?«

»Ich hab nur eine gesehen, den Fahrer«, sagte die Hundebesitzerin.

»Dann war's also ein Mann.«

»Ja.« Die junge Frau blies die Backen auf und zuckte mit den Schultern. »Obwohl, beschwören könnte ich das nicht. Die Gestalt war schließlich vermummt.«

»Wie?«

»Na ja, mit so'ner Gesichtsmaske eben, wie ein Bankräuber.«

»Aber am Bewegungsablauf erkennt man doch das Geschlecht«, behauptete Tannenberg.

»Kann ich trotzdem nicht sicher sagen.«

»Was hatte die Person an?«

»Weite Klamotten.« Die Hundehalterin schloss die Augen, um sich die Szene in Erinnerung zu rufen. »Overall oder Jogginganzug. Genau hab ich das nicht gesehen, die Person war zu weit weg von mir.«

Er wandte sich an die älteren Frauen. »Was meint ihr? War's ein Mann oder eine Frau?«

»Wir haben sie doch gar nicht gesehen«, schniefte Margot. »Die saß doch schon im Auto.«

»Richtig. Wir haben erst hingeschaut, als die Reifen quietschten«, pflichtete ihre Freundin bei.

»Es könnte wirklich auch eine Frau gewesen sein«, meinte die Hundebesitzerin.

»Aber welche Frau macht denn so was?«, warf Elfriede skeptisch ein.

Tannenberg dachte an die zahlreichen Fälle von Kindesraub, bei denen Frauen Babys und Kleinkinder entführt hatten, um ihren unerfüllten Kinderwunsch zu befriedigen, doch er behielt seine Gedanken lieber für sich.

»Vielleicht war es ja das Taxi, das vorhin in der Trippstadterstraße an uns vorbeigefahren ist«, sagte Margot und ergänzte in ein verzweifeltes Aufstöhnen hinein: »An mir und Emma.«

»Was war das für ein Taxi?«

»Ein normales Taxi halt.«

»Hast du den Fahrer erkennen können?«

»Nein, ich hab nicht auf ihn geachtet«, antwortete Margot mit tränenerstickter Stimme.

»Was für eine Automarke?«

»Ein Mercedes. Ich hab den Stern gesehen.«

In diesem Augenblick schoss ein Streifenwagen um die Ecke, preschte in die Parkanlage hinein und kam direkt vor Tannenbergs Füßen zum Stillstand. Kriminalhauptmeister Krummenacker hechtete aus dem Auto.

»Was ist mit der Ringfahndung?«, blaffte der Leiter des K 1.

»Steht, Wolf. Wir haben einen 30-Kilometer-Ring aufgebaut. Alle Ausfallstraßen sind mit Kontrollstellen besetzt. Dieser Mistkerl entkommt uns nicht! Wir stellen hier in der Gegend jedes Taxi auf den Kopf.« Er hatte Tränen der Wut in seinen Augen. »Wenn ich den erwische, dem dreh ich eigenhändig den Hals um.«

Margot zog ihren Sohn am Arm zu sich herunter und flüsterte ihm ins Ohr: »Wolfi, wir müssen Marieke und Max Bescheid geben.«

Der Gedanke an Emmas Eltern, die noch überhaupt nichts von der Entführung ihrer kleinen Tochter wussten, traf Tannenberg tief ins Mark. Eiskalte Schauder jagten ihm den Rücken hinunter und ließen eine Gänsehaut auf seinen Armen sprießen.

»Mutter, ich kann jetzt nicht, ich muss mich dringend um die Fahndung kümmern.«

Elfriede hakte ihre Freundin unter. »Komm, ich begleite dich. Wir bringen nur noch schnell Ann-Sophie nach Hause.«

Margot kniff die farblosen Lippen zu einem dünnen Strich zusammen und nickte. Mit hängenden Köpfen trotteten die beiden alten Damen ihres Weges. Die Buggys ließen sie zurück.

»Warum ausgerechnet die kleine Emma?«, fragte Krummenacker.

Wolfram Tannenberg seufzte. »Das frage ich mich auch schon die ganze Zeit über.«

»Vielleicht handelt es sich ja um eine Verwechslung.«

»Du meinst …?« Tannenbergs Gesicht leuchtete auf. »Ja, warum denn nicht. Die beiden Mädchen sehen sich ziemlich ähnlich. Und …«

»Und was?«

»Die Krehbiels sind eine alte, steinreiche Fabrikantenfamilie.«

»Na, das wäre doch eine Erklärung für die Entführung.«

»Aber was bedeutet das für Emma?«

»Also, ich denke, dass der Täter Emma sofort freilässt, wenn er merkt, dass er das falsche Kind entführt hat.«

»Du glaubst nicht, dass er sie …« Den Rest ließ er unausgesprochen. Sein Mund war plötzlich völlig ausgetrocknet, sodass die Zunge am Gaumen festklebte. Schwankend griff er nach der Autotür und klammerte sich daran fest.

Krummenacker legte ihm tröstend die Hand auf die Schulter. »Nein, Wolf. Warum sollte er das tun?«

»Du hast recht. Er muss ja nicht befürchten, dass Emma ihn identifizieren könnte. Erstens ist er vermummt, und zweitens kann Emma noch gar nicht richtig sprechen.«

»Richtig, Wolf, so schlau ist der bestimmt auch. Warum sollte er solch ein unnötiges Risiko eingehen? Das würde seine Situation doch nur extrem verschärfen. Du wirst sehen, wenn er erkennt, dass er das falsche Mädchen entführt hat, lässt er die Kleine unmittelbar frei. Es wird bestimmt alles gut werden. Wart's ab, schon heute Abend ist Emma wieder bei ihren Eltern.«

»Dein Wort in Gottes Ohr. Das wäre wirklich zu schön.« Tannenbergs kurzzeitig entspannte Miene veränderte sich auf einen Schlag. »Aber wie erfährt er denn davon, dass er das falsche Mädchen entführt hat?«

»Ganz einfach: Er wird sich sicherlich schon bald bei der Familie der Kleinen melden und seine Lösegeldforderung stellen.«

»Ja, sicher«, brummelte Tannenberg vor sich hin. »Ich geh jetzt zu Ann-Sophies Eltern. Sie wohnen ja gleich da vorne. Heute ist Sonntag, da sind sie bestimmt zu Hause.« Er machte einen Schritt, doch dann blieb er abrupt stehen und wirbelte zu Krummenacker herum. »Ruf den Mertel an, der soll in der alten Villa so schnell wie möglich eine Fangschaltung installieren.«

»Okay. Soll ich auch deine Kollegen vom K 1 verständigen?«

»Nein, lass mal. Das mach ich nachher selbst.«

»Und was ist mit deinem Hund?«

Den hatte Tannenberg ganz vergessen. Kurt hatte sich an einem schattigen Plätzchen abgelegt und sein Herrchen die ganze Zeit über nicht aus den Augen gelassen. Gerade hatte er sich erhoben, um Tannenberg zu folgen.

»Hast du zufällig eine Leine im Auto?«, fragte er Krummenacker.

»Nein. Aber vielleicht tut's ja auch ein Abschleppseil.«

»Klar.«

Tannenberg nahm das Drahtseil entgegen. Dann hastete er zu Kurt, befestigte es an seinem Halsband und band ihn mithilfe des Karabinerhakens an einer Parkbank fest.

»Platz!«, befahl er und wandte sich an Krummenacker. »Ruf bei mir zu Hause an und sag denen, dass einer von ihnen Kurt abholen soll. Am besten Tobi.«

9 Uhr 10

Kaum eine Minute später traf Tannenberg vor dem repräsentativen Sandsteingebäude Ecke Trippstadter- und Pirmasenserstraße ein. Die prunkvolle, denkmalgeschützte Villa am Rande des Stadtparks wurde um 1870 von dem Fabrikanten August Krehbiel erbaut und seitdem ohne zeitliche Unterbrechung von der hoch angesehenen Unternehmerfamilie bewohnt. Wie durch ein Wunder überstand das herrschaftliche Anwesen die Bombenhagel des Zweiten Weltkriegs weitgehend unbeschadet. Das äußere Erscheinungsbild der historischen Villa prägten ornamentreiche Sandsteinarbeiten und eine imponierende Rundbalustrade.

Zu seiner Verwunderung wurde Tannenberg von Ann-Sophies Großmutter empfangen, die doch eigentlich seine Mutter hatte nach Hause begleiten wollen. Auf seinen fragenden Blick hin erklärte die alte Dame, dass ihre Freundin sich urplötzlich entschlossen habe, allein die schreckliche Botschaft zu überbringen.

Elfriede Krehbiel geleitete den Kriminalbeamten

in einen luxuriösen Salon mit bemalten und stuckierten Wänden und Decken, einem glänzenden Parkettboden sowie einem klassizistischen Turmofen. Nachdem sie den Kriminalbeamten vorgestellt hatte, präsentierte sie ihre eigenen Familienmitglieder: »Das sind mein Mann und meine Schwiegertochter«, sagte sie und fügte hinzu: »Mein Sohn kehrt erst heute Nachmittag von einer Geschäftsreise zurück.«

Verständlicherweise herrschte im Hause Krehbiel große Aufregung angesichts dieser Kindesentführung, die sich ja quasi direkt vor der eigenen Haustür abgespielt hatte. Die Betroffenheit der Familie erschien Tannenberg zwar durchaus glaubwürdig, doch befremdete ihn ein wenig die mit Händen greifbare Erleichterung der Familie darüber, dass der Täter Ann-Sophie verschont hatte.

Die Mutter der Kleinen, eine spindeldürre, apart gekleidete, etwa vierzigjährige Frau, erweckte einen geradezu hysterischen Eindruck. Sie plapperte wirres Zeug vor sich hin und durchmaß mit hektischen Schritten den Raum. Plötzlich blieb sie stehen und begab sich zu ihrer Schwiegermutter, die inzwischen auf einem Sessel Platz genommen hatte und Ann-Sophie in ihren Armen wiegte.

»Gott sei Dank ist dir nichts passiert, mein liebes kleines Püppchen«, sagte Ann-Sophies Mutter, während sie dem immer noch stark verängstigten Kleinkind über den blonden Lockenkopf strich. Dann ging sie zu einem antiken Sideboard, wo neben einem Aschenbecher eine Zigarettenschachtel lag. Sie zog einen Glimmstängel heraus, entzündete ihn mit fahriger Hand und inhalierte tief. »Hoffentlich tut dieser Verrückte der armen Emma nichts an.«

Dieser Satz traf Tannenberg wie ein Keulenhieb. Junge, du musst unter allen Umständen cool bleiben! Nur so kannst du Emma helfen, versuchte er sich selbst zur Räson zu bringen. Tapfer schluckte er seine Beklemmung hinunter und verkündete: »Es gibt gewisse Anzeichen dafür, dass es sich bei dieser Kindesentführung um eine Verwechslung handeln könnte.«

Ein paar Sekunden hörte man nichts außer Ann-Sophies Wimmern. Elfriedes Ehemann, mit Vornamen August, war die geradezu idealtypische Verkörperung eines Seniorunternehmers, wie man sie in jedem Managermagazin finden konnte. Der elegant gekleidete Mann brach als Erster das Schweigen. »Wollen Sie damit etwa andeuten, dass eigentlich Ann-Sophie das Entführungsopfer sein sollte?«

»Ja, Herr Krehbiel, meines Erachtens besteht diese Möglichkeit. Zum einen sehen sich die beiden kleinen Mädchen ziemlich ähnlich und …«

»Das ist richtig«, warf Elfriede dazwischen.

»Und zum andern fehlt mir das Motiv für eine Entführung Emmas, denn ihre Eltern sind Studenten. Wogegen …«

»Wogegen unsere Familie einen weitaus lukrativeren Background für eine Lösegeld-Erpressung bieten würde«, vollendete August Krehbiel. Der grauhaarige Unternehmer knetete nachdenklich sein Kinn. »Dieses Argument erscheint mir durchaus nachvollziehbar, Herr Hauptkommissar.«

»Ist das furchtbar«, jammerte Ann-Sophies Mutter. An Tannenberg gerichtet, ergänzte sie: »Wissen Sie, wir haben so lange auf unser erstes Kind warten müssen. Nicht auszudenken, wenn …« Sie stürzte auf die Kleine zu, warf sich ihr weinend an den Hals.

Es läutete an der Tür.

»Das dürfte mein Kollege von der Kriminaltechnik sein«, mutmaßte Tannenberg. An den Senior der Familie Krehbiel adressiert, schob er nach: »Ich möchte hier gerne eine Telefon-Fangschaltung installieren lassen. Falls der Entführer sich bei Ihnen melden sollte. Geht das in Ordnung?«

»Selbstverständlich, Herr Hauptkommissar, wir unterstützen Sie, wo wir nur können. Wir wollen doch alle, dass das kleine Mädchen so schnell wie möglich aus den Fängen dieses Verbrechers befreit wird. Außerdem liegt es schließlich auch in unserem ureigenen Interesse, dass der Täter gefasst wird. Wer weiß, welche Ideen solch ein Schwerkrimineller noch ausheckt.« Mit besorgter Miene ging er zur Haustür und öffnete sie.

»Wolf, das kam gerade über Funk rein«, stürmte Mertel auf den Leiter des K 1 zu: »Eine Streife hat ein verlassenes Taxi entdeckt, möglicherweise das Tatfahrzeug.«

»Wo?«

»Auf einem Waldparkplatz bei Hohenecken.«

»Was ist mit dem Kofferraum? War der offen?«

»Weiß ich nicht.«

»Verdammt, ich muss sofort dahin.«

»Fahr mit meinen Kollegen. Sie warten draußen auf dich. Ich kümmere mich derweil um die Fangschaltung.«

Tannenberg hastete zu dem Kleintransporter der Kriminaltechnik und fragte bei der betreffenden Streifenwagenbesatzung bezüglich des Kofferraums nach. Die Polizeibeamten erklärten, das Taxi sei verschlossen, Geräusche aus dem Inneren des Fahrzeugs seien keine zu vernehmen.

Während der rasanten Fahrt zu dem etwa fünf Kilometer entfernt gelegenen, südwestlichen Stadtteil schossen Tannenberg alle möglichen Gedanken durch den Kopf.

Emma war der strahlende Mittelpunkt der gestrigen Familienfeier gewesen. Mit ihrem sonnigen, temperamentvollen Wesen hatte sie ihre Umgebung verzaubert. Sie legte einen Charme an den Tag, dem man sich einfach nicht entziehen konnte. Zusammen mit Kurt, mit dem sie sich blendend verstand und der sie auf Schritt und Tritt verfolgte, bildete sie ein ebenso ungleiches wie putziges Pärchen, über das man sich unweigerlich amüsieren musste.

Mit dem nächsten Gedankensplitter dachte Tannenberg an den Ort, an dem Marieke ihn damals über ihre Schwangerschaft informiert hatte. Auch auf einem Waldparkplatz, sagte er zu sich selbst. Er hatte große Mühe, die aufsteigenden Tränen zurückzuhalten.

»Da vorne ist es«, verkündete der Fahrer.

Der Kleinbus hatte den südlichen Ortsrand von Hohenecken erreicht und bog nun in einen Waldweg ein, der offensichtlich zu einem Grillplatz führte. Noch bevor das Auto richtig zum Stillstand gekommen war, sprang Tannenberg aus dem Kleintransporter. Er rannte zu dem abgestellten Taxi, bei dem es sich um einen beigen Mercedes älteren Baujahrs handelte. Er legte seinen Kopf auf den Kofferraumdeckel und klopfte vorsichtig.

»Emma, Emma, hörst du mich?«, rief er mit abgesenkter Stimme. »Bist du da drin? Du brauchst keine Angst mehr zu haben. Wir holen dich jetzt gleich da raus.«

Keinerlei Reaktion.

Er richtete sich auf und wandte sich an den Kriminaltechniker, der sich bereits mit einer Bohrmaschine am Schloss der Fahrertür zu schaffen machte. »Warum knackst du nicht zuerst das Kofferraumschloss?«, fuhr er den Mann an.

»Weil ich da schlechter rankomme und es länger dauern würde.«

»Los, mach, mach!«, drängte Tannenberg.

»Schon passiert«, gab der Kriminaltechniker zurück. Er beugte sich ins Wageninnere und entriegelte die hintere Seitentür.

Tannenberg riss die Tür auf und klappte vorsichtig die Rückenlehne nach vorne. Das gleißende Sonnenlicht leuchtete den Kofferraum aus. Er war leer.

»Komm, jetzt lass mal die Experten ran. Du zerstörst uns doch alle Spuren.«

Es dauerte kaum mehr als ein paar Sekunden, bis der fingerfertige Kriminaltechniker von innen den Kofferraum aufgesperrt hatte. Dann stellte er sich ans Heck und hob vorsichtig den Deckel an.

Vor Schreck blieb Tannenberg fast das Herz stehen. Auf der Innenseite des Kofferraumdeckels zeichneten sich hellrote Blutspuren ab.

9 Uhr 15

Emma weinte. Die Handknöchel waren mit Schürfwunden übersät und brannten wie Feuer. Verzweifelt hatte sie an die Decke getrommelt und sich dabei die kleinen Fäustchen blutig geschlagen.

Es war dunkel in ihrem Gefängnis. Sie hatte Angst, große Angst. Sie spürte jede Unebenheit der Straße. Einmal bremste das Auto so scharf ab, dass sie gegen die Rückenlehne geschleudert wurde. Seitdem hatte sie Kopfschmerzen. Die Luft war heiß und stickig. Trotzdem fror sie. Sie konnte kaum mehr atmen. Sie hatte Durst, wahnsinnigen Durst.

Das Auto blieb stehen, die Motorgeräusche verstummten. Ein Hund bellte. Im ersten Augenblick dachte Emma an Kurt, aber der hatte eine weitaus tiefere Stimme. Dann hörte sie Schritte. Der Kofferraumdeckel wurde aufgerissen. Die plötzliche Helligkeit blendete sie so stark, dass sie im ersten Moment nichts erkennen konnte. Doch dann sah sie die riesenhafte Gestalt. Der Mann beugte sich herunter zu ihr.

wer bist du?
nein, ich will nicht
nein, nein, aua, aua

»Trink, meine Süße«, flüsterte die unbekannte Männerstimme.

Emma spürte etwas Kaltes an ihren Lippen. Reflexartig öffnete sie den Mund und trank mit hastigen Schlucken.

Dann wurde ihr schwindelig, und sie fiel in einen tiefen Schlaf.

9 Uhr 20

Er mochte Kinder, kleine ganz besonders. Sie brachten Freude, Licht und menschliche Wärme in diese kalte Welt, verzauberten sie mit ihrem Anmut und ihrem Liebreiz. Im Gegensatz zu den Erwachsenen stellten sie für ihn die Verkörperung von Unschuld und Reinheit dar.

Die Entführung hat wirklich tadellos geklappt. Kein Wunder: Perfektes Timing, perfekte Logistik!, lobte er sich selbst. Sollen diese doofen Bullen ruhig ihre Straßensperren aufbauen. Die bringen doch nur etwas, wenn man sich undiszipliniert verhält und panisch vom Tatort flüchtet. Aber ich flüchte ja nicht, sondern ich tuckere gemütlich nach Hause. Mit unauffälliger Geschwindigkeit befuhr er die B 270 und reihte sich nach dem Kleeblatt in den zähflüssigen Verkehr ein.

Er parkte sein Auto in der Garage und schloss das Tor. Danach verließ er sie durch eine Tür, die direkt in einen weitläufigen Garten führte, den ein dichter Koniferenzaun einfriedete. Er trippelte die Kellertreppe hinunter und betrat den eigens für die Kindesentführung hergerichteten, etwa vierzehn Quadratmeter großen, ehemaligen Kohlenkeller. Akribisch hatte er in den letzten Wochen alles für den Aufenthalt des kleinen Mädchens vorbereitet. Das Fenster und die Tür hatte er mit Styroporplatten abgedichtet. Auf Flohmärkten der Umgebung hatte er zwei Kinderbettchen besorgt und daraus einen Gefängniskäfig gebastelt: Ein Seitenteil des zweiten Bettchens hatte er mit Kabelbindern zur Bodenplatte umfunktioniert, das andere Seitenteil diente nun als Deckel. Es war zusätzlich mit einem Fahrradschloss versehen und sorgte für einen ausbruchssicheren Verschluss des Käfigs. Eine dünne Matratze bedeckte die Gitterstäbe der Bodenplatte. Alles war perfekt arrangiert. Sogar an Windeln und Babycreme hatte er gedacht.

Mit einem kurzen, zufriedenen Blick streifte er die Videokamera, die er über der Tür angebracht hatte. Dann ging er in sein Arbeitszimmer und überprüfte das Monitorbild: Es zeigte einen tristen Kellerraum, in dem unter einer nackten Glühbirne ein leerer, rundum vergitterter Käfig stand.

9 Uhr 30

Margot überbrachte zuerst ihrem Mann die schreckliche Nachricht. Anschließend schlurften die beiden Alten gramgebeugt hinüber zum Haus ihres ältesten Sohns, wo auch Emmas Eltern im Dachgeschoss wohnten. Es wurde der schwerste Gang ihres langen, gemeinsamen Lebens. Jacob hielt die ganze Zeit über Margots zitternde, eiskalte Hand.

Vom Hof her hörten sie die fröhlichen Stimmen ihrer Familienmitglieder, die offensichtlich am Frühstückstisch saßen. Vor der Haustür begegneten sich die leeren Blicke der beiden Senioren. Die Verständigung zwischen ihnen funktionierte nach all den Jahren auch ohne Worte. Jacob nickte seufzend. Er atmete schwer, schloss kurz zu einem Stoßgebet die Augen. Dann läutete er.

Durch das gläserne Seitenteil sahen sie Heiner,

wie er sich mit zügigen Schritten der Tür näherte. Während er die Klinke nach unten drückte, sprach er über seine Schulter hinweg weiter.

»Max, du hast ja recht: Unser Schulsystem braucht dringend eine Reform«, posaunte er in Richtung der Küche, »und zwar eine, die den Namen auch wirklich verdient.« Die Tür öffnete sich, und Heiner wandte sich seinen Eltern zu. »Kommt rein, meine Lieben«, empfing er sie freundlich. Doch als er in ihre todtraurigen, kreidebleichen Gesichter blickte, kamen ihm die nächsten Worte nur noch abgehackt und leise über die Lippen: »Wir … sind … gerade …«, sagte er mit einer mechanischen Klangfärbung. Er räusperte sich. »Was ist denn mit euch los?« Ein Ruck ging durch seinen Körper. »Ist irgendwas Schlimmes passiert?«

Die beiden Alten nickten stumm und drückten sich an ihm vorbei in den Flur.

»Wo ist Emma?«, hörten sie Heiners Stimme im Rücken.

Schlagartig erstarb das Gespräch in der Küche. Wie von einer Tarantel gestochen sprang Marieke auf und stürmte zu ihrer Großmutter. »Was ist mit Emma?«, brüllte sie. »Wo ist Emma? Warum bist du allein?«

»Sie ist …« Die alte Frau vergrub das Gesicht unter ihren faltigen Händen. Sie zitterte wie Espenlaub und stieß einen leidgetränkten Schrei aus. Greinend vollendete sie: »entführt worden.«

»Was?«, keuchte Marieke.

»Ja. Und ich bin an allem schuld«, wimmerte Margot. »Weil ich nicht genug auf sie aufgepasst habe.« Sie wurde von einem heftigen Weinkrampf überfallen und sackte in sich zusammen.

»Wo?«, schrie Max. Er schnellte von der Eckbank in die Höhe. Seine Kaffeetasse fiel dabei um, woraufhin sich ockerfarbene Brühe über den Frühstückstisch ergoss.

»Im Stadtpark«, gab Jacob anstelle seiner Frau zurück.

»Wie konnte so was passieren? Wo warst du denn?«, schimpfte Betty mit aggressivem Unterton.

Margot spürte einen heftigen Stich in der Herzgegend. Sie fasste sich unter die Brust, hechelte und schwankte bedrohlich. Heiner und Jacob stützten sie von beiden Seiten und führten sie zum Esstisch. Wie von einer zentnerschweren Last gedrückt, sank sie auf die Eckbank nieder. Sie glich einem Häuflein Elend.

Ihre Gesichtszüge hatten sich in der letzten Stunde noch tiefer in die blassgraue, verwelkte Haut eingegraben. Jacob holte ihr ein Glas Wasser. Sie trank mit kleinen Schlucken, während sich ihr hektischer Atem ein wenig beruhigte. Die Hände unter der Tischplatte versteckt, schilderte sie mit abgehackten, immer wieder von lautem Wehklagen unterbrochenen Sätzen die dramatischen Ereignisse. Gebannt lauschten die versammelten Familienmitglieder ihren Worten.

»Dich trifft keine Schuld, Mutter. Du konntest doch überhaupt nichts machen«, versuchte Heiner seiner Mutter ein wenig Trost zu spenden. »Das hätte jedem von uns genauso gut passieren können.«

Margot nickte dankbar. So als habe man plötzlich den dunklen Schleier von ihrer Seele entfernt, verflüchtigte sich ihre Verzweiflung einen Moment lang, doch dann folgten neue Tränen und tiefes, keuchendes Schluchzen. »Es ging alles so schnell«, stieß sie mit gebrochener Stimme aus.

»Was sollen wir denn jetzt bloß machen? Können wir überhaupt etwas Sinnvolles tun?«, fragte Max nahezu tonlos. In seinen geröteten Augen schimmerten Tränen. Er wiegte Marieke im Arm und streichelte ihr zärtlich über den Hinterkopf.

»Wolfi kümmert sich schon um alles«, erklärte Margot und tupfte sich die Feuchte von den Wangen. »Ich hab ihn sofort verständigt.«

»Gut, dann können wir wohl nichts anderes machen als warten. Ich ruf ihn jetzt gleich mal an«, meinte Heiner und ging zum Telefon, das unweit der Küchentür auf einer Flurkommode stand.

Margot erinnerte sich daran, dass ihr Sohn im Stadtpark mit dem Handy der Hundebesitzerin telefoniert hatte. »Er hat sein Handy nicht dabei.«

»Dann ruf ich in der Zentrale an. Die werden wohl hoffentlich wissen, wo er steckt.« Da Heiner jedoch die Telefonnummer der Einsatzzentrale nicht parat hatte, wählte er die Notrufnummer der Polizei. Der Beamte versprach, den Leiter des K 1 umgehend zu benachrichtigen.

Kaum eine Minute später meldete sich Tannenberg und teilte seinem Bruder in knappen Sätzen mit, dass es sich bei der Entführung sehr wahrscheinlich um eine Verwechslung handelte. Deshalb bestünde durchaus Grund zur Hoffnung, dass der Täter Emma schon bald wieder freilasse. Umgehend gab Heiner diese Information an seine Familie weiter. Ein Fünkchen Hoffnung glimmte auf. Ohne auch nur ein einziges Wort darüber zu verlieren, nahmen alle am Tisch Platz und falteten die Hände zu einem stillen Gebet.

9 Uhr 50

Als sich die Zentrale meldete, saß Tannenberg in dem Streifenwagen, der das Taxi in der Nähe des Hohenecker Grillplatzes entdeckt hatte. Er ließ sich von den uniformierten Kollegen zu seiner Dienststelle am Pfaffplatz bringen. Obwohl ihn die Ereignisse emotional stark belasteten, zwang er sich zu Ruhe und Besonnenheit, den Grundpfeilern professionellen kriminalpolizeilichen Handelns. Als Erstes beorderte er seine engsten Mitarbeiter ins K 1. Danach telefonierte er mit Dr. Schönthaler. Nicht nur, weil dieser Emmas Patenonkel war, sondern auch, weil er in diesen dramatischen Stunden seinen besten Freund an seiner Seite wissen wollte.

Der Pathologe reagierte zunächst ziemlich ungehalten auf die Störung, schließlich spielte er gerade am 1. Brett seines Schachklubs eine aussichtsreiche Partie. Doch als sein Freund von Emmas Entführung berichtete, ließ er sofort alles stehen und liegen und brauste mit seinem grasgrünen 2 CV zum Pfaffplatz.

Zunächst informierte Tannenberg die Anwesenden über den aktuellen Stand der Dinge. Danach richtete er einen mahnenden Appell an seine Kollegen: »Leute, auch wenn's uns schwerfällt, wir müssen unter allen Umständen kühlen Kopf bewahren.

Wenn wir in Panik geraten oder in Apathie verfallen, schaden wir der …«

Er brach ab, seine Kinnpartie und die Mundwinkel zuckten. Er hatte alle Mühe, die aufsteigenden Tränen zurückzuhalten. Er wandte sich um und putzte trompetenartig die Nase. Dann fuhr er mit dünner Stimme fort: »Wir müssen unbedingt rational und professionell vorgehen. Wir dürfen uns nicht den geringsten Fehler erlauben. Sonst …« Erneut stockte er und räusperte sich mehrmals. Er hatte das Gefühl, als steckte ihm ein dicker Kloß in der Kehle. »Ist das jedem von euch klar?«

Betroffene Gesichter, zustimmendes Nicken.

»Geiger, du gehst runter ins Archiv und besorgst mir alles über die Entführungsfälle der letzten Jahre. Vielleicht haben wir's ja mit einem Wiederholungstäter zu tun.«

»Wird gemacht, Chef.«

»Anschließend beschäftigst du dich mit dem gestohlenen Taxi. Der Täter wird wohl kaum mit seinem eigenen Auto durch die Gegend gefahren sein.«

»Bestimmt nicht, Chef«, bestätigte der klein gewachsene Kriminalhauptmeister. »Das Taxi hatte ein Kaiserslauterer Nummernschild, oder?«

»Ja. Aber das wird garantiert ebenfalls gestohlen sein. Du kümmerst dich um das Kennzeichen. Vielleicht wurde es ja von einem zugelassenen Pkw abgeschraubt. Dann nimmst du Kontakt zu dem Halter dieses Autos auf. Möglicherweise wurde der Täter beim Abmontieren von jemandem beobachtet. Vielleicht ist das eine erste Spur zu diesem Mistkerl.«

Geiger tippte wie bei einem militärischen Gruß

mit den Fingerspitzen an die Schläfe. »Logo, Chef, ist gebongt.«

Wie aus heiterem Himmel veränderte sich Tannenbergs Mimik. Seine Augen bewegten sich unruhig hin und her, er fletschte die Zähne und ballte dabei die Fäuste. »Ich krieg dich, du elender Saukerl. Und dann gnade dir Gott!«

Dr. Schönthaler legte ihm eine Hand auf die Schulter. »Es wird schon alles gut werden, Wolf.«

Mit zornesgerötetem Gesicht erteilte Tannenberg weitere Aufträge: »Michael, du kümmerst dich um die Ringfahndung. Mach denen noch mal deutlich, dass sie alle Fahrzeuge peinlichst genau kontrollieren müssen – vor allem sollen sie in jeden Kofferraum reinschauen.«

»Geht klar, Wolf.«

»Außerdem machst du der Kriminaltechnik anständig Druck. Ich will so schnell wie möglich die Spurenauswertung. Vielleicht haben wir ja Glück, und dieser Drecksack befindet sich in unserer Kartei. Danach klapperst du die Taxizentralen ab. Wer weiß, vielleicht ist irgendeinem Taxifahrer dieser illegale Kollege aufgefallen.«

Schauß nickte, woraufhin sich sein Vorgesetzter an Sabrina wandte: »Und du fährst nach Hohenecken und hörst dich dort mal um, ob irgendwer eine Beobachtung gemacht hat. Vielleicht hat ja irgendjemand zufällig den Autotausch auf diesem Waldweg mitgekriegt. Ein Spaziergänger oder sonst wer.«

»Mach ich, Wolf. Einen Aufruf an die Bevölkerung willst du noch nicht starten?«

»Nein, nein, das ist mir im Moment zu gefährlich, zu unkalkulierbar. Wir können die Lage noch nicht überblicken. Wir dürfen nicht riskieren, dass sich der Täter in die Enge getrieben fühlt und deshalb panisch reagiert. Wir warten erst mal ab, bis er sich bei den Krehbiels gemeldet und seine Forderungen gestellt hat. Danach können wir immer noch an die Öffentlichkeit gehen.« Tannenberg wiegte seinen gesenkten Kopf verzweifelt hin und her. »Nein, nein, das wäre viel zu gefährlich für die arme kleine Emma.«

Tannenbergs Mitarbeiter verließen das Büro und machten sich an die Arbeit. Dr. Schönthaler blieb bei seinem Freund. Die beiden saßen sich eine Weile schweigend gegenüber. Urplötzlich klatschte der Rechtsmediziner in die Hände, erhob sich und verkündete: »Wolf, ich kann hier nicht länger tatenlos rumsitzen. Ich muss jetzt irgendetwas Sinnvolles tun.«

»Ich auch«, seufzte der Leiter der Kaiserslauterer Mordkommission und richtete sich ebenfalls auf. »Sonst werd ich noch wahnsinnig.«

»Gut. Dann hab ich einen wichtigen Ermittlungsauftrag für dich: Du gehst jetzt nach Hause und besorgst mir DNA-Vergleichsmaterial von Emma.«

»Oje«, stöhnte Tannenberg bei dem Gedanken an das Zusammentreffen mit seiner Familie.

»Ich fahre zu den Jungs von der Kriminaltechnik und schau mal, wie weit sie inzwischen sind. Wir müssen unbedingt abklären, ob die Blutspuren im Kofferraumdeckel tatsächlich von Emma stammen.«

»Glaubst du wirklich, daran besteht irgendein Zweifel?«

»Auch wenn dies vielleicht unwahrscheinlich ist, müssen wir trotzdem alles hundertprozentig abklären. Wir dürfen uns nicht den kleinsten Fehler erlauben. Vor allem dürfen wir keine wertvolle Zeit vergeuden, indem wir womöglich einer völlig falschen Spur hinterherhecheln.«

Auf dem Weg zur Tür ergänzte er mehr zu sich selbst: »Hoffentlich haben die Jungs DNA-Material des Täters gefunden.«

Wolfram Tannenberg trottete derweil mit hängendem Kopf zum Fenster und blickte hinunter auf den Pfaffplatz, wo an der Bushaltestelle mehr als ein Dutzend sommerlich gekleidete Menschen warteten. Ihr Gepäck bestand aus Badetaschen, Strandlaken, Sonnenschirmen und Kühlboxen. Nur zu gut kannte er das Ziel dieser bunt zusammengewürfelten Gruppe. Da seine Eltern bis zum heutigen Tag weder einen Führerschein noch ein Auto besaßen, war er als Kind von hier aus oft mit dem Bus zum Gelterswoog gefahren. Der südlich von Hohenecken gelegene Badesee befand sich kaum mehr als einen Kilometer von dem Fundort des Taxis entfernt.

Wehmut umkrampfte sein Herz. Letztes Wochenende hatte die Großfamilie einen ausgelassenen Tag am Gelterswoog verbracht. Vor seinem geistigen Auge tauchte die kleine Emma auf, wie sie strahlend mit ihrem Spielzeug-Schubkarren auf ihn zugefahren kam. Sie hatte darin reichlich Matschepampe angerührt.

›Patsch‹, ›patsch‹, ›Wolle‹, ›Wolle‹, hatte sie gesagt und ihm dabei ihre sandigen Händchen auf den Oberschenkel geklatscht. Danach türmte sie zwei kleine Häufchen Matsch auf ›Wolles‹ stark behaarten Bauch und drückte ein Delfin-Förmchen hinein. Da ihr die Ergebnisse nicht sonderlich gut gefielen, begoss sie diese anschließend mit Wasser aus einer Mini-Gießkanne und verteilte den Matsch bis hoch zu Tannenbergs Hals.

Von dieser Erinnerung zutiefst ergriffen, wandte er sich um. Dr. Schönthaler hatte inzwischen sein Dienstzimmer verlassen. Tannenberg trank ein Glas Leitungswasser und machte sich auf den Weg nach Hause. Er trottete die staubtrockene Dr.-Rudolf-Breitscheid-Straße entlang. Zwischen den Häuserschluchten konnte man die Hitze förmlich schneiden. Auf der Höhe der Pirmasenserstraße zog es ihn unwillkürlich nach rechts zur Krehbiel-Villa hin.

Der Kriminaltechniker Karl Mertel hatte vor über zwei Stunden die Fangschaltung installiert, aber der Entführer hatte sich bislang noch nicht gemeldet. Tannenberg befragte alle anwesenden Mitglieder der Unternehmerfamilie, ob ihnen in letzter Zeit irgendwelche Personen aufgefallen seien, die sich auffällig benommen hätten. Oder ob ihnen oder der Firma gegenüber Drohungen ausgestoßen worden seien, zum Beispiel von Seiten eines entlassenen Mitarbeiters oder eines missgünstigen Konkurrenten.

Ebenso wie zuvor Elfriede und ihre Schwiegertochter verneinte auch August Krehbiel die Fragen. Jedoch versprach er, seinen Sohn so bald wie möglich zu befragen und darüber hinaus morgen in der Personalabteilung des Familienunternehmens Erkundigungen einzuholen.

»Aber, August, da gab's doch vor etwa einem halben Jahr diesen ganzseitigen Bericht in der *Pfälzischen Allgemeinen*, der uns ...«, meinte Elfriede.

»Ja, stimmt«, warf ihr Ehemann nickend dazwischen. »Darin wurde die wirtschaftliche Situation unserer Firma völlig falsch dargestellt. Nach diesem Artikel müsste unsere Firma regelrecht in Geld schwimmen. Wovon nun wirklich nicht die Rede sein kann. Denn auch an uns ist die Globalisierung nicht spurlos vorübergegangen. Aber daran konnte man mal wieder sehen, dass diese Lokaljournalisten nicht die geringste Ahnung von ökonomischen Basiskategorien haben. Dieser Dilettant hat offensichtlich Umsatz mit Gewinn verwechselt.«

Er räusperte sich verlegen und schob mit abgesenkter Stimme nach: »Entschuldigung, Herr Hauptkommissar, das ist wohl zurzeit ein eher nebensächliches Thema.«

Damit liegen Sie durchaus richtig, dachte Tannenberg. »Womöglich ist dieser Artikel die Ursache für die Entführung.«

»Ja, vielleicht.«

»Aber warum meldet sich dieser Mistkerl nicht?«

»Es könnte doch sein, dass der Täter inzwischen gemerkt hat, dass er sich das falsche Mädchen geschnappt hat«, meldete sich der Kriminaltechniker zu Wort. Er saß hinter diversen elektronischen Gerätschaften und hatte den Kopfhörer wie ein Stethoskop um den Hals hängen.

»Aber woher soll er das denn wissen?«

»Vielleicht hat Emma einen Hinweis auf ihre Identität bei sich: ein Namensschildchen an der Kleidung, irgendwas in der Art in einer Hosentasche. Oder sie hat ihm ihren Namen gesagt. Das kann sie doch schon, oder?«

»Ja, ja, Em-ma kann sie sagen.« Tannenbergs Gesicht leuchtete auf. »Das wäre natürlich eine Erklärung, eine ziemlich naheliegende sogar.«

»Nur, was bedeutet das für Emma?«, fragte Mertel leise.

»Na, was wohl, Karl?«, entgegnete Tannenberg mit leicht überheblichem Unterton. »Er wird sie garantiert bald freilassen. Oder uns zumindest einen Hinweis auf ihren Aufenthaltsort geben. Spätestens, wenn er sich in Sicherheit gebracht hat. Nein, nein, er wird ihr nichts antun.« Verbissen kniff er die Lippen zusammen und schüttelte trotzig den Kopf, so als wolle er partout keine andere Möglichkeit zulassen. »Nein, nein, warum sollte er so was Irrationales tun?«

Das Telefon läutete. Jedem im Raum fuhr das schrille Geräusch in alle Glieder. Ann-Sophies Mutter rutschte vor Schreck die Zigarette aus der Hand. Sie bückte sich, klaubte den brennenden Glimmstängel vom Parkettboden und nahm einen tiefen, hektischen Zug. Mertel hob seinen Arm. Damit signalisierte er August Krehbiel, mit der Annahme des Gesprächs noch zu warten. Dann gab er das Startzeichen. Der Unternehmer zog das Mobilteil aus der Schale und presste es ans Ohr. Sofort entspannte sich seine Mimik.

»Es ist nur unser Sohn«, erklärte er und entfernte sich ein paar Schritte von den Kriminalbeamten.

Tannenberg legte seinem Kollegen eine Hand auf die Schulter. »Karl, du meldest dich bitte sofort bei mir, wenn sich hier auch nur das Geringste tut.«

»Natürlich, Wolf. Darauf kannst du dich verlassen – hundertprozentig.«

Ein paar Sekunden später kehrte August Krehbiel

zurück. Er reichte Mertel das Mobilteil und wandte sich an den Leiter des K 1. »Ich habe meinen Sohn gerade gefragt, ob er in letzter Zeit irgendwelche Auffälligkeiten bemerkt hat. Aber weder in der Firma noch im privaten Bereich gab's da irgendetwas Besonderes.«

»Verdammt und zugenäht«, schimpfte Tannenberg. »Irgendwo muss es doch eine Verbindung des Entführers zu Ihrer Firma, Ihrer Familie oder Ihrem Haus geben. Der oder die Täter haben doch garantiert vorher alles ausbaldowert.«

An alle gerichtet, forderte er mit eindringlicher Stimme: »Bitte denken Sie noch einmal intensiv darüber nach, ob sich nicht doch irgendetwas Ungewöhnliches in den letzten Wochen ereignet hat. Irgendetwas, das uns einen Hinweis auf den Täter geben könnte. Und sei es nur ein Paketzusteller, der für Ihr Gefühl ein wenig zu lange Ihr Anwesen beobachtet hat. Oder ein Taxifahrer, der Ihnen aufgefallen ist.«

11 Uhr 40

Die Vorstellung, nun gleich in Emmas Bettchen nach Haaren suchen zu müssen, jagte Tannenberg eiskalte Schauder den Rücken hinunter, obwohl die Temperatur im aufgeheizten Musikerviertel inzwischen bei Weitem die 30-Grad-Marke überschritten hatte. Auf der sonnenzugewandten Seite der Beethovenstraße waren an fast allen Häusern die Rollläden heruntergelassen. Die vereinzelten Passanten, die sich ebenfalls zu Fuß in diesen Glutofen gewagt hatten, begegneten ihm auf dem südlichen, beschatteten Bürgersteig. Nur eine getigerte Katze sonnte sich von der Bullenhitze offensichtlich unbeeindruckt auf einer ausgetretenen Sandsteintreppe.

Wolfram Tannenberg betrat sein in der Beethovenstraße gelegenes Elternhaus. Er ging die knarzende Holztreppe hinauf ins erste Obergeschoss zu seiner Wohnung. Im Bad schüttete er sich ein paar Hände Leitungswasser in sein schweißnasses, gerötetes Gesicht. Dann suchte er sein Handy. Anschließend trippelte er die Stufen wieder hinunter und durchquerte den Innenhof, welcher die beiden Häuser des tannenbergschen Anwesens miteinander verband. Normalerweise hätte spätestens jetzt Kurt laut zu bellen begonnen, aber diesmal blieb es gespenstisch still. Im Treppenhaus entdeckte er Emmas Buggy. Er hatte Glück: Auf der bunten Rückenpolsterung fand er zwei blonde, gelockte Kinderhaare. Er steckte sie in einen kleinen Asservatenbeutel und ließ ihn in der Hosentasche verschwinden.

Die Familie saß noch immer in Heiners Küche beisammen. Die Stimmung war verständlicherweise sehr gedrückt und konnte mit einem Wort trefflich beschrieben werden: Depression. Obwohl es nun fast 12 Uhr war, dachte nicht einer von ihnen an das Mittagessen, noch nicht einmal der verfressene Kurt, der lethargisch in der Ecke lag und ab und an einen leidenden Stoßseufzer von sich gab.

Die Zeit schien stillzustehen. Bleiernes Schweigen wanderte zwischen den Familienmitgliedern hin und her. Margot hielt einen Rosenkranz in Händen und bewegte immerfort stumm die Lippen. Heiner und Jacob hatten die Köpfe gesenkt und bohrten ihre leeren Blicke in die Tischplatte hinein. Marieke und Max saßen eng umschlungen auf der Eckbank.

Tannenberg wurde sofort mit drängenden Fragen bombardiert. Geduldig gab er Auskunft, konnte allerdings kaum mehr als ein paar vage erste Vermutungen äußern. In seiner Verzweiflung versuchte er, ein wenig Hoffnung zu spenden, indem er seiner Familie einige neue Argumente für seine Verwechslungstheorie präsentierte.

Nachdem er jeden an sein Herz gedrückt hatte, versichert er mit Tränen in den Augen, alles nur Erdenkliche für Emmas Freilassung zu tun. Anschließend verabschiedete er sich ins Kommissariat.

Dort eingetroffen, beauftragte er einen Streifenpolizisten, das Plastiktütchen mit Emmas Haaren umgehend in die Pathologie des Westpfalz-Klinikums zu bringen, wo sich in den Katakomben Dr. Schönthalers Labor befand.

Auf seinem Schreibtisch türmten sich die Aktenstapel. Geiger hatte sich offenbar mächtig ins Zeug gelegt und das Archiv erfolgreich nach alten Entführungsfällen durchstöbert. Tannenberg braute sich einen doppelten Espresso, füllte sich ein großes Glas mit Wasser und begann mit der Sichtung der Ermittlungsakten.

Mit einem Schnelldurchgang verschaffte er sich einen flüchtigen Überblick: Bei dem überwiegenden Teil der sogenannten Entführungsfälle handelte es sich, dem ersten Anschein nach zu urteilen, um Kindesentziehungen. Vorwiegend Väter hatten dem anderen, meist allein sorgeberechtigten Elternteil die leiblichen Kinder entzogen, sich mit ihnen ins Ausland abgesetzt und waren dort untergetaucht.

Im gesamten Zuständigkeitsbereich des K 1 ereigneten sich im Zeitraum der letzten 20 Jahre lediglich zwei Fälle von Kindesentführung, die einen Erpressungshintergrund aufwiesen. Beide Male waren die Kleinkinder nach der Zahlung eines beträchtlichen Lösegeldes körperlich unversehrt freigelassen worden. Der oder die Täter konnten bislang nicht ermittelt werden.

Die Begleitumstände dieser ungeklärten Fälle wiesen einige Parallelen auf und ähnelten zudem denen der aktuellen Entführung. Schon damals war die Hypothese aufgekommen, dass es sich bei dem oder den Tätern um ein und dieselbe Person bzw. Personengruppe handelte. Wie in Emmas Fall waren diese beiden Kleinkinder ebenfalls im Freien entführt worden. Eines mitten in einer Stadt, das andere am Rand eines Freizeitgeländes. Beide Male wurden gestohlene Fahrzeuge verwendet, die später verlassen aufgefunden wurden.

Vielleicht war das heute Morgen wirklich wieder derselbe Mistkerl, der auch die anderen Kinder entführt hat, sagte Tannenberg zu sich selbst. Die letzte Entführung liegt sechs Jahre zurück und die davor weitere acht Jahre. Vielleicht schlägt er ja immer dann zu, wenn er kein Geld mehr hat. Zum Glück hat er wenigstens seinen Entführungsopfern nie etwas zuleide getan. Dann wird er bestimmt auch Emma nichts antun, hoffte er im Stillen. Das ist garantiert ein Profi. Und ein Profi reagiert nicht panisch, wenn er feststellt, dass er das falsche Mädchen entführt hat. Der bleibt ganz cool, wartet eine Zeit lang ab und schlägt dann in ein paar Jahren wieder zu.

Er trank einen großen Schluck Wasser, wischte sich mit einem Taschentuch den Schweiß von der Stirn und aus seinem Nacken. Ein wenig Erleichterung machte sich in ihm breit. Er schaltete seinen Computer ein und rief die BKA-Datenbank auf. Zunächst stieß er auf mehrere Fälle von Kindesentzug, doch dann traf ihn fast der Schlag. In der Unterdatei ›Entführungsfälle‹ lächelte ihm ein Mädchen entgegen, das Emma ziemlich ähnlich sah: große, wache Augen, blonde Locken, eine winzige Stupsnase. Der beigefügten Text jagte ihm eiskalte Schauer den Rücken hinunter.

Die Tragödie hatte sich irgendwo in Norddeutschland ereignet. Ein achtzehn Monate altes Kleinkind wurde zwei Wochen nach seiner Entführung unweit eines Flussufers tot aufgefunden. Die Leiche der aus dem Garten des elterlichen Hauses entführten kleinen Charlotte wies schwerste Kopfverletzungen auf. Die Täter konnten bald darauf festgenommen werden. Sie legten ein umfassendes Geständnis ab, das die Polizei unter anderem zum Fundort des Leichnams führte.

Die beiden Täter hatten das Anwesen der begüterten Unternehmerfamilie wochenlang ausspioniert und einen für sie günstigen Moment abgewartet. Dann fuhren sie mit einem Motorroller zum Grundstück, wo einer von ihnen über den Zaun kletterte und sich die Kleine schnappte. Die Entführer gaben an, auf die wohlhabende Familie in einem Managermagazin aufmerksam geworden zu sein. Das Motiv für die Tat sei Geldnot gewesen. Die Männer beschuldigten sich gegenseitig, das Kleinkind mit mehreren Schaufelhieben auf barbarische Art und

Weise getötet zu haben. Die grausame Tat hätte sich bereits kurz nach dem Kindesraub ereignet, Auslöser sei das bitterliche Weinen des Kindes gewesen.

Die Entführung der kleinen Charlotte hatte damals zwei Wochen lang die halbe Republik in Atem gehalten. Da das kleine Mädchen an Epilepsie litt und dringend auf Medikamente angewiesen war, gestaltete sich die Suche nach dem Kleinkind als dramatischer Wettlauf gegen die Zeit.

»Den man ja leider von vornherein nicht hatte gewinnen können«, flüsterte Tannenberg betroffen vor sich hin, »weil die Kleine schon längst tot war.«

Er stützte den Kopf auf die Handflächen, rieb sich die Stirn und stierte das Farbfoto des Mädchens an. Plötzlich tauchte vor ihm auf dem Flachbildschirm Emmas Gesicht auf. ›Epilepsie‹, schoss es ihm durchs Hirn.

Leidet Emma an irgendeiner Krankheit? Braucht sie Medikamente? Er hörte seinen eigenen Herzschlag im Ohr pochen. Panik erfasste ihn. Fieberhaft grübelt er über diese Fragen nach. Er griff zum Telefonhörer und tippte die ersten Zahlen von Heiners Nummer ein. Nein, nein, ich kann die Armen nicht noch mehr beunruhigen. Die sind doch schon gequält genug. Er zog sein Handy vom Schreibtisch und wählte die eingespeicherte Nummer des Rechtsmediziners. Es dauerte eine Weile, bis sich Dr. Schönthaler endlich meldete.

»Hat Emma irgendeine Krankheit?«, blaffte er seinen besten Freund an. »Also eine, die man behandeln muss.«

»Nein, soviel ich weiß nicht«, antwortete der Pathologe verwundert.

»Gott sei Dank!«

»Warum fragst du, Wolf?«

»Weil sie dann dringend Medikamente benötigen würde, die der Entführer ja garantiert nicht bei sich hat.« Er stieß einen tiefen Seufzer der Erleichterung aus. »Gott sei Dank, sie ist also kerngesund.«

»Ja, bis auf ihre Laktose-Allergie.«

»Was, was ist denn das?«, stammelte der Kriminalbeamte.

»Laktose-Allergie ist eine Unverträglichkeit bestimmter Nahrungsmittel und ...«

»Und was heißt das konkret?«, fiel Tannenberg seinem Freund ins Wort.

»Das heißt für Emma, dass sie zum Beispiel keine Kuhmilch trinken darf.«

»Und was passiert, wenn sie es doch tut?«

Im Lautsprecher hörte man, wie Dr. Schönthaler geräuschvoll Luft einsog und anschließend den Atem durch die geschlossenen Zahnreihen ausstieß. Er erzeugte dabei ein Geräusch wie ein tuckernder Rasenmähermotor.

»Was passiert dann?«, setzte Tannenberg nach.

»Die Symptome reichen von Hautausschlägen, Bauchkrämpfen bis hin zu blutigen Durchfällen, schweren Koliken und ...« Er machte zunächst keinerlei Anstalten, weiterzusprechen.

»Und was noch?«, schrie Tannenberg.

»Asthma bronchiale«, antwortete der Mediziner mit belegter Stimme, »das ohne Medikamente durchaus lebensbedrohlich werden kann.«

14 Uhr 20

Dieses schockierende Telefonat steigerte Tannenbergs Sorgen um das jüngste Familienmitglied ins schier Unerträgliche. Eine explosive Mischung aus Wut und Verzweiflung braute sich in ihm zusammen. Er musste dringend an die frische Luft, dabei schreckten ihn die brütend heißen Außentemperaturen nicht ab. Er war wie von Sinnen, lief einfach los, ohne Ziel, getrieben von einer inneren Unruhe, die ihn fast an den Rand eines psychischen Zusammenbruchs führte. Nur die sturmschrittartige Wanderung über den Kotten, den Burggraben, hinauf zum Kaiserberg verhinderten einen Kollaps.

Als er auf der Höhe des Langen Steins zum ersten Mal eine kleine Verschnaufpause einlegte, triefte er zwar vor Nässe, aber er fühlte sich zumindest ein bisschen besser. Nach nur kurzer Rast marschierte er die Morlautererstraße hinunter zum Freibad Waschmühle, bog aber vorher in die Galappmühlerstraße ab. In der nahe gelegenen Gaststätte kaufte er eine Flasche Mineralwasser, die er gleich an Ort und Stelle unter den staunenden Blicken des Wirts und der zahlreichen Biergartenbesucher leerte. Aus Rücksicht auf diese fröhlichen Menschen, die in ausgelassener Stimmung den Sonntagnachmittag genossen, entließ er die aufgestaute Kohlensäure erst außerhalb des Gebäudes ins Freie. Das Geräusch erinnerte ein wenig an einen röhrenden Hirsch.

Nach einem weiteren Gewaltmarsch über die Lauterstraße und am ehemaligen Schlachthof vorbei kehrte er in seine Dienststelle am Pfaffplatz zurück. Obwohl er sein Handy die ganze Zeit über mit sich geführt hatte, fragte er in der Eingangsloge den diensthabenden Beamten, ob in der Zwischenzeit irgendeine Nachricht für ihn eingetroffen sei. Der Uniformierte schüttelte den Kopf. Dann stimmte er ein Jammerlied über die unerträgliche Raumtemperatur und seinen angeblichen Stress an. Tannenberg ließ ihn einfach stehen.

Im Treppenhaus schimpfte er in Gedanken: Was laberst *du* denn von Stress und Extrembelastung? Du hast doch überhaupt keine Ahnung, was eine Extrembelastung ist!

In seinem Büro angelangt, griff er sogleich zu seinem Telefon, rief bei den Krehbiels an und ließ sich seinen Kollegen von der Kriminaltechnik geben. Mertel konnte ihm jedoch nichts Neues berichten, denn der Erpresser hatte sich noch immer nicht bei der Unternehmerfamilie gemeldet.

Dieser Drecksack spielt auf Zeit, polterte es in Tannenbergs Kopf. Lässt uns alle schön lange schmoren. Das ist garantiert Teil seiner perversen Strategie. Dadurch versucht er, den Druck auf seine Erpressungsopfer zu erhöhen. Elender Hundsfott, elender!

Von nervenzerfetzender Anspannung geplagt, setzte er sich an seinen Schreibtisch und beschäftigte sich noch einmal intensiv mit den vor ihm liegenden Ermittlungsakten. Mit flackerndem Blick sondierte er die Entführungsfälle mit Erpressungshintergrund, fand allerdings noch nicht einmal die Spur eines Hinweises, der ihn irgendwie weiterbringen könnte. Die beiden Fälle blieben ganz und gar mysteriös.

Abermals rief er die BKA-Datenbank auf und stöberte ein wenig darin herum. In der Rubrik ›Vermisste Kinder‹ stieß er auf einen Begriff, der ihm ein glühendes Messer in den Magen rammte: Kindesmissbrauch. An diese Möglichkeit hatte er bislang noch nicht einen einzigen Gedanken verschwendet. Er hatte sich bisher lediglich mit der Erpresservariante beschäftigt und jede andere Möglichkeit von vornherein ausgeschlossen. Umso brutaler traf ihn nun diese schockierende Erkenntnis.

Entsetzt schlug er die Hand vor den Mund, während sich sein Gesicht in eine schreckverzerrte Maske verwandelte. Er hatte das Gefühl, als ob sich der Fußboden unter seinem Schreibtischstuhl öffnete und er in ein tiefes Loch hinuntergezogen würde. Plötzlich wurde es schwarz vor seinen Augen, kalter Schweiß trat ihm auf die Stirn.

Oh Gott, wenn Emma von so einer perversen Sau entführt wurde.

Gemartert von diesen unerträglichen Gedanken, sank er auf seinem Stuhl zusammen. Er zitterte am ganzen Körper, die Mundpartie zuckte wild. Er wurde von einem Weinkrampf überfallen, der ihn regelrecht durchschüttelte. Es dauerte eine ganze Weile, bis er wieder einen klaren Gedanken fassen konnte.

Wenn es diese Drecksau gar nicht auf die Tochter der Krehbiels abgesehen hatte, sondern nur auf irgendein kleines Mädchen? Was für eine Horrorvorstellung!

Er drückte sich über die Ellenbogen nach oben und schleppte sich zum Waschbecken. Wie nach einem Alkoholexzess stand er hechelnd vor dem Spiegel und blickte in sein graues, verwelktes Gesicht.

Daran hab ich Idiot überhaupt nicht gedacht! Ich bin ein totaler Versager!

Wie schon des Öfteren in seinem Leben, wenn er sich in einer schier aussichtslosen Situation befand, reagierte Tannenbergs geschundene Seele mit einem überfallartigen, unerklärlichen Energieschub. Ein Ruck ging durch seinen Körper. Er benetzte sein Gesicht mit Wasser und fuhr sich mit den nassen Händen über den Nacken. Dann richtete er sich prustend auf, trocknete sich ab und hechtete zum Telefon. Er rief Geiger an, den er vorhin noch einmal ins Archiv geschickt hatte, und wies ihn an, alle Fallakten über Kindesentführungen mit pädophilem Hintergrund herauszusuchen und sie umgehend in sein Büro zu bringen.

Schweren Herzens rief er anschließend die BKA-Datenbank auf und gab das Schlagwort ›Kindesmissbrauch‹ ein. Was er dort lesen musste, war selbst für einen hartgesottenen Kriminalbeamten wie ihn zu viel. Ohne darüber nachzudenken, griff er in seinen Schreibtisch und zog aus einer Schublade eine angebrochene Flasche Mirabellengeist heraus. Mit fahriger Hand befüllte er sein Wasserglas und schüttete den Inhalt in einem wahren Sturztrunk in sich hinein. Er gab keine Ruhe, bis die Flasche leer war.

In seiner Verzweiflung telefonierte er mit Dr. Schönthaler, der ebenfalls entsetzt auf dieses mögliche Tatmotiv reagierte. Auch er gab zu, diese fürchterliche Option bislang vollkommen verdrängt zu haben.

»Unsere Hoffnung, dass es sich bei der Entführung um eine Verwechslung handelt und Emma deshalb schon bald freikommt, wäre dann …« Den Rest ließ er unausgesprochen und legte auf.

20 Uhr 45

Es war Zeit für das tägliche Creme-Pflegebad. Er vergötterte geradezu die Sauberkeit. Schmutz, Ungepflegtheit und aufdringliche Gerüche verursachten ihm Übelkeit. Deshalb vermied er es auch, sich in öffentlichen Verkehrsmitteln, Aufzügen oder Kaufhäusern länger als unbedingt erforderlich aufzuhalten. Sogar auf den Besuch der geliebten Konzertsäle verzichtete er inzwischen. Ein muffelnder Nachbar, und der gesamte musikalische Hochgenuss war verdorben. Wenn es irgendwie einzurichten war, benutzte er nur zu Hause die Toilette – und dies unter Verwendung von Einweghandschuhen, Mundschutz und anschließendem Einsatz von Desinfektionsmitteln.

Er legte eine CD in den Player und drückte die Abspieltaste. Leise klassische Musik erklang. Es handelte sich um Beethovens 4. Klavierkonzert, ein ausgesprochen lyrisches, romantisches Klavierstück.

Der Tag war sehr anstrengend für ihn gewesen, auch körperlich. Er hatte viel und oft geschwitzt. Er hasste Schweiß, ekelte sich regelrecht vor dieser klebrigen, übel riechenden Körperflüssigkeit. Doch nun hatte er es geschafft. Das lang ersehnte Reinigungsbad war bereits eingelassen. Strahlend weiße Schaumberge türmten sich auf und lockten mit ihrem verführerischen Duft. In Zeitlupentempo schlüpfte er aus den Kleidern, legte die Wäschestücke akkurat zusammen und stieg mit einem Storchenschritt in die Wanne. Er kniete sich vorsichtig nieder und wartete geduldig, bis sich seine empfindliche Haut an die Wassertemperatur gewöhnt hatte. Dann glitt der Rest seines Körpers bis zur Kinnspitze hinein in das milchig trübe Wasser.

Sofort breitete sich ein Gefühl der wohligen Wärme und Geborgenheit in ihm aus, und er entspannte sich wie bei einer tiefen Meditation.

Ein heißes Bad bei diesen hochsommerlichen Temperaturen? Die meisten seiner Mitmenschen hätten ihn wahrscheinlich für verrückt erklärt. Für ihn aber handelte es sich dabei um ein unverzichtbares tägliches Reinigungsritual für Körper und Geist. Die jeweils herrschenden Witterungsverhältnisse waren ihm völlig gleich. Sie interessierten ihn nicht, genauso wenig wie die Meinungen anderer. Er lebte sein eigenes Leben.

Er trocknete sich die Hände ab und nahm ein Ledermäppchen vom Badezimmerregal. Es enthielt ein goldenes Maniküreset. Er zog den Reißverschluss auf, reinigte sorgfältig die Fingernägel und bearbeitete sie anschließend mit der Nagelfeile.

Kurz nachdem die letzten Takte der CD verklungen waren, sog er zum letzten Mal den milden, cremigen Badeschaumduft ein und kletterte anschließend aus der Wanne. Mit einem samtweichen Handtuch tupfte er jeden Quadratzentimeter seines ebenmäßigen Körpers ab, bis dieser vollständig trocken war. Zufrieden begutachtete er seine noch immer durchaus als athletisch zu bezeichnende Sportlerfigur. Dabei strich er sanft über seinen rechten Oberschenkel – und zuckte zusammen. Seine sensiblen Fingerkuppen hatten ein paar pieksende Haarstoppel entdeckt.

Er hegte eine ausgeprägte Aversion gegen Körperbewuchs. Davon ausgenommen waren lediglich seine dichten, lockigen Kopfhaare und der kräftige Bartwuchs. Denn auf beides war er ausgesprochen stolz. In langwierigen und kostspieligen Prozeduren hatte er sich seine sonstigen Körperhaare mit Laserstrahlen entfernen lassen. Doch ab und an spielte die Natur ihm einen Streich und ließ an den unterschiedlichsten Stellen neue Haare sprießen. Diesen widerborstigen Gesellen rückte er mit einem Laser-Haarentferner zu Leibe, den er erst vor Kurzem im Internet ersteigert hatte.

Nach der Enthaarungsmaßnahme cremte er seinen gesamten Körper mit einer nach Pfingstrose und Sandelholz duftenden, Feuchtigkeit spendenden Bodylotion ein. Lediglich das Gesicht sparte er aus.

Er blickte in den Spiegel, fasste sich mit der Hand ans Kinn und knetete es prüfend. Dann zog er ein Rasiermesser aus der Schublade, klappte es auseinander und ging zu dem an einem Ringhaken befestigten Streichriemen. Mit mehreren eingeübten Handbewegungen ließ er die glänzende Messerklinge über den stramm gezogenen Lederstreifen gleiten und prüfte anschließend mithilfe eines ausgezupften Kopfhaares dessen Schärfe. Das frisch abgezogene, extrem scharfe Messer zerteilte erwartungsgemäß das von ihm nur an der Haarwurzel festgehaltene, senkrecht herabhängende Haar genau in der Mitte.

Schmunzelnd legte er das blitzende Stahlmesser auf die geflieste Ablage unterhalb des Spiegels. Anschließend bearbeitete er ein Stück Rasierseife mithilfe eines in warmes Wasser getauchten Naturhaarpinsels. Und zwar so lange, bis der wie ein Sahneberg aufquellende Schaum genau die richtige Konsistenz hatte. Nun verteilte er die sahneartige Masse, die einen herb-würzigen Geruch verbreitete, gleichmäßig über seine schwarzen Bartstoppeln. Aus lauter Übermut drückte er sich einen kleinen Schaumklacks auf die Nasenspitze. Er nahm das frisch geschärfte

Rasiermesser, setzte die aufblitzende Schneidekante direkt an die Schläfe neben seinem linken Ohr und zog die Klinge mit kurzen, routinierten Schabbewegungen die großzügig eingeseifte Wange hinunter.

Irgendwann einmal war er dieser zeitraubenden Prozedur überdrüssig geworden und hatte sich an der Trockenrasur versucht. Obwohl er durch den Einsatz der kleinen elektrischen Maschine bedeutend weniger Zeit für die Rasur benötigte, stellte er das Experiment nach wenigen Tagen wieder ein: Seine empfindliche Haut hatte mit einer Unzahl kleiner Eiterpusteln gegen die unerwünschte Veränderung rebelliert.

Darüber hinaus hatte ihm in dieser Zeit etwas Entscheidendes gefehlt: Der Zwang, sich hundertprozentig konzentrieren und disziplinieren zu müssen. Die Elektrorasur ging derart gefahrlos über die Bühne, dass er an diesen wenigen Testtagen dabei fast einschlief, so langweilig empfand er das Prozedere. Bei der klassischen Nassrasur mit einem extrem scharfen Rasiermesser war dies dagegen völlig anders, denn bereits eine kleine Unkonzentriertheit zog gravierende, deutlich sichtbare Konsequenzen nach sich.

Er tupfte sich den restlichen Rasierschaum aus dem Gesicht und rieb die gereizte Haut mit einem weißlichen, herb duftenden Aftershave-Balsam ein. Die angenehme Kühle belebte ihn. Mit einem Mal verspürte er ein nagendes Hungergefühl. Er schlüpfte in seinen Bademantel. Er genoss dieses elektrisierende Kribbeln, das der Frotteestoff auf seiner nackten Haut erzeugte. Auf dem Weg zur Küche unternahm er einen kurzen Abstecher in sein Arbeitszimmer und warf einen Blick auf das von der Beobachtungskamera übertragene Livebild: Es zeigte ein Gitterbettchen, in dem ein kleines blondes Mädchen in Embryonalstellung kauerte. Offensichtlich schlief es.

Wunderbar, es klappt alles wie am Schnürchen, dachte er. Er klatschte in die Hände und knetete sie grinsend. Die werden sich alle garantiert vor Angst um ihre kleine Süße in die Hosen machen. Und das ist auch gut so. Die Zeit spielt eindeutig für mich.

Er schlenderte in die Küche und bereitete sein Abendessen vor. Dabei legte er stets besondere Sorgfalt auf die genaue zeitliche Abfolge der einzelnen Schritte, ebenso auf die exakte Anordnung der benötigten Utensilien. Er aß immer das Gleiche: zwei mit streichzarter Butter grundierte Roggenbrotscheiben, belegt mit Emmentaler Käse, garniert mit Tomatenscheiben und mehreren Cornichons. Dazu trank er stets zwei Gläser Riesling, nicht mehr, aber auch nicht weniger.

Aus der Richtung seines Arbeitszimmers krächzte urplötzlich das Babyfon. Er hatte es so leise eingestellt, dass niemand außerhalb des Hauses dieses Geräusch hören konnte. In aller Ruhe nahm er noch einen großen Schluck Wein, dann begab er sich zu dem Überwachungsmonitor. Das kleine Mädchen stand am Gitter und klammerte die winzigen Händchen an den Stäben fest. Es weinte bitterlich.

Er ging die Treppe hinunter und öffnete die Tür des schallisolierten Kellerraums. Der penetrante Fäkaliengeruch stieg ihm sofort in die Nase. Die Vorstellung, dass diese samtweiche Kinderhaut nun mit Kot verschmutzt war, ließ ihn vor Ekel erschaudern. Er schleppte sich würgend zur Toilette und erbrach sich mehrmals.

Montag, 5. August

6 Uhr

Der Pathologe Dr. Rainer Schönthaler hatte bis tief in die Nacht in seinem Labor gearbeitet. Trotzdem hatte ihn seine innere Uhr wie immer um dieselbe Zeit geweckt. Obwohl er ein leidenschaftlicher Frühaufsteher war, hätte er doch manchmal gerne ein Stündchen länger geschlafen. Besonders in dieser viel zu kurzen Nacht, in der er bis zum Morgengrauen wach gelegen hatte. Er hätte wirklich dringend Erholung gebraucht. Die Entführung der kleinen Emma nahm ihn gewaltig mit. Nicht nur, weil er ihr Patenonkel war, nein, auch deshalb, weil er der Familie Tannenberg bereits seit seiner Schulzeit außerordentlich zugetan war.

Als Einzelkind aufgewachsen und von einer gluckenhaften Mutter streng behütet, zog es ihn in jeder freien Minute in die Beethovenstraße zu dieser urigen Großfamilie, die sich schon damals über drei Generationen erstreckte. Von hier aus unternahm er mit den Tannenberg-Brüdern und deren Cousins ausgedehnte Streifzüge in den südlichen Stadtwald, zum alten Steinbruch in der Kohlenhofstraße, zum Lämmchesberg oder zum Güterbahnhof.

Nachdem der Rechtsmediziner geduscht und sich angekleidet hatte, absolvierte er seinen obligatorischen Morgenspaziergang zum nahe gelegenen Hauptbahnhof. Dort kaufte er jeden Tag in aller

Herrgottsfrühe die *Frankfurter Allgemeine*. Natürlich hätte er die Tageszeitung auch abonnieren und sie sich von einem Boten zustellen lassen können. Aber wegen der verzögerten Lieferung hätte er nach dem Aufstehen noch mindestens eine Stunde auf die Lektüre seiner Lieblingszeitung warten müssen. Und das passte nun ganz und gar nicht in seinen streng festgelegten Tagesablauf.

Außerdem konnte er sich in der Bahnhofsbäckerei mit frischen Brötchen eindecken, die zentrale Bestandteile seines immer gleichen Frühstücks waren. Besondere Sorgfalt legte er dabei auf die genaue zeitliche Abstimmung der einzelnen Schritte, die minutiös hintereinandergeschaltet waren.

Zuerst zerteilte er die beiden Brötchen exakt in der Mitte, dann bestrich er die einzelnen Teile mit streichzarter Butter, um anschließend zwei davon mit Lindenblüten- und Tannenhonig zu betropfen und die anderen beiden Hälften mit Aprikosen- und Erdbeermarmelade zu bestreichen.

Genau in dieser Reihenfolge verleibte er sich die Brötchen ein, wobei die Erdbeermarmelade routinemäßig den Abschluss und lukullischen Höhepunkt des süßen Frühstücksmahls bildete. Eine Leidenschaft, die er mit Wolfram Tannenberg teilte. Die Freunde waren irgendwann einmal zu dem Ergebnis gekommen, dass ihre Marmeladen-Präferenz auf die unzähligen im Hause Tannenberg vertilgten, mit selbst gemachter Erdbeerkonfitüre veredelten Roggenbrotscheiben zurückzuführen war.

Anschließend gab der Pathologe exakt drei gehäufte Löffelchen Kaba in eine große französische Kaffeetasse, übergoss sie mit heißer Vollmilch und verrührte das Pulver mit der Flüssigkeit. Dann folgte das ritualisierte Eintauchen der Brotspitze in den zart duftenden, leicht cremigen Kakao und der genüssliche Biss in das angeweichte Brötchen.

Dr. Schönthaler war bekannt dafür, dass er sehr auf eine gepflegte äußere Erscheinung und gute Manieren achtete – eine Eigenart, die ihm nicht selten hämische Bemerkungen von Seiten Tannenbergs einbrachte. Trotzdem gestattete er sich diesen Rückfall in die Welt der Barbarei, zu köstlich war dieser einzigartige Geschmack.

Doch an diesem Morgen bereitete ihm die seit Kindertagen kultivierte Marotte nicht die geringste Sinnenfreude. Bereits zum dritten Mal dippte er wie ferngesteuert das Brötchen in den Kakao, ohne aber die schlaff herabhängende, triefende Spitze danach abzubeißen. Auch die ansonsten geradezu zelebrierte Zeitungslektüre verlief an diesem Morgen anders als gewöhnlich, denn knapp 24 Stunden nach Emmas Entführung vermochte er sich kaum auf die vor ihm ausgebreiteten Texte zu konzentrieren. Seine ruhelosen Gedanken schweiften immer wieder ab und beschäftigten sich mit dem Verlauf des gestrigen Tages.

Unter Hochdruck hatte er in seinem Labor gearbeitet und die DNA aus dem Täterfahrzeug mit dem aus Emmas Haaren gewonnenen Material verglichen. Es handelte sich definitiv um die gleiche DNA. Womit eindeutig geklärt war, dass es sich bei dem unfreiwilligen Fahrgast im Kofferraum des Taxis tatsächlich um Emma gehandelt haben musste.

Nach Geigers Recherchen wurde das Taxi vor zwei Tagen in Dortmund gestohlen, ebenso wie das

Kaiserslauterer Autokennzeichen, das vorgestern in einem Parkhaus in der Innenstadt abmontiert worden war. Die ausgelöste Ringfahndung blieb zwar die Nacht über bestehen, sollte jedoch in ein paar Stunden aufgehoben werden. Bislang hatte sich noch nicht einmal die Spur eines Hinweises auf das neue Fluchtfahrzeug des Täters ergeben. Auch Sabrinas Befragungen in Hohenecken hatten noch zu keinem greifbaren Ergebnis geführt: Sie hatte noch niemanden ausfindig machen können, der irgendeine sachdienliche Beobachtung in der Nähe des Grillplatzes gemacht hatte.

Aufgrund dieser frustrierenden Rückmeldungen konzentrierten sich die Hoffnungen der Kriminalbeamten auf die Telefon-Fangschaltung in der Villa Krehbiel. Aber auch dort hatte sich bis zur Stunde nichts getan: kein Lebenszeichen von Emma, keine Lösegeldforderung des Entführers.

Dr. Schönthaler betrachtete seufzend ein großes Porträtfoto, das auf seinem Küchenschrank stand und die kleine Emma zeigte: Sie saß neben Kurt und lachte in die Kamera. Erst vor ein paar Tagen hatte er das gerahmte Bild von ihren Eltern geschenkt bekommen.

Deprimiert kehrte sein leerer Blick zurück zur Zeitung und schwebte über die fett gedruckten Lettern der Schlagzeilen. Deren Inhalt drang nur bruchstückhaft in sein Bewusstsein vor: ›Raketen‹, ›Schwäche‹, ›Russland‹. Lustlos blätterte er weiter: ›Föderalismus‹, ›Skandal‹, ›Hedge-Fonds‹, ›Konsumgüter‹, ›Gewinnstrategien‹, ›Schwellenländer‹. Wieder schlug er gedankenversunken eine Seite um.

Plötzlich riss er Mund und Augen auf, sein Gesicht versteinerte sich. Vor Schreck glitt das Brötchen aus seiner Hand und landete in der großen Kaffeetasse. Hellbraune Flüssigkeit besprenkelte die Zeitung, schwappte über den Rand hinweg und vereinigte sich auf dem Küchentisch zu einem klebrigen Kreis.

Deine Zeit steht in meinen Händen

Psalm 31,16

Wir trauern um

Wolfram Tannenberg

Kriminalhauptkommissar a. D.

* 3.8.1956 † 5.8.2006

Nach langem Leiden wurde er endlich erlöst.

Familie Tannenberg

Die Beisetzung findet am Montag, dem 6.8., um 9 Uhr auf dem Hauptfriedhof in Kaiserslautern statt. Von Beileidsbekundungen am Grab bitten wir Abstand zu nehmen.

Der Gerichtsmediziner wusste, dass Tannenberg die *FAZ* nicht abonniert hatte, sondern diese täglich an einem Kiosk kaufte. Für gewöhnlich las er sie erst im Büro während seiner Frühstückspause. Aus diesem Grund faltete er die Zeitung eilig zusammen, klemmte sie unter den Arm und hastete aus seinem in der Glockenstraße gelegenen Haus.

6 Uhr 50

Sein bester Freund wohnte quasi um die Ecke. Kaum hatte er auf dessen Klingelknopf gedrückt, schon erschien Margot im Treppenhaus und öffnete ihm ein paar Sekunden später die Tür.

»Wir sind alle in der Küche«, schniefte sie und setzte schwer atmend hinzu: »Es ist so schrecklich, Rainer.«

»Das ist wahr«, seufzte er und drückte sich an ihr vorbei. »Aber vielleicht hab ich ja eine heiße Spur entdeckt.«

Als er die Küche betrat, blickten ihm erwartungsvolle Mienen entgegen. Bis auf Mariekes Bruder waren alle Familienmitglieder in der Küche versammelt. Wolfram Tannenberg saß am Tisch. Er sah völlig übernächtigt aus, weitaus schlimmer noch als nach dem ausschweifendsten Zechgelage.

Er wirkte, als hätte er in seinen Kleidern geschlafen. Die Haare waren ungewaschen und zerwühlt. Unter seinen blutunterlaufenen Augen zeichneten sich dunkelgraue Ringe ab. Kummer und Schlafmangel hatten tiefe Furchen in sein Gesicht gegraben, die Wangenknochen traten in dem eingefallenen Gesicht so scharf hervor, als wollten sie die Haut durchbohren. Die Hände vor sich auf der Tischplatte gefaltet, ließ er die Schultern hängen und starrte den Rechtsmediziner mit ausdruckslosem Blick an.

Dr. Schönthaler befeuchtete seine Fingerkuppen und blätterte die *FAZ* durch, bis er endlich die Seite mit den Todesanzeigen fand. So, als wolle er ein großes Wäschestück aufhängen, bewegte er die ausgestreckten Arme nach außen. Danach trat er hinter seinen Freund und ließ die auseinandergefaltete Zeitung über dessen Kopf auf den Tisch niedersinken.

»Schau dir das hier mal an«, forderte er und stellte sich anschließend seitlich neben ihn.

»Meine eigene Todesanzeige«, stieß Tannenberg entsetzt aus. Er warf den Kopf herum zu Dr. Schönthaler, wollte weitersprechen, aber die Worte blieben ihm im Halse stecken.

»Hat das etwas mit Emmas Entführung zu tun?«, schrie Marieke und vergaß für einen Augenblick den Mund zu schließen.

»Oh Gott«, keuchte Tannenberg. »Wenn es dieser Saukerl auf mich abgesehen hat und deshalb Emma …« Den Rest ließ er unausgesprochen. Er presste die Handflächen auf die Wangen. Seine Augen huschten ängstlich hin und her.

Marieke war inzwischen aufgesprungen und klammerte sich nun an die Stuhllehne. Vor Erregung biss sie sich auf die Lippen. »Du mit deinem Scheißberuf«, fuhr sie ihn an. »Da will sich jemand an dir rächen, und Emma muss dafür büßen.« Sie fing herzergreifend zu schluchzen an und warf sich Max an den Hals.

Tannenbergs Gesicht wurde noch ein wenig grauer. Der letzte Rest von Körperspannung verflüchtigte sich, er sackte regelrecht in sich zusammen.

Marieke riss sich von ihrem Mann los. Wieder schäumte die Gischt ihrer Emotionen auf. Sie packte ihren regungslosen, schlaffen Onkel am Oberarm und rüttelte fest daran. Ihre ansonsten ausgesprochen sanfte Stimme veränderte sich radikal und klang nun plötzlich schrill und gellend. »*Du* bist daran schuld, dass Emma entführt wurde!«, blaffte sie ihn in aggressivem Tonfall an.

Die anderen Mitglieder der Familie standen nun ebenfalls hinter Tannenberg und stierten mit entsetzten Mienen auf die schwarz umrandete Anzeige.

»Wer tut denn so etwas?«, wisperte Margot.

Rasend vor Wut schlug Jacob mit der flachen Hand auf den Holztisch. »So eine perverse Sau!«, schimpfte er. Die Adern an seinem Hals quollen wie dicke Würmer auf, Zornesröte schoss ihm ins Gesicht. »Dem dreh ich den Hals um, wenn ich ihn erwische!«

Mariekes Mund war zu einer dünnen Linie geschrumpft. Ihr Vater sah sie aufmerksam an, so, als versuchte er, ihre Gedanken zu lesen. Aber die waren nun wirklich nicht schwer zu erraten.

»Denk nach, wer dahinterstecken könnte«, herrschte sie ihren Onkel an.

»Mach ich doch«, jammerte Tannenberg.

Dr. Schönthaler, ein hochgewachsener, schlanker Mann, ergriff nun das Wort: »Los, Wolf, steh auf, wir gehen ins Kommissariat und überprüfen die infrage kommenden Kandidaten. So viele können es ja nicht sein.« Mit anschwellender Stimme schob er nach: »Mensch, Leute, das ist doch endlich ein konkreter Hinweis!«

»Gute Idee«, lobte Heiner. »Ich fahr euch hin.«

Tannenberg schien immer noch in Trance. Scheinbar willenlos gehorchte er der Aufforderung seines Freundes und drückte sich ächzend auf die Ellenbogen gestützt nach oben. Feuchte, traurige Augen machten sich vom Boden her kommend auf den Weg zu Marieke. Doch die junge Mutter ignorierte ihn, starrte demonstrativ an die Decke. »Kind, es tut mir so unendlich leid«, schniefte er und öffnete dabei die Arme zu einer Geste der Ohnmacht.

Aber Marieke blieb unbeeindruckt. Ein hilfloser Blick schwebte hinüber zu Kurt, der jedoch keinerlei Reaktionen zeigte. Seufzend verließ der deprimierte Kriminalbeamte mit Dr. Schönthaler die elterliche Küche.

7 Uhr 15

Die Räume des Kommissariats waren um diese Uhrzeit noch menschenleer. Für gewöhnlich erschienen die Mitarbeiter des K 1 erst gegen 8 Uhr zur alltäglichen Frühbesprechung. Die beiden Freunde saßen sich in Tannenbergs Dienstzimmer am Besuchertisch gegenüber. Dr. Schönthaler hatte einen Ringblock vor sich liegen, den Kuli hielt er in der Hand.

»Als Motiv schreib ich ›Rache‹ hin«, grummelte er, während er das Wort notierte. »Wer, glaubst du wohl, kann solch einen Hass auf dich schieben, dass er sogar vor einer Entführung der kleinen Emma nicht zurückschrecken würde?«

Tannenberg zog die Mundwinkel nach unten und lupfte ratlos die Schultern.

»Mann, denk nach, wir haben keine Zeit zu verlieren.«

Ein Ruck wie ein Stromstoß fuhr durch Tannenbergs Körper. Nervös kratzte er auf seinem Daumennagel herum. Dabei rutschte er auf seinem Sitz hin und her, als hätte er Juckpulver zwischen den Pobacken. Mit verzweifeltem Gesichtsausdruck kehrte er die Handflächen nach außen und sagte in diese entschuldigende Geste hinein: »Rainer, ich weiß nicht, wer so etwas tun könnte, wirklich. Doch nicht so etwas.«

»Aber warum denn nicht? Du bist schließlich im Laufe der Jahre einigen Leuten auf die Füße getreten.«

»Gut, aber diejenigen Typen, die einen Hals auf mich haben, sitzen doch alle noch zig Jahre lang im Gefängnis.«

»Genau das sollten wir jetzt schleunigst überprüfen.«

Tannenberg machte eine abwiegelnde Handbewegung. »Ach was, die würden allerhöchstens aus dem Knast raus einen Schlägertrupp beauftragen. Aber die würden doch keine Kindesentführung in Auftrag geben. So was ist viel zu kompliziert.«

»Es würde dir aber weitaus mehr zusetzen als eine Abreibung irgendwo in einem Hinterhof. Vor allem psychisch. Das merkst du doch gerade, nicht wahr?«

Wolfram Tannenberg nickte mit betretener Miene.

»Wir stellen jetzt eine Liste der infrage kommenden Personen zusammen. Und dann rufst du die Leiter der betreffenden JVAs an.« Nachdenklich befeuchtete der Pathologe seine Lippen mit der Zungenspitze. »Da wäre allen voran dieser Geldmafia-Rechtsanwalt, der damals …«

Tannenberg zog die Stirn in Falten. »Du meinst diesen Croissant?«

»Exakt. Dr. Frederik Croissant, wenn ich mich richtig erinnere.«

»Ja, ja, so hieß der«, bestätigte der Leiter des K 1. »Und da wäre noch der Chef von Midas, dieser dubiosen Investmentfirma, mit dem er damals zusammengearbeitet hat. Der hatte ja auch mordsmäßig Dreck am Stecken. Verdammt, sein Name will mir aber nicht mehr einfallen.«

Dr. Schönthaler tippte sich nachdenklich an die Stirn. Bereits ein paar Sekunden später hatte er den Namen gefunden: »Klar, der heißt Christian Berger. Hab ich nicht ein phänomenales Gedächtnis, mein alter Junge?« Er notierte die beiden Namen.

»Aber den können wir getrost vergessen.«

»Warum?«

»Weil der schon lange tot ist. Den haben wir doch damals erschossen in seinem Haus in Dansenberg aufgefunden.«

»Oh ha, du hast recht, hab ich völlig vergessen«, pflichtete ihm der Rechtsmediziner bei. »Der werte Herr hat ja auch bei mir auf dem Tisch gelegen.« Diese Erinnerung zauberte ein kurzes Schmunzeln auf seine Lippen. »Das war vielleicht ein Anblick: der gesamte Körper mit Goldfarbe überzogen.«

»Ja, das war wirklich ein Anblick für die Götter.«

Während Dr. Schönthalers kleines Lächeln verschwand, strich er den Namen von der Liste. Dafür fügte er einen weiteren hinzu. »Dann hätten wir noch diesen Professor Le Fuet, seines Zeichens skrupelloser, illegaler Organhändler.«

»Ja, genau, das war die Sache in der Trippstadter Schlossklinik. Der wurde damals nach Frankreich ausgeliefert, wenn ich mich nicht irre.«

»O. K. Wen hätten wir noch?« Der Pathologe

ließ ein bitteres Lachen verlauten. »Unseren alten Schulkameraden Lars Mattissen natürlich, der dir in deinem ersten Fall als Chef des K 1 so übel mitgespielt hat. Aber der schaut sich ja nach dem spektakulären Showdown im Finsterbrunnertal die Pfifferlinge von unten an. Den brauche ich erst gar nicht aufzuschreiben – es sei denn, er wäre von den Toten auferstanden.«

Tannenberg reagierte mit einem abschätzigen Grunzgeräusch.

»Wer noch?«, versetzte Dr. Schönthaler mit gekrauster Stirnpartie. »Die Walther-Brüder von den Dinopark-Morden«, beantwortete er nur einen Wimpernschlag später selbst die gestellte Frage.

»Richtig, Peter und Paul Walther. Der eine wurde als Haupttäter angeklagt und …«, Tannenberg stockte und warf einen Blick aus dem Fenster. Erst danach vollendete er den begonnenen Satz: »… bekam eine hohe Haftstrafe aufgebrummt. Aber was aus dem anderen geworden ist, weiß ich nicht mehr. Du?«

»Kam der nicht mit einer Bewährungsstrafe davon? Wurde der vom Gericht nicht als harmloser Mitläufer eingestuft?«

Der Kriminalbeamte schüttelte den Kopf. »Ich weiß es einfach nicht mehr.«

Dr. Schönthaler schrieb die beiden Namen unter die anderen. »Da wäre auch noch dieser Killer, den Croissant damals auf dich angesetzt hatte.«

In schmerzlicher Erinnerung an einen seiner bislang wohl schlimmsten Fälle nickte Tannenberg und antwortete seufzend: »Carlo Weinhold heißt dieses Miststück, der Sabrina um ein Haar getötet hätte.«

»Nicht nur Sabrina, wenn ich dich an die Mordanschläge auf dich erinnern dürfte.«

Tannenberg verscheuchte die unangenehmen Gedanken. »Und da wären natürlich auch noch die vielen anderen Kandidaten, die ich mir bereits zum Feind gemacht hatte, bevor ich Leiter des K 1 wurde.«

»Sicher. Aber bleiben wir mal bei der jüngeren Vergangenheit. Da hast du nämlich einen ganz wichtigen Herrn vergessen.«

»Und wen?«

»Gregor Michalsky.«

»Nein, ich habe diesen begnadeten Künstler nicht vergessen. Nur von dem weiß ich eben ...« Er unterbrach seine Rede und betrachtete den Freund mit einem fragenden Blick. »Hast du nicht den großen Bericht in der *Pfälzischen Allgemeinen* gelesen, in dem drinstand, dass dieser brutale Mehrfachmörder in der JVA Mannheim Steinmetzkurse für seine Mitgefangenen durchführt. Diese angeblichen Kunstwerke sollen für gemeinnützige Zwecke versteigert werden.«

»Nein, mein alter Junge, ich lese nur die *FAZ*.« Dr. Schönthaler griff in die Hosentasche. »Apropos *FAZ*.« Er zog die Todesanzeige heraus, die er vorhin eilig ausgeschnitten und eingesteckt hatte, und legte sie zwischen die beiden Männer auf den Tisch. »Ich denke, wir sollten uns den Text mal etwas genauer anschauen. Vielleicht findet sich ja irgendwo ein verborgener Hinweis auf den Entführer. Irgendwie hab ich das ungute Gefühl, da will einer mal wieder ein makaberes Spielchen mit dir treiben.«

»Ja, verflucht noch mal, den Eindruck hab ich auch.«

»Es fängt schon mit diesem Bibelspruch an«, entgegnete Dr. Schönthaler und tippte mit dem Zeigefinger auf die entsprechende Textstelle. »Deine Zeit steht in meinen Händen. Das bedeutet wohl nichts anderes, als dass du ihm ausgeliefert bist.«

Er hob das Kinn, fixierte seinen besten Freund mit einem stechenden Blick. »Wenn ich mir's recht überlege, Wolf, kündigt er relativ unverblümt deinen Tod an. Da steht's: gestorben am 5. August 2006. Und das ist heute! Klar: Nach langem Leiden wurde er endlich erlöst.«

»Nun mal nicht gleich den Teufel an die Wand«, beschwichtigte Tannenberg vordergründig. Doch auf seinem Rücken spürte er den kalten Hauch der Angst, der ihn frösteln ließ.

Dr. Schönthaler schien erst jetzt die Dramatik dessen zu begreifen, was er eben lapidar festgestellt hatte. Er schnellte von seinem Stuhl in die Höhe, hechtete zur Zimmertür, riss sie auf und spähte in den Vorraum des Kommissariats. Aber dort war niemand, keine Menschenseele. Er schloss die Tür und drehte den Schlüssel herum.

»Sag mal, Rainer, übertreibst du nicht gerade ein wenig?«, versuchte Tannenberg seine Beklemmung zu überspielen.

»Wieso? Da steht's doch eindeutig«, antwortete der Rechtsmediziner mit bebender Stimme. »Wo ist deine Waffe? Liegt sie im Schreibtisch?«

»Ja, natürlich.«

Mit eiligen Schritten trat der Rechtsmediziner hinter Tannenbergs Schreibtisch, zog die oberste Schublade heraus, entnahm ihr die Dienstwaffe mitsamt des Schulterhalfters und drückte sie dem verdutzten Freund in die Hand.

»Los, zieh das Ding über«, blaffte er ihn an.

Tannenberg schürzte die Lippen und wiegte den Kopf hin und her. »Nein, Rainer, das mach ich nicht, das ist doch totaler Quatsch. Du siehst Gespenster«, sagte er, so gelassen wie möglich. In seinem Kopf dagegen pulsierten die Gedanken, sein Gehirn suchte fieberhaft nach einem Ausweg aus dieser Angstfalle.

»Nein, das glaube ich nicht«, sagte der Pathologe, dem die kaum merklichen Anspannungen der Gesichtsmuskeln seines Freundes nicht entgangen waren. »Ich sehe dir doch an, dass du Angst hast.«

»Quatsch! Das ergibt überhaupt keinen Sinn. Warum sollte sich denn dieser Irre die ganze Mühe machen und Emma entführen, wenn er vorhat, mich *heute* umzubringen? Dann könnte er mich mit dieser verdammten Entführung doch gar nicht lange genug quälen.«

Dr. Schönthaler beruhigte sich ein wenig. »Da ist möglicherweise etwas Wahres dran.«

»Na, siehst du. Dann schließ bitte die Tür wieder auf. Was sollen denn meine Kollegen von uns denken?«

Der Pathologe tat wie ihm geheißen und kehrte an den Besuchertisch zurück. »Aber trotzdem solltest du besonders heute auf der Hut sein.«

»Mach ich.«

Das Gesicht des Gerichtsmediziners nahm einen flehenden Ausdruck an. »Bitte, Wolf, trage die Waffe. Für alle Fälle. Tu mir den Gefallen.«

»Blödsinn«, knurrte der Kriminalbeamte.

»Jetzt sei nicht so stur. Denk an deine Familie. Du musst sie doch beschützen können. Wer weiß, was dieser Psychopath noch an Gemeinheiten ausgeheckt hat.«

Dieser Appell fruchtete. Tannenberg streifte nickend das Halfter über. Dabei feuerte er ein kurzes, zynisches Lächeln in Richtung seines Freundes ab. »Morgen um 9 Uhr ist meine Beerdigung. Kommst du eigentlich?«

»Über so was macht man keine Witze!«, schimpfte Dr. Schönthaler, sonst stets ein großer Liebhaber makaberer Sprüche. »Woher kennt dieser Kerl eigentlich dein Geburtsdatum?«

»Woher soll ich das denn wissen?«

Wieder hämmerte der Rechtsmediziner auf der Todesanzeige herum. »Auch das hier ist merkwürdig: Kriminalhauptkommissar a. D. Warum schreibt der a. D.?«

»Weil er sich wahrscheinlich wünscht, dass ich meinen Beruf nicht mehr ausübe.«

Sein alter Freund stimmte mit einer Kopfbewegung zu. »Womöglich wünscht er sich noch viel mehr, dass du deinen Beruf nie ausgeübt hättest. Womit wir wieder bei unserer Ausgangsfrage angelangt wären: Wer hätte einen Grund, dich zu tyrannisieren und mit dem Tode zu bedrohen.«

»Mich und Emma«, korrigierte Tannenberg. Als er an die Kleine dachte, stiegen Tränen in ihm auf. Er wandte sich ab, tupfte die Augenwinkel trocken und schnäuzte sich geräuschvoll die Nase.

»Wir brauchen eine Bibel«, überraschte Dr. Schönthaler mit einem plötzlichen Themenwechsel.

»Wozu denn das?«

»Ich möchte diesen Bibelspruch im Zusammenhang lesen. Vielleicht entdecken wir dort ja einen Hinweis auf diesen Psychopathen. Wo kriegen wir jetzt schnell eine Bibel her?«

Tannenberg zuckte mit den Schultern. »Zu Hause haben wir eine.«

»Du Superschlauer«, höhnte der Pathologe. »Zu Hause hab ich auch eine. Wir brauchen aber jetzt eine. Wo ist hier in der Nähe das nächste Pfarramt?«

»Pfarramt?« Tannenberg blies die Backen auf, bevor er den Atem über seine vibrierenden Lippen ausstieß. Wie ein Blitz aus heiterem Himmel überfiel ihn eine Eingebung. Vor ein paar Wochen hatte er Petra Flockerzie unabsichtlich bei einem Stoßgebet belauscht. »Bitte, bitte, lieber Gott, mach, dass ich nicht mehr so viel Hunger habe, bitte, bitte.« Seine korpulente Sekretärin hatte dabei die Hand auf einer Bibel abgelegt.

»Die Flocke hat eine«, verkündete er. »Ich glaub in ihrem Schreibtisch.«

Umgehend eilte Dr. Schönthaler hinaus in Petra Flockerzies Reich und kehrte kurz darauf mit einer Bibel zurück. »Psalm 31,16«, murmelte er, während er darin herumblätterte.

»Die Psalmen kommen nach Hiob«, behauptete der Kriminalbeamte.

»Woher willst du das denn wissen?«, zeigte sich sein Freund verwundert. Trotz seiner Skepsis befolgte er den Hinweis. »Ich hab's«, jubilierte er nur Sekunden später. »Du hattest recht, die Psalmen kommen direkt nach Hiob. Da ist die Stelle, Psalm 31,16: Meine Zeit steht in deinen Händen.«

»Aber hier steht's genau verkehrt herum«, wandte Tannenberg ein: »Deine Zeit steht in meinen Händen.«

Der Rechtsmediziner vergewisserte sich selbst, indem er mehrmals den Satz in der Zeitung mit dem in der Heiligen Schrift verglich. »Stimmt.« Er brummte nachdenklich auf. »Der will wahrscheinlich damit signalisieren, dass *du ihm* ausgeliefert bist. Denn *er* hat ja Emma in *seinen* Händen.«

»So ein Wahnsinn!«

»Mein Auge ist trübe geworden vor Gram, matt meine Seele und mein Leib«, zitierte Dr. Schönthaler aus der Bibel. »Denn mein Leben ist hingeschwunden in Kummer und meine Jahre in Seufzen. Meine Kraft ist verfallen durch deine Missetat. Vor all meinen Bedrängern bin ich ein Spott geworden, eine Last meinen Nachbarn und ein Schrecken meinen Bekannten. Die mich sehen auf der Gasse, fliehen vor mir. Ich bin vergessen in ihrem Herzen wie ein Toter; ich bin geworden wie ein zerbrochenes Gefäß. Denn ich höre, wie viele über mich lästern: Schrecken ist um und um! Sie halten Rat miteinander über mich und trachten danach, mir das Leben zu nehmen.«

Der Rechtsmediziner hielt seinem Freund die Heilige Schrift unter die Nase. »Jetzt kommt's: Meine Zeit steht in deinen Händen. Errette mich von der Hand meiner Feinde und von denen, die mich verfolgen. HERR, lass mich nicht zuschanden werden; denn ich rufe dich an. Die Gottlosen sollen zuschanden werden und hinabfahren zu den Toten und schweigen. Verstummen sollen die Lügenmäuler, die da reden wider den Gerechten frech, stolz und höhnisch …«

Ein schrilles Klingelgeräusch zerschnitt die geradezu feierliche Bibelrezitation. Tannenberg hastete zum Telefon, riss das Mobilteil aus der Ladestation und drückte es ans Ohr. Während er schweigend zuhörte, fiel ihm vor Schreck die Kinnlade herunter. Er versuchte, das Mobilteil in die Basisstation zurückzustellen, aber es gelang ihm nicht, seine Hand zitterte zu stark. Er ließ den Hörer kraftlos auf den Schreibtisch gleiten.

»Was ist denn los, Wolf?«

»Oh Gott, ich muss sofort nach Hause«, kam es Tannenberg gepresst über seine farblosen Lippen. »Es ist etwas Schreckliches passiert.«

Die Freunde rannten aus dem Gebäude und suchten nach einer Funkstreife, die sie schnell in die Beethovenstraße fahren konnte. Aber weit und breit war kein einziges Polizeiauto zu sehen. Tannenberg erspähte ein Taxi, das gerade in die Hartert-Straße einbog. Er stellte sich mitten auf die Straße, stoppte es und hielt dem Fahrer seinen Dienstausweis unter die Nase. Nachdem dieser nicht gleich in gewünschter Weise reagierte, beschlagnahmte er kurzerhand das Taxi und brauste gemeinsam mit dem Pathologen in die Beethovenstraße.

Als die beiden abgehetzt in der Küche eintrafen, saß der Großteil der Familie um den Küchentisch herum.

»Marieke und deine Mutter sind zusammengebrochen«, erklärte Jacob mit gedämpfter Stimme. »Der Arzt ist bei ihnen.«

»Ist es schlimm?«

Jacob schüttelte den Kopf. »Nein, anscheinend nur der Kreislauf.« Er wies mit dem Kinn auf ein

Päckchen, das inmitten des Holztisches stand. Er schluckte hart, bevor er stöhnend fortfuhr: »Aber das da ist schlimm, sehr schlimm sogar.«

»Was ist denn das?«, fragte Tannenberg, den Blick gebannt auf die quadratische rote Pappschachtel geheftet, deren Deckelteile nach innen gerichtet emporstanden. Routinemäßig überprüfte er den Absender. »Saarbrücken«, murmelte er.

Die Dramatik der Situation erkannte man auch daran, dass Jacob den Namen der saarländischen Landeshauptstadt – normalerweise ein rotes Tuch für ihn – diesmal völlig unkommentiert ließ.

»Vielleicht sollte besser Rainer …«, schlug der Senior stattdessen vor.

Dr. Schönthaler hatte in weiser Voraussicht bereits die dünnen Plastikhandschuhe übergestreift. Nun zog er das Päckchen zu sich an die Tischkante und drückte die Laschen behutsam nach außen. Das Pappkästchen war mit einem blütenweißen Samttüchlein ausgekleidet.

Vorsichtig zupfte er es auseinander.

Ihm blieb fast das Herz stehen.

Auf dem weichen Stoff lag ein winziger kleiner Finger.

9 Uhr 45

Er saß im Arbeitszimmer. Sein Blick ruhte auf dem flimmernden Überwachungsmonitor. Er nickte zufrieden, schmunzelte. Das kleine Mädchen schlief tief und fest in seinem Gitterbettchen. Er ging ins Bad, entnahm dem Verbandskasten Mullkompressen, Pflaster und eine kleine Spraydose zur Wunddesinfektion. Dann streifte er einen mintfarbenen Mundschutz über und schlupfte in medizinische Einweghandschuhe. Anschließend begab er sich hinunter in den Keller.

Mit seinem blonden Lockenköpfchen erinnerte ihn der süße Wurm an einen von Raffael gemalten Engel. Wie bei einer feierlichen Andacht faltete er die Hände vor dem Bauch und bestaunte minutenlang dieses wundersame Gottesgeschöpf. Er schloss die Augen und summte leise ein Ave Maria. Das auf der Seite liegende Mädchen trug eine orangenfarbene Sweatleggings und ein weißes Top mit putzigem Bären-Frontdruck. Kaum wahrnehmbar hob und senkte sich der kleine Thorax in gleichmäßigem, sanftem Rhythmus.

Er entriegelte das Bügelschloss, klappte den Deckel auf und lehnte ihn an das zum Gefängnis umfunktionierte Kinderbettchen. Nun stieg er in den Käfig und kniete neben dem kleinen Körper nieder. Er hob die rechte Hand des Mädchens an und streichelte sie sanft. Behutsam zog er die angebrachten Klebestreifen ab und entfernte den Tupfer. Dann besprühte er die Wunde mit rötlichem Desinfektionsmittel, legte vorsichtig Mull darauf und befestigte ihn auf der rosigen, warmen Haut.

Die nächste halbe Stunde brachte er im Wohnzimmer zu. Er hatte Mozarts Zauberflöte aufgelegt und hörte gerade seine Lieblingsstelle, die Arie der Königin der Nacht, als ein schrilles, quäkendes Geräusch an sein Ohr drang. Es stammte von dem Babyfon, das er neben dem Gitterbettchen installiert hatte. Damit wurde er über jede Regung seines Entführungsopfers informiert.

Er hasste es, wenn er während des Musikgenusses gestört wurde. Übellaunig erhob er sich von seinem Ohrensessel, ging zur Stereoanlage und schaltete sie aus. Das nervtötende Geräusch des sich überschlagenden Schreiens empfand er nun als noch unerträglicher. Deshalb hielt er sich die Ohren zu. Mit der Fußspitze drückte er den Netzstecker des Babyfons aus der Wand. Wütend vor sich hingrummelnd, trottete er ins Arbeitszimmer und schaute auf den Monitor. Wie erwartet stand das kleine Mädchen weinend am Gitter. Es streckte die nackten Ärmchen durch die Stäbe, so als flehte es darum, endlich hochgenommen und getröstet zu werden.

Die Kleine hat garantiert Hunger, dachte er. Oder eher Durst? Vielleicht beides. Dieses dünne Teezeug hält ja auch nicht lange vor. Und das Obstgläschen hat sie noch nicht einmal angerührt. Sie bekommt jetzt Kakao zu trinken. Der schmeckt gut und sättigt. Und der hat noch keinem Kind etwas geschadet. Außerdem ist es mal wieder Zeit für einen kleinen Beruhigungstrunk. Der hilft schließlich auch gegen ihre Schmerzen.

Er löste eine halbe Schlaftablette in Wasser auf und goss anschließend Milch hinzu. Dann rührte er reichlich Kabapulver ein, erhitzte die braune Flüssigkeit, bis sie etwa Körpertemperatur erreicht hatte. Nun füllte er sie in eine Trinkflasche, stattete sich erneut mit Mundschutz und Handschuhen aus und ging hinunter in den schallisolierten Kellerraum.

Als Emma die riesenhafte Gestalt im Türrahmen auftauchen sah, zuckte sie zusammen und wich ängstlich zurück. Sie presste den Rücken an das hintere Gitter und klammerte sich verzweifelt daran fest. Doch sie konnte ihrem Entführer nicht entfliehen. Er kam immer näher, setzte sich neben dem Bettchen auf den Boden.

Er hatte eine Trinkflasche dabei. Er stellte sie ab. Seine Pranke schob sich durch die Gitterstäbe. Ein aufdringlicher Parfumgeruch kroch ihr in die Nase. Er tastete nach ihrem Po. Wimmernd warf sie sich auf die Matratze und krümmte sich zusammen. Aber die Hand ging nicht weg, sondern grapschte weiter nach ihr. Robbend flüchtete sie in die hinterste Ecke des Käfigs. Doch er packte sie an der Hose, drückte auf ihre Windel.

»Muss ich dich etwa schon wieder wickeln?«, zischte die bedrohliche Männerstimme.

10 Uhr

Eberhard Richter legte den Hörer auf. Vor Freude klatschte er in die Hände und warf den Oberkörper zurück. Zeitgleich streckte er die Beine aus. Der Schreibtischstuhl rollte nach hinten. Er ballte die Fäuste, schloss die Augen, sperrte den Mund weit auf und verzog das Gesicht zu einer furchterregenden Grimasse.

Das ist meine große Chance, frohlockte er in Gedanken. Damit schaffe ich endlich den Absprung aus dieser verdammten Provinz. Ich muss diese Wahnsinns-Story unbedingt exklusiv haben. – Sigbert. Ich muss sofort zu Sigbert.

Mithilfe eines kurzen Telefonats vergewisserte sich der Chefredakteur der *Pfälzischen Allgemeinen Zeitung*, dass sein Golfpartner Zeit für ihn hatte.

Danach eilte er zu seiner Sekretärin, schnappte sich die tagesaktuelle Ausgabe der *FAZ* und verließ im Sturmschritt die Redaktion.

Er parkte gegenüber dem Hauptbahnhof direkt vor dem Justizgebäude – im absoluten Halteverbot. Der Beamte im Eingangsbereich staunte nicht schlecht, als der stadtbekannte Chefredakteur der *PALZ*, wie die *Pfälzische Allgemeine Zeitung* meist in Kurzform genannt wurde, den Autoschlüssel auf den Empfangstresen knallte und ihn bat, falls nötig, seinen Wagen wegzufahren. Bevor der verdutzte Mann seine Sprache wiedergefunden hatte, war Richter mit den Worten »Notfall! Ich muss ganz dringend zu Dr. Hollerbach« im Flur verschwunden.

»Guten Morgen, Herr Chefredakteur«, begrüßte der Oberstaatsanwalt seinen alten Spezi, mit dem ihn außer der vorgeblichen Begeisterung für den Golfsport auch die Mitgliedschaft in mehreren Nobelklubs der Stadt verband. »Was verschafft mir denn die Ehre Ihres hohen Besuchs?«, säuselte er. Mit einer Geste bedeutete er seinem Gast, ihm gegenüber Platz zu nehmen. »Hast du dich etwa dazu durchgerungen, endlich den schon lange versprochenen Artikel über mich zu schreiben?«

Richter, dem die Profilneurose seines Golfpartners bereits seit Langem bekannt war, überspielte diese spitze Bemerkung. »Kommt bald, mein lieber Sigbert, kommt garantiert bald. Aber heute Morgen führt mich etwas anderes zu dir, nämlich eine äußerst delikate Angelegenheit.«

Bei solch einer interessanten Andeutung spitzte Dr. Hollerbach natürlich sofort neugierig die Ohren.

»Delikat? Na, da bin ich jetzt aber mal gespannt«, sagte er mit hochgezogenen Augenbrauen. »Entschuldige, darf ich dir etwas zu trinken anbieten? Vielleicht ein Wasser?«

Obwohl Eberhard Richters kurzärmeliges Seidenhemd unter den Achseln große Schweißflecke aufwies, machte er eine abwehrende Handbewegung. »Nein, nein, nicht nötig.«

»Oder einen kleinen Cognac?«

»Nein, danke, Sigbert. Ich hab jetzt wirklich keine Zeit«, gab sein Gegenüber seufzend zurück. »Ich muss gleich wieder zurück in die Redaktion.«

»Dann sollten wir doch am besten gleich in medias res gehen«, schlug der Oberstaatsanwalt vor. Er warf einen theatralischen Blick auf die silberfarbene Breitling-Armbanduhr, die als unübersehbares Statussymbol an seinem rechten Handgelenk prangte. »Auch ich bin unter Zeitdruck, mein lieber Eberhard. In einer knappen halben Stunde habe ich einen wichtigen Repräsentations-Termin wahrzunehmen. Eine ausländische Juristen-Delegation, begleitet von hochrangigen Beamten des rheinland-pfälzischen Innenministeriums.«

Scheinbar unbeeindruckt von diesem effekthascherischen Statement schaute sich Richter suchend um und wurde schon bald fündig: Auf einem Beistelltischchen neben dem Schreibtisch seines Golfpartners entdeckte er einen Stapel offensichtlich unberührter Tageszeitungen. Die *Frankfurter Allgemeine Zeitung* lag obenauf.

»Hast du heute schon in die *FAZ* reingeschaut?«

»Nein, mein lieber Eberhard, dazu bot sich mir

leider bislang noch keine Gelegenheit. Du weißt, als leitender Oberstaatsanwalt ist man sehr beschäftigt. Immer und überall muss man diesen dilettantischen Provinzermittlern auf die Finger schauen, damit sie nicht allzu viel Chaos anrichten.« Um seiner Aussage noch mehr Bedeutung zu verleihen, führte er dabei theatralisch seine Hände im spitzen Winkel zusammen und legte die Zeigefinger für einen kurzen Moment auf die Lippen. Dann öffnete er die Hände wieder und fuhr fort: »Aber, warum fragst du, was steht denn heute in der *FAZ*?«

Der *PALZ*-Chefredakteur hatte währenddessen sein eigenes *FAZ*-Exemplar aus der Tasche gezogen und es vor dem Oberstaatsanwalt ausgebreitet. »Na, was sagst du dazu?«, fragte er, während er mit dem Finger auf Tannenbergs Todesanzeige deutete.

Dr. Hollerbach, Erzfeind des nach seiner Meinung extrem störrischen, unfähigen und unkooperativen Kommissariatsleiters, schlug entsetzt die Hand vor den Mund. »Um Himmels willen!« Er schnappte ein paar Mal nach Luft. »Also, ich hab ihm ja vieles gewünscht, aber doch nicht so was. Wie ist das passiert? Wieso hab ich davon nichts mitbekommen?« Fassungslos starrte er Richter an.

Der fing den fragenden Blick auf, antwortete jedoch nicht, sondern grinste dafür über alle Backen.

»Warum freust du dich darüber? Und dann auch noch so unverhohlen?« Mit empörter Klangfärbung versetzt, ergänzte der Oberstaatsanwalt: »Das ist wirklich ausgesprochen pietätlos, Eberhard. Der arme Mann.«

Eberhard Richter nahm ihm diese plakativ zur

Schau getragene Betroffenheit offenbar nicht ab, denn er veränderte sein provokatives Mienenspiel nicht einen Deut. Nur allzu gut erinnerte er sich an die vielen abschätzigen Bemerkungen in Bezug auf den Leiter der Kaiserslauterer Mordkommission und die fiesen Intrigen, mit denen sich Dr. Hollerbach ihm gegenüber in der Vergangenheit des Öfteren gebrüstet hatte.

Urplötzlich veränderte sich die Mimik des Chefredakteurs, sein Gesicht nahm wieder bedeutend ernstere Züge an. »Du musst dir keine Gedanken über mein Seelenheil machen, mein lieber Sigbert«, verkündete er und zauberte ein schadenfrohes Schmunzeln auf die Lippen. »Dein Busenfreund erfreut sich auch weiterhin bester Gesundheit.«

»Was?« Dr. Hollerbachs Verwunderung stand ihm deutlich ins Gesicht geschrieben. »Gott sei Dank«, schob er eilends nach. Doch das kurze Aufleuchten seiner dunklen, tief liegenden Augen hatte bereits seine wahren Gefühle verraten. Verzweifelt versuchte er, sich seine Enttäuschung nicht anmerken zu lassen und plapperte weiter. »Ich bin ja so erleichtert, er hätte eine riesige Lücke …«

Weiter sprach er nicht, denn auch er erinnerte sich just in diesem Moment daran, dass Richter schon mehrfach Zeuge der auf seinen Intimfeind gerichteten Hasstiraden gewesen war.

So als ob er gerade Hollerbachs Gedanken gelesen hätte, fuhr der Journalist fort: »Ja, mein lieber Sigbert, du wirst dich wohl noch eine Weile mit diesem sympathischen Herrn herumschlagen müssen. Bei seiner Todesanzeige handelt es sich nämlich bloß um einen üblen Scherz.«

»Woher weißt du das eigentlich so genau?«

Richter ließ einen Augenblick verstreichen, dann rückte er die randlose Brille zurecht. »Tja, ich habe eben überall meine Informanten sitzen«, entgegnete er nebulös. Er räusperte sich, lehnte sich nach vorne und legte seine Unterarme auf die Schreibtischplatte. »Und das ist bei Weitem noch nicht alles, mein lieber Sigbert«, flüsterte er. »Wobei deine Reaktion auf die Todesanzeige meine Vermutung bestärkt, dass du auch noch nichts von der anderen Neuigkeit weißt.«

Dr. Hollerbach rümpfte verblüfft die Nase und schob seine buschigen schwarzen Augenbrauen zusammen. »Welche andere Neuigkeit?«, fragte er.

Genüsslich suhlte sich Richter noch ein paar Sekunden in seinem Informationsvorsprung, dann ließ er die Katze aus dem Sack: »Tannenbergs Großnichte ist entführt worden.«

»Was? Wer?«

»Emma Tannenberg, keine zwei Jahre alt, die Tochter seiner Nichte.«

»Wann? Wo? Wie? Weshalb?«, stieß der Oberstaatsanwalt im Protokollstil die Fragewörter aus.

»Du hast aber viele Fragen auf einmal, lieber Sigbert«, amüsierte sich sein Golfpartner, der sich inzwischen wieder in seinem Stuhl zurückgelehnt hatte. In der Gewissheit seines Triumphes hielt er die Arme vor der Brust verschränkt. Sein Gesicht verdüsterte sich. »Viel zu viele Fragen für einen leitenden Oberstaatsanwalt, wie ich finde. Die Öffentlichkeit könnte ja den Eindruck gewinnen, als wüsstest du überhaupt nichts von den Kapitalverbrechen, die sich gegenwärtig in deinem Zuständigkeitsbereich ereignen. Und das in deiner exponierten Stellung.«

Wenn ein fast regloses Gesicht erstarren konnte, dann war es das des leitenden Oberstaatsanwaltes. Sogar seine Augen stellten die emsigen Bewegungen ein, mit denen er die Todesanzeige betrachtet hatte.

Eberhard Richter drohte mit dem Zeigefinger. »Nein, nein, mein Lieber, so geht das nicht. Was glaubst du wohl, was los wäre, wenn meine Leser von solch einer Schlamperei erfahren würden. Das gäbe ganz schön Feuer unter deinem Dach.«

Aus Dr. Hollerbachs Gesicht war die Farbe gewichen. »Oh Gott, Eberhard, du wirst doch nichts darüber schreiben, oder?«

»Das kommt ganz darauf an«, entgegnete der Chefredakteur orakelhaft. »Wie du ja weißt, hat die Öffentlichkeit ein Recht auf Information, besonders dann, wenn es sich wie im vorliegenden Falle um ein Kapitalverbrechen handelt.« Er grinste hämisch und reckte den Finger nach oben. »Das sich übrigens bereits gestern Morgen ereignet hat.«

Richter genoss sichtlich die Anspannung seines Gegenübers. Er bewegte seinen Körper abermals nach vorne und zischte: »Und die Staatsanwaltschaft weiß nichts davon. Diese Chose hat durchaus das Zeug zu einem gewaltigen Skandal. Womit du deine Karrierepläne wohl ein für alle Mal begraben könntest.« Wieder ein spöttisches Grinsen. »Ade, du liebes Oberlandesgericht.«

Dr. Hollerbach schluckte so hart, als versuche er gerade vergebens, einen sperrigen Brocken hinunterzuschlucken. Seine Hände umklammerten krampfhaft die Lehnen des noblen Ledersessels. »Bitte nicht, Eberhard, das kannst du mir nicht antun«, flehte er mit dünner Stimme.

»Das kommt ganz darauf an«, wiederholte der Chefredakteur der *PALZ* noch einmal dieselben Worte.

»Worauf?«, keuchte der Oberstaatsanwalt.

Eberhard Richter sog in einem tiefen Zug die klimatisierte Luft ein, bevor er sie anschließend geräuschvoll ausstieß. »Ich schlage dir einen kleinen Deal vor: Du sicherst mir exklusive Informationen zu, die kein anderer Journalist erhält, und ich sorge dafür, dass niemand etwas von dieser skandalösen Schlamperei erfährt.«

»Und wie stellst du dir das konkret vor? Du weißt doch ganz genau, dass ich so etwas überhaupt nicht darf.«

Richter lachte schallend auf. »Offiziell natürlich nicht, mein lieber Sigbert, das ist schließlich jedem von uns beiden sonnenklar. Aber du sitzt doch bei den Ermittlungen direkt an der Quelle. Du rufst mich einfach auf meinem Handy an, wenn es etwas Neues gibt. Und ich sichere dir absolute Vertraulichkeit zu – Ehrenwort.«

Bei diesem Begriff zuckte Hollerbach unmerklich zusammen. Was dein Ehrenwort wert ist, wenn es hart auf hart kommt, das kann ich mir sehr gut vorstellen, du linke Bazille, dachte er, sprach diesen Gedanken jedoch nicht aus. »Aber das fällt doch auf, wenn die Leute heiße Informationen in der Zeitung lesen, die nur einem kleinen, internen Kreis bekannt sind.«

»Ja, und? Dann leitest du eben Ermittlungen wegen des Verrats von Dienstgeheimnissen gegen unbekannt ein.«

Hollerbach schüttelte den Kopf. Ein Schmunzeln

umspielte dabei seine Lippen. »Du bist vielleicht ein durchtriebener Teufelsbraten.«

»Vielen Dank für die Blumen, Herr Oberstaatsanwalt. Ich würde vorschlagen, du knöpfst dir schleunigst diesen Tannenberg und seinen Chef vor. Die würde ich an deiner Stelle erst mal anständig in den Senkel stellen. Und anschließend beraumst du für heute Nachmittag eine Pressekonferenz an, in der du die Verhängung einer strikten Nachrichtensperre bekannt gibst.«

»Nachrichtensperre?«

»Ja, klar! Um das Leben des Kindes zu schützen und die Ermittlungen nicht zu gefährden.«

»Genialer Plan«, lobte Dr. Hollerbach. Was bist du doch für ein ausgekochter Mistkerl, schob er im Stillen nach.

Eberhard Richter senkte die Stimme. »Wenn du mir diese Exklusivität zusicherst, soll es übrigens nicht dein Schaden sein. Ich verspreche dir, dass du in meiner Artikelserie in einem ausgesprochen positiven Licht erscheinen wirst.«

Hollerbach brummte auf.

Eberhard Richter machte eine ausladende Geste, so als wolle er einen Stargast präsentieren. »Ich sehe schon die Schlagzeilen vor mir: Dr. Sigbert Hollerbach – der Kämpfer für Recht und Ordnung. Das würde sicherlich auch unseren Parteifreunden sehr gut gefallen. Und deiner Karriere förderlich sein.«

Der Oberstaatsanwalt nickte begeistert. »Hört sich richtig gut an. Allmählich wird die Sache wirklich interessant, das muss ich schon sagen.«

»Siehst du, wir verstehen uns doch. Hab ich auch nicht anders erwartet.«

Dr. Hollerbach zog in Gedanken eine kurze Zwischenbilanz, die ihn inzwischen durchaus fröhlich stimmte. »Du glaubst also, diese Todesanzeige und die Entführung des kleinen Mädchens hängen unmittelbar miteinander zusammen?«

»Ja, aber das liegt doch wohl auf der Hand. Ich denke, beides ist Teil einer perfide ausgetüftelten Strategie zur Vernichtung deines Busenfreundes. Den will einer anständig in die Pfanne hauen. Und du kannst dabei in aller Ruhe zuschauen. Na, wenn das kein Grund zur Freude ist.«

8 Uhr 30

Im Treppenhaus der Polizeidirektion am Pfaffplatz vibrierte es in Dr. Schönthalers Hosentasche. Er zog das Handy hervor und drückte die grüne Taste.

»Hallo, werter Herr Kollege Bohnhorst von der Frischfleischabteilung. – Nein, nein, Wolf geht es gut. Hinter der Anzeige steckt wohl irgend so ein Spinner oder Wichtigtuer. Heutzutage gibt's ja immer mehr von diesen Verrückten«, sagte er und bedachte Tannenberg mit einem fragenden Blick. Doch der schüttelte energisch den Kopf.

»Nein, ich weiß auch nicht, wo er sich gerade rumtreibt«, log der Rechtsmediziner, ohne rot zu werden. »Aber es geht ihm auf alle Fälle gut. Ja, Herr Kollege, ich bin auch froh, dass er noch nicht bei mir auf dem Tisch gelandet ist.« Er feuerte ein Augenzwinkern ab. »Sicher, ich richte ihm schöne Grüße von dir aus. Mach's gut und halt die Ohren steif.«

An den neben ihm stehenden Kriminalbeamten gerichtet, ergänzte er: »Unser lieber Kai, wohl auch ein *FAZ*-Leser. Oder er hat von deinem vermeintlichen Ableben über die innerstädtischen Buschtrommeln erfahren. Auf dem Messeplatz soll übrigens heute Abend ein Freudenfeuerwerk abgebrannt werden.«

Tannenberg rollte gequält die Augen.

Der Allgemeinmediziner Dr. Kai Bohnhorst war bereits der vierte ehemalige Klassenkamerad Tannenbergs, der sich an diesem Morgen bei Dr. Schönthaler gemeldet hatte. Sie alle waren in der *FAZ* auf die Todesanzeige gestoßen, hatten sich jedoch nicht getraut, im vermeintlichen Trauerhaus in der Beethovenstraße anzurufen und sich nach der Ursache des plötzlichen Ablebens ihres alten Schulfreundes zu erkundigen.

»Der Täter hat Wolf dieses Päckchen hier nach Hause geschickt«, eröffnete der Rechtsmediziner wenig später die Dienstbesprechung, obwohl er streng genommen dazu gar nicht befugt war. Demonstrativ hielt er die Pappschachtel in die Höhe. »Es enthält einen abgetrennten Kinderfinger.«

Die beiden letzten Worte erzeugten blankes Entsetzen auf den Gesichtern der Anwesenden. Dr. Schönthaler fuhr unterdessen fort: »Es handelt sich jedoch glücklicherweise nicht um organisches Gewebe, sondern um synthetisches. Mit anderen Worten: Irgendjemand hat einer lebensechten Puppe den kleinen Finger abgetrennt und ihn Wolf geschickt. Es war also nur ein Scherz.«

Sabrina Schauß reagierte empört. »Mit so was Makaberem macht man aber keine Scherze, Doc!«

»Wir nicht, Sabrina, der Täter aber offensichtlich sehr wohl.«

»Die arme kleine Emma«, stöhnte die junge Kommissarin mit belegter Stimme.

»Die Sache mit dem Finger hat aber auch etwas Gutes.«

»Und was? Ich kann so etwas Perversem überhaupt nichts Positives abgewinnen«, wandte Sabrina ein.

»Doch, denn dieses Päckchen gibt meines Erachtens durchaus Grund zur Hoffnung, dass der Täter Emma nichts antun wird.« Bedeutend leiser schob Dr. Schönthaler nach: »Zumindest vorläufig nicht.«

»Und warum?«

»Weil er sie offenbar als Faustpfand behalten möchte. Sonst hätte er nämlich wirklich ihren Finger geschickt und nicht eine Kunststoffattrappe. Das gibt uns etwas ungemein Wichtiges, nämlich Zeit. Zeit, um Emma zu finden.«

»Und es engt den Kreis der Verdächtigen enorm ein«, bemerkte Tannenberg nickend. »Wenn es sich tatsächlich um einen Racheakt handelt, muss es eine Verbindung von mir zu diesem durchgeknallten Psychopathen geben. Und den müssen wir so schnell wie möglich finden.« Er nahm die Liste, die Dr. Schönthaler vor etwa einer Stunde erstellt hatte, von seinem Schreibtisch und schrieb die darauf befindlichen Namen an die Tafel. »Das muss einer sein, den ich irgendwann mal eingebuchtet habe. Vielleicht einer von denen hier.«

»Da fehlt aber doch einer«, wandte Sabrina ein.

»Und welcher?«

»Na, dieser Irre, der die ermordeten Männer an der Jammerhalde abgelegt hat«, erklärte die junge Kommissarin. Bereits eine Sekunde später korrigierte sie sich. »Blödsinn, der war ja damals bereits todkrank und ist inzwischen bestimmt schon gestorben.«

»So ist es«, bemerkte Dr. Schönthaler lapidar.

Nach diesem Einwurf teilte der Kommissariatsleiter jedem seiner Mitarbeiter einen oder mehrere der aufgelisteten Straftäter zu und beauftragte sie, deren aktuellen Aufenthaltsort zu ermitteln.

»So, dann mal ran an die Arbeit, Leute«, beendete der Kommissariatsleiter die kurze Dienstbesprechung.

»Herzlichen Glückwunsch zum Geburtstag, Chef«, hörte er plötzlich Petra Flockerzies wohlbekannte Stimme. Sie schob gerade ihren korpulenten Körper durch den Türrahmen. »Zwar nachträglich, aber immerhin. Ich hab Ihren Lieblingskuchen gebacken«, plapperte sie munter weiter: »Erdbeertorte! Die fünf brennenden Kerzen stehen natürlich jeweils für zehn Ihrer Lebensjahre.«

Erst jetzt registrierte sie die versteinerten Mienen um sich herum. »Was ist denn hier los? Ist etwa der Herr Oberstaatsanwalt gestorben?«, versuchte sie einen Kalauer zu landen.

»Nein, Flocke, unsere kleine Emma ist entführt worden«, sagte Tannenberg. Um nicht von seinen Emotionen übermannt zu werden, wandte er sich geschwind an seine junge Mitarbeiterin: »Sabrina, bring Flocke bitte auf den aktuellen Stand der Dinge. Und dann los an die Arbeit. Wir haben keine Zeit zu verlieren.«

»Klar, Wolf, mach ich«, bekundete sie nickend.

Das Telefon läutete. Petra Flockerzie war derart beseelt von Mitgefühl, dass sie erschrocken zusammenfuhr und einen Moment lang handlungsunfähig war. Doch dann hob sie routinemäßig den Hörer ab, meldete sich mit belegter Stimme und übergab ihrem Chef den Hörer. Es handelte sich bei dem Anrufer um August Krehbiel. Er teilte Tannenberg mit, dass er sich in seiner Firma dezent umgehört habe, sich dort aber niemand an eine Person erinnern könne, die sich in letzter Zeit auffällig benommen habe. Auch das Gespräch mit dem Personalleiter seines Unternehmens hätte keinerlei Hinweise auf irgendeinen Mitarbeiter ergeben, der möglicherweise aufgrund einer Entlassung hätte überreagieren können.

Der Leiter des K 1 bedankte sich artig für die Recherchen. Dann legte er auf und zog sich in sein Büro zurück. Dr. Schönthaler dagegen begab sich in den Keller des Gebäudes, wo sich das Labor der Kriminaltechnik befand.

Zuerst kümmerte sich Tannenberg um den Verbleib Gregor Michalskys und telefonierte deshalb mit dem Leiter der Mannheimer Justizvollzugsanstalt. Der Strafgefangene absolvierte zu diesem Zeitpunkt den obligatorischen Hofgang. Tannenberg hakte ihn ab.

Als Nächster stand der Auftragskiller Carlo Weinhold auf seiner Liste. Er war ein enger Mitarbeiter des Winkeladvokaten Dr. Frederik Croissant und hatte in einem bereits Jahre zurückliegenden Fall mehrere Mordanschläge auf Tannenberg verübt. Da diesem Schwerkriminellen nach seiner Festnahme noch weitere Kapitalverbrechen nachgewiesen werden konnten, überstellte man ihn damals nach Hamburg, wo ihm der Prozess gemacht wurde.

Tannenberg konsultierte die BKA-Datenbank und ermittelte als derzeitigen Unterbringungsort des Inhaftierten die JVA Fuhlsbüttel, wo Weinhold angeblich eine lebenslange Haftstrafe verbüßte. Aufgrund der Schwere der von ihm verübten Verbrechen hatte die zuständige Strafkammer eine anschließende Sicherungsverwahrung angeordnet.

Trotz dieses zufriedenstellenden Rechercheergebnisses setzte sich Tannenberg mit der Leiterin dieser Justizvollzugsanstalt in Verbindung. Die unfreundliche Beamtin teilte ihm mit, dass der Inhaftierte wegen seiner langjährigen Mitgliedschaft im organisierten Verbrechen in einem Hochsicherheitstrakt untergebracht sei. Eine Flucht aus diesem Gefängnisbereich sei völlig unmöglich. Trotzdem ließ Tannenberg der Anstaltsleiterin so lange keine Ruhe, bis sie die tatsächliche Anwesenheit Weinholds hatte überprüfen lassen.

Diese Rückmeldungen lösten bei Tannenberg durchaus zwiespältige Gefühle aus: Einerseits verspürte er Erleichterung, andererseits war er aber auch frustriert darüber, dass er nun diese heißen Kandidaten von seiner Liste streichen musste. Nachdenklich lehnte er sich in seinem Bürosessel zurück, atmete tief durch und schloss die Augen.

Wie ein Blitz aus heiterem Himmel erschien urplötzlich Hannes Bild auf seiner inneren Leinwand. Betroffen musste er sich eingestehen, dass er zum ersten Mal seit den dramatischen Ereignissen an sie dachte. An dem Morgen, an dem Emma entführt wurde, hatte sie schon in aller Frühe sein Bett verlassen, um mit ihren Brüdern nach Norddeutschland zu einer Pferdeauktion zu fahren.

Warum hat sie sich denn noch nicht bei mir gemeldet?, fragte er sich. Lass diesen sentimentalen Quatsch, du musst dich jetzt völlig auf Emma konzentrieren!, mahnte seine innere Stimme. Es geht nur um sie, um sonst nichts!

Tannenberg folgte ausnahmsweise einmal seinem psychischen Korrektiv und begab sich in den neben seinem Büro gelegenen Raum. Als er das Dienstzimmer betrat, tippte Sabrina gerade einen Namen in eine Suchmaske ein, während ihr Ehemann telefonierte. Tannenberg hatte ihm die Recherchen nach Dr. Croissant und Professor Le Fuet deshalb übertragen, weil er als Interpol-Verbindungsbeamter sehr gut Französisch sprach und auch über die entsprechenden Kontakte verfügte.

Der athletische Kommissar redete gestenreich auf seinen Gesprächspartner ein. Als er seinen Chef entdeckte, rollte er die Augen und blies die Backen auf. Er hielt die Hand auf die Hörmuschel und seufzte: »Das ist vielleicht ein Akt, bis die mal in die Gänge kommen. Oui, oui, mon ami, j'ai compris – merci beaucoup.« Genervt legte er auf.

»Also, Wolf, nach langem Hin und Her steht fest: Dieser Organmafia-Professor sitzt in Marseille ein.« Aus Tannenbergs skeptischem Mienenspiel schlussfolgerte Schauß die gerade auf der Zunge seines Chefs liegende Frage und beantwortete sie sogleich. »Ja, Wolf, die Kollegen haben's gerade überprüft: Er ist dort – und er war auch die letzten Tage über dort.« Kopfschüttelnd stieß er Luft durch die Nase. »Die Franzosen haben gedacht, ich hab sie nicht mehr alle, als ich sie gebeten habe, die Sache doch bitte vor Ort zu überprüfen.«

»Mir ist absolut schnuppe, was die Kollegen über uns denken«, blaffte Tannenberg. »Was ist mit Croissant? Hast du auch schon was über ihn erfahren können?«

»Nein, Wolf, da kümmere ich mich aber jetzt sofort drum.«

»Gut«, entgegnete Tannenberg und setzte sich zu Sabrina an den Computer.

»Ich bin an diesen Walther-Brüdern dran, Wolf. Paul war ja damals der Haupttäter, der auf der Gartenschau …«

Ihr Vorgesetzter signalisierte ihr mit einer ungeduldigen Geste, dass sie sich nicht weiter mit Nebensächlichkeiten aufhalten solle.

»Dieser Paul Walther verbüßt in der JVA Zweibrücken eine lebenslange Haftstrafe.« Um dem möglichen Einwurf ihres Chefs zuvorzukommen, schob sie eilig nach: »Vor fünf Minuten hat er in der JVA-Küche Kartoffeln geschält.«

»Und sein Bruder?«

»Den such ich gerade in der Datenbank.«

Kaum hatte sie dies ausgesprochen, tauchte schon die gesuchte Information auf dem Bildschirm auf. Sie las vor: »Peter Walther – und so weiter – verurteilt zu drei Jahren Haft auf Bewährung wegen …«

»Das heißt, der Kerl befindet sich zurzeit auf freiem Fuß«, warf Tannenberg dazwischen. »Dann hätten wir ja schon mal einen, der frei herumläuft. Sein aktueller Wohnsitz?«

Sabrinas Finger huschten über die Tastatur. »Da steht's: Herzog-von-Weimar-Straße 63«, rief sie aus.

»Ruhe!«, schimpfte ihr Mann. »Die Verbindung ist schon schlecht genug.« Dann palaverte er auf Französisch weiter, hörte geduldig zu, stellte eine Frage nach Dr. Croissant, wartete, während er mit gelangweiltem Blick an die Decke starrte.

Plötzlich richtete er seinen Oberkörper kerzengerade aus. »Merci beaucoup, merci beaucoup«, bedankte er sich heftig nickend und knallte den Hörer auf. »Ihr werdet es nicht glauben, aber unser lieber Dr. Croissant ist vor etwa vier Wochen in einer spektakulären Aktion bei einem Gefangenentransport befreit worden. Es gab drei Tote, allesamt Polizisten. Die haben sie mit MP-Salven einfach niedergemetzelt.«

»Damit hätten wir schon mal zwei Kandidaten, die für Emmas Entführung in Betracht kommen könnten«, ließ Tannenberg verlauten.

10 Uhr

Vom Vorraum her erklangen plötzlich »Wolf«-»Wolf«-Rufe. Nur einen Wimpernschlag später erschien Heiner in der Tür. Er war völlig außer Atem und rang wie ein Asthmatiker nach Luft. Er drückte seinem Bruder eine Jutetasche in die Hand. Sie enthielt ein Päckchen, das demjenigen täuschend ähnelte, das zurzeit im Labor der Kriminaltechnik auf verwertbare Spuren hin untersucht wurde.

»Wir … haben's … erst gar nicht … aufgemacht«, hechelte er. »Es wurde uns gerade zugestellt … Von einem anderen … Paketdienst als vorhin.«

Im ersten Moment hatte Tannenberg das Gefühl,

noch einmal den gleichen Film anschauen zu müssen. Zu frappierend war die Duplizität der Ereignisse. Zugleich von Neugierde und Angst getrieben, streifte er Plastikhandschuhe über und stellte das kleine Paket auf Sabrinas Schreibtischunterlage.

»Michael, gib mir mal dein Messer«, forderte er.

»Ich hab auch eins«, versetzte Sabrina und reichte es ihm.

»Diesmal in Zweibrücken abgestempelt«, nuschelte der Leiter des K 1, während er mit zitternder Hand das braune Klebeband durchtrennte.

»Vielleicht solltest du besser warten, bis der Doc da ist«, empfahl Kommissar Schauß. »Weißt du, ob er noch unten im Labor …?«

»Nein«, schnitt ihm Tannenberg das Wort ab.

Man merkte ihm die neuerliche Anspannung deutlich an. Er war von Angst regelrecht gezeichnet und befürchtete offensichtlich das Schlimmste für Emma. Vielleicht war das vorhin nur die harmlose Ouvertüre, und jetzt macht dieser Irre Ernst, pochte es unter seiner Schädeldecke.

»Ich ruf ihn gleich mal an«, verkündete Michael Schauß.

Noch nicht einmal eine Minute später traf der Rechtsmediziner im K 1 ein. Er machte sich sogleich an die Arbeit. In dem Päckchen befand sich abermals ein Samttüchlein. Diesmal war es allerdings nicht weiß, sondern es wies ein schwarz-weißes Kuhfleckenmuster auf. Offenbar war es an mehreren Stellen mit einer schwarzen Flüssigkeit getränkt worden. Er zupfte die Spitzen des taschentuchgroßen Stoffes auseinander. Auf weichem, schwarzem Untergrund lag eine blonde Haarlocke. Daneben befanden sich zwei übereinanderliegende, zusammengefaltete Zettel. Der erste war eine Kopie der Todesanzeige.

»Da wollte wohl einer ganz sichergehen, dass du die Anzeige auch wirklich mitbekommst«, stellte Dr. Schönthaler lapidar fest.

Dann klappte er den anderen Zettel auseinander. Darauf stand in Maschinenschrift zu lesen:

Emmas Locke auf ihrem *Kindspech*.
Verstehst du die Symbolik?
Nein? Es ist aber ganz einfach:
Das arme *Kind* hat eben *Pech*,
dass es zu deiner Familie gehört.

»Das soll Emmas Kindspech sein? Was für ein Blödsinn!«, polterte der Gerichtsmediziner. »Das sogenannte Kindspech ist der erste Stuhl eines Neugeborenen. Und das hier ist nur schwarze Farbe, sonst nichts.«

Tannenberg deutete auf die Haarlocke, an deren dünnerem Ende es rötlich schimmerte. »Glaubst du, das Rote da unten ist Emmas Blut?«

»Die Frage, ob es sich dabei um Tier- oder Menschenblut handelt, kann ich beim besten Willen nicht beantworten. Aber es sieht schon wie Blut aus.« Nach einer intensiveren Begutachtung schob er nach: »Ja, das ist hundertprozentig keine Farbe.«

»Leute, von diesen beiden Päckchen erfährt außer uns hier niemand etwas, weder Geiger noch Eberle noch Hollerbach. Ist das klar?«

Alle stimmten nickend zu.

»Ich will nicht, dass morgen etwas darüber in der

Zeitung steht. Ihr erwähnt es auch nicht in irgendeinem eurer Berichte. Ich verlass mich auf euch.«

»Kannst du voll und ganz, Wolf.«

»Gut.«

»Das eine Päckchen wurde in Saarbrücken eingeworfen und das andere in Zweibrücken«, bemerkte Michael Schauß eher zu sich selbst. Mit anschwellender Stimme setzte er hinzu: »Das könnte doch ein Hinweis auf diesen Dr. Croissant sein.«

»Du meinst wegen der Grenznähe zu Frankreich?«, meinte Sabrina.

»Ja, sicher.«

Tannenberg wiegte zweifelnd den Kopf hin und her. »Nein, nein, das glaube ich nicht. Ich kann mir nicht vorstellen, dass der Entführer so blöd ist und uns derart unverblümt einen Hinweis auf seinen tatsächlichen Aufenthaltsort gibt. Das ist garantiert eine Finte! Ich werde das Gefühl einfach nicht los, dass er und Emma sich hier in unserer unmittelbaren Nähe aufhalten – und nicht irgendwo im Dreieck Saarbrücken-Kaiserslautern-Zweibrücken, wie er uns weißmachen will. Die Ringfahndung war schließlich auch ergebnislos.«

»Aber wo ist Emma, wenn er seine Exkursionen unternimmt? Der kann die arme Kleine doch nicht die ganze Zeit über allein lassen«, bemerkte die junge Kommissarin mit unübersehbaren Sorgenfalten auf der Stirn.

»So ein elender Mistkerl. Wenn ich den erwische, den nehm ich so in die Mangel, dass er anschließend nicht mehr weiß, ob er ein Männlein oder ein Weiblein ist!«, versetzte Wolfram Tannenberg, wobei seine Halsschlagadern wie dicke Würmer aufquollen.

10 Uhr 45

In diesem Augenblick betrat Kriminaldirektor Klaus Eberle das K 1. Da er Tannenbergs markante Stimme aus dem Büro des Ermittlerehepaars vernommen hatte, bedachte er Petra Flockerzie lediglich mit einem knappen Gruß und steuerte zielstrebig an ihr vorbei zum Leiter der Mordkommission.

Oh, verdammt!, fluchte Tannenberg in Gedanken, als er seinen direkten Vorgesetzten auftauchen sah. Der hat mir gerade noch gefehlt. Als ob ich nicht schon genügend Probleme am Hals hätte. Ein weiterer qualvoller Gedanke schoss ihm durch den Kopf. Ach herrje, den hab ich ja total vergessen zu informieren. Der macht mir jetzt garantiert die Hölle heiß.

Doch ganz im Gegensatz zu diesen Befürchtungen las Eberle nun seinem Untergebenen nicht die Leviten, sondern drückte ihm sein zutiefst empfundenes Mitgefühl aus: »Ich kann durchaus verstehen, dass Sie in diesem ganzen Trubel völlig vergessen haben, mich über diese schreckliche Kindesentführung in Kenntnis zu setzen«, sagte der Kriminaldirektor in seiner ruhigen, sympathischen Art.

»Tut mir wirklich leid.«

Eberle hob seine Hand zum Zeichen, dass sein Mitarbeiter ihn nicht unterbrechen solle. »Ich kann sehr gut nachvollziehen, dass in solch einer Extremsituation alle Ihre Gedanken auf das kleine Mädchen gerichtet sind. Mir ginge es sehr wahrscheinlich ganz genauso.«

»Danke für Ihr Verständnis«, nickte Tannenberg.

Obwohl er Eberle bislang durchweg als wohlwollenden, besonnenen und gerechten Vorgesetzten erlebt hatte, spürte er intuitiv, dass diese Solidaritätsbekundung nur die Ouvertüre zu etwas anderem war. Sein Gefühl täuschte ihn nicht.

»Verständnis ist exakt das richtige Stichwort, lieber Kollege Tannenberg«, wurde Eberle nun förmlich. »Ich möchte Sie nämlich um Verständnis dafür bitten, dass ich Sie hiermit ab sofort in den Sonderurlaub schicke. Ich selbst werde die Leitung der Ermittlungen übernehmen. Sie halten sich aus den Ermittlungen heraus und kümmern sich um Ihre Familie. Die braucht Sie jetzt mehr als dringend.«

Abermals streckte er Tannenberg die Handflächen entgegen und bedeutete ihm damit, dass er noch nicht fertig war. »Bevor Sie sich ungerecht behandelt fühlen und lauthals gegen diese Anordnung protestieren wollen, sage ich Ihnen ganz im Vertrauen, dass es mir nur unter allergrößter Mühe gelungen ist, Sie von einer Suspendierung zu verschonen. Das war ein hartes Stück Arbeit, mein Freund, das kann ich Ihnen flüstern. Sie wissen selbst sehr gut, auf wen diese vehemente Forderung zurückgeht, nicht wahr?«

Tannenberg war klar, dass nur sein Busenfreund Dr. Hollerbach hinter solch einer Intrige stecken konnte. »Und was ist der Unterschied zwischen Sonderurlaub und Suspendierung?«, fragte er deprimiert.

»Dann denken Sie mal ganz scharf darüber nach«, meinte der Kriminaldirektor und verließ schmunzelnd das K 1.

Dienstag, 6. August

7 Uhr 45

»Schatz, was glaubst du, wie wird Wolf mit dieser Situation umgehen?«, fragte Sabrina ihren Mann.

Das Ermittler-Ehepaar saß zu Hause auf der Terrasse beim Frühstück. In der schwülheißen Sommernacht hatten die beiden kaum ein Auge zugetan. Die Schlaflosigkeit war nicht nur auf die unangenehmen Witterungsbedingungen zurückzuführen, sondern ein weiterer Grund lag darin, dass der aktuelle Fall sie nicht hatte zur Ruhe kommen lassen.

»Du meinst mit seiner Quasi-Suspendierung?«, gähnte ihr Mann hinter vorgehaltener Hand.

»Ja, aber auch all die anderen Belastungen. Wie soll der arme Kerl denn bloß solch eine Marter ertragen? Das muss man sich einmal vorstellen: Da wird ein Mitglied seiner Familie entführt, er selbst wird mit dem Tode bedroht, und nun wird er auch noch zur Tatenlosigkeit verdammt.«

Michael zuckte ratlos mit den Schultern und nippte an seinem Kaffee. »Ich weiß nicht, wie man so etwas überhaupt aushalten kann. Das frag ich mich schon die ganze Zeit über. Wenn wir ein Kind hätten und es würde entführt werden …« Er stockte, stellte die Tasse ab und räusperte sich. »Ich glaube, ich würde Amok laufen.«

»Hoffentlich zerbricht er nicht unter dieser enormen psychischen Belastung.«

»Ich hoffe nicht, mein Schatz. Der arme Kerl hat ja wirklich schon genug durchgemacht. Aber das jetzt ist die absolute Horrorversion.«

Sabrina seufzte tief. »Er ist im Moment ziemlich allein.«

»Stimmt, denn seine Familie schiebt garantiert einen mordsmäßigen Hals auf ihn, schließlich ist er der Grund, weshalb die kleine Emma entführt wurde.«

»Eigentlich hat er nur noch Hanne«, bemerkte Sabrina voller Mitgefühl für ihren Chef und väterlichen Freund.

»Und uns«, korrigierte Michael Schauß.

Sabrinas sonnengebräuntes Gesicht leuchtete auf. »Richtig«, bestätigte sie nickend. »Und den Doc.«

»Also ist er doch nicht ganz auf sich allein gestellt.«

»Nein, zum Glück nicht.«

»Na, siehst du. Es wird schon irgendwie gut gehen. Gemeinsam werden wir es bestimmt schaffen, Emma unversehrt zu finden.«

Der Aufmunterungsversuch ihres Mannes konnte Sabrinas depressive Stimmung nicht gravierend verbessern. Sie ließ die Schultern wieder sinken und nickte resigniert. »Wenn ich doch nur wüsste, wie wir ihm helfen könnten.«

»Aber das tun wir doch.«

»Nein, ich meine …« Den Rest des Satzes ließ sie unausgesprochen. Sie trank einen Schluck Kaffee und blickte dabei nachdenklich in den Garten. Auf einem Zierstrauch hatte sich eine Schar Blaumeisen niedergelassen. Zwitschernd stieben sie in die Höhe.

»Ich glaube, ich hab da gerade eine Idee«, stieß sie freudig aus.

»Und welche?«

Ohne auf die Frage einzugehen, ergänzte Sabrina: »Die ist zwar ein wenig makaber, aber immerhin wird er dadurch ein bisschen abgelenkt.«

»Na, nun sag schon«, drängte ihr Ehemann.

Sabrina ließ ihn jedoch weiter zappeln. Sie nahm ihr Handy vom Tisch und wählte die eingespeicherte Nummer Tannenbergs. Als dieser sich in mürrischem Ton meldete, sagte sie: »Wolf, ich bin in einer halben Stunde bei dir und hol dich ab. – Nein, wohin wird nicht verraten.« Schmunzelnd wanderten ihre Augen hinüber zu ihrem Mann. »Dir auch nicht. Je weniger wir gegenseitig von unseren separaten Hilfsaktionen wissen, umso besser. Dann müssen wir auch nicht lügen, wenn wir irgendwann danach gefragt werden.«

8 Uhr 45

An der Kreuzung Barbarossaring/Altenwoogstraße kam das silberne Zivilfahrzeug zum Stillstand. Sabrina stellte nun endlich die Frage, die ihr die ganze Zeit über schon auf der Zunge gelegen hatte: »Sag mal, Wolf, weißt du eigentlich inzwischen, worauf Eberle gestern hinauswollte?«

»Womit?«, knurrte Tannenberg.

»Na, als er dich aufforderte, dir mal intensive Gedanken über den Unterschied zwischen einer Suspendierung und einem Sonderurlaub zu machen?«

»Nein, ich weiß es nicht, weil ich es natürlich nicht

wissen kann, denn er hat es ja nicht ausgesprochen. Aber ich kann mir sehr wohl denken, was er mir mit dem, was er nicht gesagt hat, sagen wollte. Denn sagen durfte er das nicht, was er mir sagen wollte.«

»Diese Sätze könnten glatt vom Doc stammen«, bemerkte die junge Kommissarin schmunzelnd.

Ein kleines, schelmisches Lächeln huschte über Tannenbergs Gesicht. Er wies auf das unter seinem Leinensakko versteckte Schulterhalfter, in dem seine Dienstwaffe steckte.

»Bei einer Suspendierung hätte ich nicht nur die, sondern auch noch meinen Dienstausweis abgeben müssen«, erklärte er. »Und das wiederum hätte meine Handlungsfreiheit in dem mir verordneten Urlaub enorm eingeschränkt.«

Sabrina lachte auf. »Ach so, du meinst, …«

»Genau das meine ich. Eberle ist schließlich auch ein Familienmensch und kann sich garantiert sehr gut in meine Lage versetzen.«

Plötzlich hupte es hinter ihnen, und Sabrina fuhr mit quietschenden Reifen los. Gleich darauf passierte der Dienstmercedes die Torpedo-Garage. An der Donnersbergstraße empfing sie abermals eine rote Ampel.

»Übrigens wäre ich sowieso heute Morgen zum Friedhof gefahren. Ich lass mir doch meine eigene Beerdigung nicht entgehen«, verkündete Tannenberg in ein bitteres Lachen hinein. »Aber es war trotzdem lieb von dir, dass du an mich gedacht hast.«

Sabrina krauste verwundert die Stirn. »Ich wollte dir eigentlich nur ein wenig Bewegung an der frischen Luft verschaffen. Glaubst du etwa ernsthaft, dass dieser Irre auf dem Friedhof aufkreuzen könnte?«

»Na ja, vielleicht ist er ja wirklich so blöd und will mit eigenen Augen seinen makaberen Scherz überprüfen«, mutmaßte Tannenberg, als die Ampel umsprang.

Nach einem Blumenladen tauchte auf der rechten Seite der weitläufige Parkplatz des Kaiserslauterer Hauptfriedhofs im Sichtfeld der Ermittler auf.

»Um Himmels willen, wollen die etwa alle zu meiner Beerdigung kommen?«, stieß Tannenberg entsetzt aus, als er die unzähligen, auf dem Parkplatz versammelten Trauergäste sah. Er versteckte sein Gesicht hinter beiden Händen und forderte Sabrina auf, noch ein Stückchen weiterzufahren und vor einem schräg gegenüberliegenden Supermarkt das Auto abzustellen.

Sabrina grinste. »Na ja, Wolf, also deine außergewöhnliche Beliebtheit mal in allen Ehren, aber dass halb Kaiserslautern zu deiner Beerdigung kommt, kann ich mir nun wirklich nicht vorstellen.«

Wolfram Tannenberg ignorierte die kecke Bemerkung und begann, hektisch im Handschuhfach herumzukramen.

»Was suchst du denn?«

»Hast du ein Fernglas im Wagen?«, wollte er von seiner Mitarbeiterin wissen.

»Ja, sicher.«

Tannenberg streute den Inhalt auf den Teppichboden zu seinen Füßen, schnappte sich den handlichen Feldstecher und zog ihn aus einem kakifarbenen Etui. Angestrengt spähte er hinüber zum Parkplatz und inspizierte von links kommend die Schar der Trauergäste.

»Wenn die wirklich alle zu deiner Beerdigung

wollen, dann solltest du ja zumindest die meisten von ihnen kennen«, meinte Sabrina mit einem verschmitzten Lächeln auf den Lippen. »Na, wie sieht's aus? Kommen dir die Leute bekannt vor?«

»Ach, du Scheiße«, zischte ihr Vorgesetzter.

Sabrina zuckte zusammen. »Was ist denn? Hast du jemanden entdeckt?«

»Nein, nein, von denen kenne ich niemanden. Aber da sind auch Pressegeier darunter. Ich sehe drei Fotografen.«

»Dann sollten wir aufpassen, dass sie dich nicht erkennen.«

»So ist es«, stimmte Tannenberg zu.

»Wenn morgen ein Bild von dir in der Zeitung erscheint, ist dir die Suspendierung endgültig sicher.«

Tannenberg nickte. Er inspizierte weiter die auf dem Parkplatz versammelten Menschen. »Doch, da sind ein paar Bekannte von mir«, verkündete er. »Das sind Kumpels von früher. Die hab ich nur ab und zu mal in den letzten Jahren getroffen. Rein zufällig, in der Stadt, im Stadion, in der Kneipe. Ich fass es nicht: Die haben sogar Blumen und Kränze dabei. Aber die Frau, die bei ihnen steht, kenne ich nicht.«

»Vielleicht eine deiner Verflossenen, die dir immer noch nachtrauert«, konnte sich Sabrina nicht verkneifen.

Nacheinander sondierte der im Sonderurlaub befindliche Kriminalbeamte jeden Einzelnen der schwarzgekleideten Gestalten. Als er den rechten Rand der Trauergemeinde erreicht hatte, setzte er resigniert das Fernglas ab.

»Da ist keiner unserer Kandidaten drunter, auch keiner von früher, als der Weilacher noch Kommissariatsleiter war.« Er seufzte tief. »Das wäre ja auch zu schön gewesen.«

»Wirf nicht gleich die Flinte ins Korn, Wolf. Da kommen gerade zwei weitere Autos.«

»Ach, Sabrina, das ist doch Quatsch. Ich kann mir nicht vorstellen, dass der Typ, der meine Todesanzeige in der *FAZ* geschaltet hat, hier ganz offiziell vorfährt. Der müsste ja völlig bekloppt sein.«

Trotz dieses Einwandes schob Tannenberg den Feldstecher abermals auf seinen Nasenrücken und starrte angestrengt hindurch. Geduldig wartete er, bis die Insassen ihre noblen Limousinen verlassen hatten und er sie allesamt begutachten konnte. Aber auch diese Trauergäste waren ihm völlig unbekannt.

Kein Wunder, das sind ja auch vorwiegend auswärtige Kennzeichen, sagte er zu sich selbst, während er die Nummernschilder der Autos inspizierte. Sogar einer aus Starnberg ist darunter. Wer wohl bei meiner Beerdigung am weitesten anreisen wird?, dachte er mit verklärtem Blick auf das bayrische Kennzeichen.

Er hob das Fernglas ein wenig an. Die Friedhofsmauer tauchte als breiter, rotbrauner, leicht verschwommener Streifen auf. Er stellte die richtige Schärfe ein, sodass die einzelnen Bruchsandsteine klar erkennbar hervortraten. Das Bild schwenkte langsam nach rechts, an einer Parkbank und einem dicht belaubten Buschwerk vorbei. An einem Haselnussstrauch rastete das Fernglas ein.

Tannenberg hatte hinter dem Gewächs eine männliche Gestalt entdeckt, die hinter dem Busch lauerte und die Menschen in Spannermanier beobachtete. Der Mann, dessen Gesicht das Laub fast vollständig verdeckte, trug Jeans, ein dunkelblaues T-Shirt und auf dem Kopf eine Baseballmütze, deren Schneppe zum Rücken hinunterzeigte. Die Trauergäste schienen keinerlei Notiz von ihm zu nehmen. Urplötzlich nahm der Mann den Kopf zurück und blickte zur Straße hin, genau in Tannenbergs Richtung.

Dem Kriminalbeamten fuhr der Schreck in alle Glieder. Er schleuderte den Kopf zu Sabrina herum. »Da, da vorne steht …«, stammelte er.

Tannenberg konnte nicht glauben, was er da gerade gesehen hatte, deshalb blickte er zur Kontrolle abermals durch sein Fernglas. Der Mann stand immer noch an derselben Stelle, hatte nun wieder die Trauergemeinde im Visier.

»Wen hast du denn erkannt?«

Der beurlaubte Leiter des K 1 antwortete nicht, sondern drückte seiner Mitarbeiterin den Feldstecher in die Hand. »Schau selbst«, forderte er sie auf und presste seinen Rücken an die Lehne des Beifahrersitzes.

Sabrina schob die angewinkelten Arme an seinem Oberkörper vorbei. »Wo denn?«

»Siehst du die Bank vor der Friedhofsmauer?«

»Moment, ich muss erst scharfstellen. Ja, jetzt hab ich sie.«

»Rechts daneben befindet sich ein Haselnussstrauch. Hast du ihn?«

»Ja.«

»Noch ein wenig weiter. Etwas verdeckt dahinter steht ein Mann. Siehst du ihn?«

»Ja.«

Wie auf Kommando blickte der Spanner erneut zum Auto der Ermittler.

»Das ist doch dieser, dieser …«

»Richtig, das ist der Stalker, der Hanne belästigt …«

»Und dich in Johanniskreuz mit einem Knüppel niedergeschlagen hat«, vollendete Sabrina.

»Genau der ist es.«

»Wie hieß der noch mal?«

»Alexander Fritsche.« Tannenberg klatschte sich mehrmals mit der Handfläche an die Stirn. »Verflucht noch mal, an den hab ich überhaupt nicht gedacht.«

»Wir doch auch nicht, Wolf«, bemerkte Sabrina, während sie weiter den etwa ein Meter achtzig großen, kräftigen Mann im Fokus behielt. »Und was machen wir jetzt?«

Tannenberg brummte. »Im ersten Moment hab ich gedacht: Den schnappen wir uns sofort.« Er presste die Lippen zu einem schmalen Strich zusammen und schüttelte den Kopf. »Aber das wäre keine sehr gute Idee.«

»Wieso?«

»Na, weil wir nur zu zweit sind und der Kerl deshalb relativ einfach türmen könnte.«

»Aber nicht, wenn wir ihn überraschen.«

»Nee, nee, Sabrina, das ist mir zu riskant. Stell dir nur mal vor, der zieht plötzlich eine Waffe und wir erschießen ihn in Notwehr. Dann könnte er uns nicht mehr verraten, wo er Emma versteckt hat.«

Sabrina nickte betroffen.

Er zeigte mit einem Finger auf die Trauergäste. »Außerdem würden wir bei einer Schießerei diese

Menschen gefährden.« Nun streckte er den Zeigefinger in die Höhe und hob dazu die Brauen. »Und die Pressefuzzis würden alles fotografieren. Auf so was warten diese Aasgeier doch nur.«

»Du hast recht. Also, was schlägst du vor?«

»Wir warten ab, bis er sich sattgeguckt hat, und dann folgen wir ihm unauffällig. Vielleicht führt er uns ja direkt zu Emmas Versteck.«

»Das wäre toll.« Sie packte ihren Chef an der Schulter und rüttelte daran. »Wolf, der geht!«

»Komm, dann gib mir mal das Fernglas.« Während Sabrina das Auto startete, korrigierte Tannenberg die Sehschärfe und nahm Fritsche ins Visier. »Vorläufige Entwarnung, Sabrina«, verkündete er nur ein paar Sekunden später. »Der hat sich eben auf die Bank gesetzt.«

»Ganz schön cool, der Junge«, bemerkte Sabrina, während sie den Zündschlüssel zurückdrehte.

9 Uhr 15

Es dauerte noch gut eine Viertelstunde, bis sich der Stalker von der Bank erhob und lässig zu einem Golf älteren Baujahrs schlenderte, den er am südlichen Rand des Friedhof-Parkplatzes abgestellt hatte. An der Donnersbergstraße setzte er den Blinker und fuhr in Richtung Autobahn. Der silberne Dienst-Mercedes ließ zwei Pkw passieren und folgte dem Golf in sicherem Abstand.

An der Einmündung der Donnersbergstraße in die Mainzerstraße bog Alexander Fritsche in Richtung Innenstadt ab. In der Nähe des ›Max und Moritz‹ genannten Hochhauskomplexes parkte er seinen Wagen und schlenderte zu dem höheren der beiden Gebäude.

»Der wohnt hier also immer noch«, sagte Tannenberg in Erinnerung an seinen letzten Fall. Im Zuge der damaligen Ermittlungen hatte er Fritsches Wohnung schon einmal einen Besuch abgestattet. »Damit dieser Mistkerl nicht türmen kann, bleibst du bitte hier unten im Eingangsbereich des Hochhauses«, instruierte er Sabrina. »Ich suche derweil den Hausmeister.«

Sabrina musste nicht sehr lange auf ihren Chef warten. Nach etwa fünf Minuten kehrte Tannenberg zu ihr zurück, den Hausmeister hatte er im Schlepptau.

»Wir haben uns gerade in Fritsches Keller umgeschaut. Das ist nur ein mit Gerümpel vollgestopfter Bretterverschlag«, verkündete er. Dass er dort weder Emma noch einen Hinweis auf sie gefunden hatte, verschwieg er.

Tannenberg erklärte dem Hausmeister, was dieser nun gleich zu tun habe. Anschließend fuhren die drei mit dem Aufzug nach oben. Der Hausmeister postierte sich direkt vor der Tür des Stalkers. Dann läutete er. Nach einer Weile hörten die Kriminalbeamten im Inneren der Wohnung Schrittgeräusche. Kurz darauf öffnete sich die Tür. Noch bevor Fritsche irgendetwas sagen konnte, stürzten sich die beiden Ermittler auf ihn, warfen ihn auf den Teppichboden und legten ihm hinter dem Rücken Handfesseln an.

In Rambo-Art stellte die junge Kommissarin Fritsche ihren Schuh ins Genick und drückte seinen Kopf auf den Boden. Währenddessen durchsuchte Tannenberg die Wohnung nach Emma, fand sie allerdings nicht. Er kehrte zurück in den Flur, riss den vor Schmerzen aufschreienden Stalker an den Handfesseln in die Höhe und schubste den völlig paralysierten Mann vor sich her in die Küche. Fritsche stolperte, doch bevor er hinfiel, packten ihn die beiden Ermittler von hinten an den Armen und zerrten ihn auf einen Stuhl. Der Kriminalbeamte knallte einen anderen Küchenstuhl direkt vor ihn hin und setzte sich.

Erst als Fritsche in Tannenbergs stark gerötetes Gesicht blickte, schien er zu begreifen, was ihm da gerade widerfuhr. Wie auf Knopfdruck veränderte sich seine Mimik. Die angstgeprägten Züge wurden durch ein unglaublich breites Grinsen ersetzt, das mit dem Begriff ›arrogant‹ nur unzureichend beschrieben werden konnte, denn es war gepaart mit spöttischen, zynischen und sadistischen Komponenten.

»Sag sofort, wo Emma ist, du Saukerl, oder ich polier dir die Fresse!«, schrie Tannenberg. Er schnaubte vor Wut, fletschte wie ein wildes Tier die Zähne.

»Schlag nur zu, mein Anwalt freut sich«, versetzte Fritsche, wobei sich sein provokatives Mienenspiel nur unmerklich veränderte.

»Dein Anwalt ist mir scheißegal«, fauchte sein Gegenüber und schlug ihm mit der flachen Hand ins Gesicht. Daraufhin ballte er die rechte Faust, um zu einem weiteren Schlag auszuholen.

Geistesgegenwärtig griff Sabrina ihrem Vorgesetzten in den Arm. »Nein, Wolf, hör auf damit. So kriegst du nichts aus ihm heraus.«

»Genauso ist es, mein süßes Schätzchen«, säuselte Fritsche, während er sich das Blut von der aufgeplatzten Lippe leckte. »Ich sage jetzt nämlich überhaupt nichts mehr.« Er lachte diabolisch. »Außer dem einen Satz: Ich will sofort meinen Anwalt sprechen.«

Tannenberg bleckte erneut die Zähne und schnaufte dabei wie ein Walross. Er quälte sich in die Höhe, stemmte die Arme in die Hüften und bog mit wutverzerrtem Gesicht den Oberkörper nach hinten. Sein völlig verkrampfter Körper stand kurz vor einer gewaltigen Explosion. Sabrina stellte Blickkontakt zu ihm her und gab ihm ein Zeichen, dass sie ihn dringend sprechen müsse – und zwar ohne die Anwesenheit des Stalkers. Doch ihr Chef war noch derart in Rage, dass er zunächst nicht auf ihren Wunsch reagierte. Erst als sie ihn am Arm packte und noch eindringlicher dazu aufforderte, stimmte er schließlich mit einer Kopfbewegung zu.

»Gib mir mal den Schlüssel«, pflaumte er Sabrina im Befehlston an. »Diesen Drecksack hängen wir jetzt an die Heizung.« Tannenberg öffnete eine der Handfesseln. »Los, leg dich auf den Boden«, brüllte er Fritsche ins Gesicht.

Als dieser keinerlei Reaktion zeigte, zerrten ihn die beiden Ermittler von seinem Stuhl und zogen ihn vor den grau gestrichenen Heizungsradiator. Dann überstreckten sie Fritsches Arme weit nach hinten. Der Leiter des K 1 schob die offene Handschelle um das Kupferrohr herum und drückte die beiden Bügel mit einem helltönigen Klicken ineinander.

Sabrina schloss die Küchentür und folgte ihrem Chef ins Wohnzimmer. Kopfschüttelnd stand Tannenberg vor einer postergroßen Fotografie Johanna von Hohenecks.

»Dieser Saukerl hat immer noch Fotos von Hanne hier rumhängen«, schimpfte er. In einem neuerlichen Wutausbruch riss er das Poster von der Wand. »Und rumstehen«, legte er nach. Dabei fegte er mit einem Arm mehrere gerahmte Porträtfotos seiner Lebensgefährtin von der Kommode und trampelte auf ihnen herum.

»Dass ein Mensch aus rasender Eifersucht so weit gehen kann und deshalb ein kleines Mädchen entführt. Nur um dich damit quälen zu können«, meinte Sabrina mit belegter Stimme.

»Der will mich nicht nur quälen, der will mich vernichten. Das hat er ja mit meiner Todesanzeige deutlich gemacht. In Johanniskreuz hat er es schon einmal versucht.«

»Das Attentat auf dich.«

Tannenberg nickte, während sein Mund zu einer dünnen Linie schrumpfte. Er tippte sich an die feucht glänzende Stirn. »Damit er Hanne für sich allein hat. Dieser Irre spinnt doch total! Der will mit seinem kranken Hirn einfach nicht kapieren, dass Hanne nichts mit ihm am Hut hat – noch nie hatte.«

»Aber dass er deshalb so aggressiv wird, das ist …«

»Der wurde nicht erst aggressiv«, warf Tannenberg empört dazwischen, »der war es vorher schon. Beim ersten Mal, als ich mit diesem Mistkerl da drüben konfrontiert wurde«, wie ein Florettfechter mit seiner Waffe stach er mit seinem ausgestreckten Arm in Richtung Küche, »stand er am Benzinoring vor dem Pfalzinstitut und schwang eine Axt. Nur weil er

Hanne zu einem Gespräch zwingen wollte. Damals hab ich Hanne überhaupt noch nicht gekannt.«

»Aber jetzt bist du ihr Liebhaber. Damit hat Fritsche einen Adressaten für seine Eifersucht, ein konkretes Feindbild.«

Tannenberg stieß abschätzig Luft durch die Nase. »Unser Rechtssystem ist manchmal einfach nicht zu begreifen. Diesen Amoklauf hat ein wohlwollender Richter nur als Körperverletzung im Affekt gewertet und Fritsche lediglich zu einer läppischen Bewährungsstrafe verurteilt.«

Sabrina seufzte. »Ja, leider.« Ihr Blick fiel auf den Parkettboden vor ihren Füßen, auf dem Glasscherben, zerbrochene Bilderrahmen und Fetzen des zerrissenen Posters verstreut lagen. »Und was machen wir jetzt mit ihm?«

Ein heftiger Ruck ging durch Tannenbergs Körper. »Ich nehm mir diesen Saukerl mal anständig zur Brust.« Er presste die Kiefer so fest aufeinander, dass die Kaumuskeln wie kleine Höcker hervortraten. »Während wir hier tatenlos herumeiern, ist Emma irgendwo eingesperrt.«

Vor seinem geistigen Auge tauchten Fotos aus dem Polizeicomputer auf: Kisten, Erdlöcher, verdreckte Kellerverschläge, in denen Entführungsopfer eingesperrt wurden. Er rang um Fassung und versuchte, die aufsteigenden Tränen zurückzuhalten. Doch sein Mund reagierte mit wilden Zuckungen auf die unerträgliche emotionale Belastung. Wütend schlug er eine Faust in die andere Hand. »Ich muss unbedingt rauskriegen, wo Emma ist. Und wenn ich die Informationen aus diesem elenden Drecksack Stück für Stück herausprügeln muss.«

Er wollte sogleich losstürmen, doch Sabrina stellte sich ihm in den Weg. »Bitte warte noch ein paar Minuten, Wolf. Ich rufe Michael an. Er soll mal schnell abchecken, ob dieser Alexander Fritsche nicht irgendwo einen Zweitwohnsitz oder ein Wochenendhäuschen besitzt. Dann brauchst du dir die Hände nicht an ihm schmutzig zu machen. Irgendwo muss er die Kleine ja versteckt haben.«

Wolfram Tannenberg war unschlüssig, ob er seinem Widersacher diesen Aufschub einräumen sollte. Nachdenklich kratzte er sich im Genick. »Okay, aber nur ein paar Minuten«, stimmte er schließlich zu. »Und dann knöpf ich ihn mir vor«, ergänzte er mit bedrohlichem Unterton versetzt.

Während die junge Kommissarin mit ihrem Mann telefonierte, trat ihr Chef hinaus auf den kleinen Balkon der Wohnung und starrte hinüber zu den dicht bewaldeten Bergrücken des Pfälzer Waldes. Er atmete tief durch und schickte ein weiteres Stoßgebet hinauf in den wolkenlosen, azurblauen Sommerhimmel.

Plötzlich vernahmen die beiden Kriminalbeamten laute Schreie aus Richtung der Küche. Tannenberg schloss hastig die Balkontür und eilte hinter seiner Kollegin her. Der gefesselte Stalker hatte sich inzwischen auf den Rücken gedreht und grinste den beiden Ermittlern frech entgegen.

»Ich will sofort Johanna sprechen«, fauchte Fritsche mit weit aufgerissenen Augen. »Nur ihr sag ich, wo ich den nervigen Balg versteckt habe.«

Tannenberg lagen weitere Hasstiraden auf der Zunge. Aber er schluckte sie hinunter. Die Chance, dass er uns Emmas Versteck preisgibt, darf ich nicht aufs Spiel setzen. Ich darf jetzt nicht ausflippen, sonst macht der Kerl dicht. Reiß dich am Riemen!, disziplinierte er sich selbst.

Er setzte gezwungenermaßen eine relativ freundliche Miene auf und ging auf den Wunsch ein: »Schön, dass Sie vernünftig werden, Herr Fritsche. Ich rufe Hanne an und bitte sie, gleich hierher zu uns zu kommen.«

»Sie soll sich beeilen, der Kleinen geht's nämlich gar nicht gut.«

Nur äußerst mühevoll vermochte Tannenberg seine aufschäumenden Emotionen zu bändigen. Zähneknirschend verzog er sich in den Flur, zückte sein Handy und versuchte, Hanne zu erreichen.

9 Uhr 55

Als ihr Mobiltelefon läutete, mistete Johanna von Hoheneck gerade eine Pferdebox auf dem Gestüt Weiherfelderhof aus. Wie ein Storch stapfte sie über das frisch ausgestreute Heu zu einem an der weiß gekalkten Wand angebrachten Holzregal, auf welchem sie ihr Handy abgelegt hatte. Unterwegs streifte sie ihre Arbeitshandschuhe ab und hängte sie über den Handgriff eines mit Pferdemist beladenen Schubkarrens. ›Wolf ruft an‹ blinkte es ihr auf dem kleinen Display entgegen.

Endlich meldet er sich bei mir, freute sich Hanne im Stillen. »Hallo, Wolf, schön, deine …«

Weiter kam sie nicht, denn Tannenberg schnitt ihr abrupt das Wort ab. Nickend lauschte sie den wenigen, hastig vorgetragenen Sätzen. »Bin schon unterwegs«, sagte sie und schlüpfte aus ihren Gummistiefeln. Da die Zeit unglaublich drängte, blieb zum Duschen keine Gelegenheit mehr. Sie wechselte nur schnell die Kleider und deodorierte sich.

Eine gute Viertelstunde später traf sie vor dem Hochhauskomplex in der Mainzerstraße ein. Während sie allein im Lift nach oben fuhr, beschlich sie ein Gefühl von Angst und Unwohlsein. Sie leckte sich nervös die Lippen und atmete hektisch. Im Zeitraffer ließ sie die wenigen Monate Revue passieren, in denen sie hier täglich ein und aus gegangen war.

Nach ihrer Rückkehr aus den USA hatte sie im sogenannten ›Max und Moritz‹ ein Zweizimmerappartement bezogen. Alexander Fritsche war ihr unmittelbarer Wohnungsnachbar gewesen. Am Anfang hatte er sich ihr gegenüber sehr freundlich, hilfsbereit und durchaus zurückhaltend gebärdet. Doch irgendwann hatte er sich in sie verliebt. Da sie seine Zuneigung jedoch nicht erwiderte, begann er, sie zu belästigen, zu verfolgen und schließlich zu tyrannisieren.

Dieses Stalking erreichte mit Alexander Fritsches unrühmlichem, martialischem Auftritt vor dem Pfalzinstitut und dem kurz darauf durchgeführten heimtückischen Anschlag auf Tannenberg seinen damaligen Höhepunkt. Die Angst vor Fritsche hatte Johanna von Hoheneck daraufhin zurück in die Arme ihrer Familie getrieben. Seitdem lebte sie, beschützt von ihren Brüdern, auf dem elterlichen Gestüt und zeitweise bei ihrem Freund in der Beethovenstraße.

Aber die Sache hatte auch etwas Gutes, sogar etwas sehr Gutes, versuchte sie die düsteren Gedanken zu verscheuchen. Schließlich hab ich dadurch Wolf kennen und lieben gelernt, dachte sie, während ein strahlendes Lächeln über ihr Gesicht huschte.

Mit einem satten ›Wusch‹-Geräusch kam der Lift zum Stillstand. Beklommen passierte sie ihre ehemalige Wohnungstür und warf einen kurzen Blick auf das neue Namensschild. Ein ihr unbekannter Männername. Zum Glück keine Frau, atmete sie innerlich auf.

Tannenberg erwartete Hanne im Flur.

Der arme Kerl sieht ganz schön fertig aus, dachte seine Freundin, als sie ihn sah. In wenigen Tagen ist er um Jahre gealtert.

»Tut mir leid, dass ich dich um diesen Gefallen bitten muss«, empfing er sie. »Ich weiß, wie sehr du diesen widerwärtigen Menschen da drinnen verabscheust. Kein Wunder bei dem, was er dir alles angetan hat. Aber es muss sein. Bitte tu's, Hanne – für Emma.« Er schluckte hart und wischte sich mit den Handknöcheln die Feuchte aus den Augenwinkeln.

Johanna legte die Handflächen auf seine Wangen, zog ihn zu sich herunter und küsste ihn auf den farblosen Mund. »Natürlich tue ich alles, womit wir Emma helfen können.« Auch sie wurde nun von ihren Gefühlen überrollt und weinte.

»Bist du so weit?«

Hanne nickte und tupfte sich die Tränen von den Wangen.

»Dann gehen wir jetzt rein.« Wolfram Tannenberg drehte sich noch einmal zu ihr um. »Denke einfach, du bist eine Schauspielerin, die alles nur spielt.«

»Okay.« Sie schnaufte tief durch. »Ich werde mir Mühe geben.«

Als sie die Küche betrat und ihren Peiniger hämisch grinsend auf dem Boden liegen sah, waren ihre gerade gefassten Vorsätze auf einmal wie weggeblasen. Man merkte ihr die enorme Anspannung deutlich an. Tannenberg stellte sich zwischen sie und Fritsche, fasste sie fest ins Auge und wisperte: »Denk an Emma! Spiel deine Rolle!«

Diese Appelle zeitigten Wirkung. Hanne schlüpfte in die Haut einer Schauspielerin.

»Hallo, mein lieber Alex«, flötete sie. »Das ist aber nicht schön, dass man dich gefesselt hat.« Sie blaffte Tannenberg an: »Kannst du den armen Alex nicht von diesen blöden Handschellen befreien?« Dann wandte sie sich wieder Fritsche zu. »Ich bin ja heilfroh, dass ich mich von diesem unsensiblen Grobian getrennt habe.«

»Was?«, stieß Fritsche erstaunt aus.

»Ja, Alex, ich hab's nicht mehr ausgehalten mit ihm.«

Fritsches Augen glänzten vor Freude, er blickte sehnsüchtig zu Johanna empor. »Dann komm doch bitte zu mir zurück«, flehte er. »Ich lege dir auch die Welt zu Füßen. Mein Schatz, ich liebe dich über alles.«

Hanne jagten kalte Schauder den Rücken hinunter. »Das weiß ich doch, mein lieber Alex. Ich mag dich auch sehr.« Ihre Mimik nahm verzweifelte Züge an. »Aber dazu musst du doch in Freiheit sein und darfst nicht ins Gefängnis.« Sie ließ einen Augenblick verstreichen, bevor sie fortfuhr: »Ich habe einen Deal mit der Polizei für dich eingefädelt. Wenn du zustimmst, steht unserem gemeinsamen Glück nichts mehr im Wege.«

»Einen Deal?«

»Ja.«

»Und wie soll der aussehen?«

»Ganz einfach: Du sagst jetzt der Polizei, wo du das kleine Mädchen versteckt hast. Tannenberg gibt dir sein Ehrenwort, dass du dafür auf freiem Fuß bleibst.« So, als sei sie von Vorfreude beseelt, schenkte sie ihm ihr schönstes Lächeln. »Dann können wir endlich zusammenziehen.«

»Du willst mit mir zusammenziehen?«

»Ja, sicher will ich das.«

»Wirklich?«

»Ja.«

»Dann knie dich nieder und schwöre es mir feierlich.«

Johanna befolgte die Anweisung und hob die Finger zum feierlichen Eid. »Ich schwöre …«

»Bei allem, was dir heilig ist.«

»Bei allem, was mir heilig ist, schwöre ich hiermit, dass ich mit Alexander Fritsche zusammenziehen …«

»Und ihn immer und ewig lieben werde«, erweiterte Fritsche die Eidesformel.

»Und ihn immer und ewig lieben werde«, sprach Hanne wörtlich nach. Unbeabsichtigt gewann ihre Stimme an Schärfe: »Wenn er jetzt endlich Emmas Aufenthaltsort preisgibt.«

Urplötzlich schlug die Stimmung des Stalkers um. Wie ein Wahnsinniger warf er mit weit aufgerissenem Mund den Kopf hin und her. Dabei brüllte er: »Hast du bescheuerter Bulle denn wirklich geglaubt, ich falle auf solch einen primitiven Trick herein? Du lässt einfach Hanne hier antanzen, sie zieht eine Show ab, und ich plappere alles aus?«

Ruckartig kam sein Körper zur Ruhe. Er verengte die Augen zu schmalen Schlitzen. »Während ihr hier dieses Affentheater abzieht, liegt Emma irgendwo im Wald in einem Loch und geht langsam aber sicher vor die Hunde«, schrie er von einem aggressiven, diabolischen Lachen begleitet. »Dein Leiden, Scheißbulle, ist noch lange nicht zu Ende!«

Tannenberg zerrte seine Waffe aus dem Halfter, lud sie blitzschnell durch und richtete sie auf Fritsche. »Dafür ist dein Leben jetzt zu Ende, du elender Kretin!«

10 Uhr

Emma träumte gerade einen wunderschönen Traum: Sie tollte mit Kurt auf einer blühenden Frühlingswiese herum. Mama und Papa saßen auf einer Decke. Voller Stolz beobachteten sie das putzige Treiben ihrer wohlgeratenen Tochter. Mit dem riesigen Mischlingshund im Schlepptau kehrte Emma zu ihren Eltern zurück. Die letzten Meter rannte sie. Papa breitete die Arme aus. Lachend fiel sie ihm um den Hals. Papa drehte sie auf den Rücken und kitzelte sie so lange am Bauch, bis sie vor Vergnügen quiekte. Mama gab ihr einen dicken Kuss, drückte sie ganz doll lieb.

Wohlig streckte Emma ihren kleinen Körper, gähnte und rekelte sich noch ein wenig. Im Halbschlaf tastete sie nach ihren Lieblingsschmusetieren: einem wuscheligen Hund, der natürlich ›Urt‹ hieß, einem Teddybären, den sie ›Brumm‹ nannte, und einem Plüschhasen namens ›Oppel‹. Jeden Abend kuschelte sie mit ihnen beim Einschlafen. Gemeinsam lauschten sie Mama, wenn sie ihnen eine schöne Geschichte vorlas.

Emma mochte am liebsten die Geschichten vom kleinen Bär und seinem Freund, dem kleinen Tiger, der immer seine gestreifte Tigerente hinter sich herzog. Auch beim Aufwachen durften die drei Kuscheltiere nicht fehlen. Nachdem Emma jedes von ihnen fest an ihr Herz gedrückt hatte, wurden sie in der Reihenfolge ›Hund-Bär-Hase‹ links neben ihr Kopfkissen gesetzt und mit einem Küsschen verabschiedet.

Als sie keines ihrer Kuscheltiere greifen konnte, öffnete sie blinzelnd die Augen. Vor ihr tauchten Gitterstäbe auf. Aber sie waren nicht ockerfarben wie die zu Hause an ihrem Bettchen, nein, diese waren dunkelbraun. Verwundert drehte sie den Kopf nach oben. Sie blickte nicht wie gewöhnlich in einen mit goldenen Sternen bedruckten Betthimmel, sondern auf einen mit einem Bügelschloss gesicherten Gitterrost.

Schlagartig wurde ihr klar, dass sie nicht in ihrem Kinderzimmer war, sondern irgendwo anders. Und zwar irgendwo, wo sie nicht sein wollte. Wo man sie in einen Käfig eingesperrt hatte. Wo es keine Kuscheltiere, kein Spielzeug, keine bunten Bilder und keine fröhlichen Menschen gab, sondern nur kahle, graue Wände – und einen Mann, einen großen Mann mit einer riesigen Hand, mit der er nach ihr gegrapscht hatte. Und weiter grapschen würde, wenn er wiederkam. Die Erinnerung an seinen scharfen Geruch stieg ihr in die Nase. Angewidert warf sie sich auf die Matratze und zog die Decke über den Kopf.

Doch es nutzte nichts. Sie war wach – und sie erinnerte sich. Und mit diesen Erinnerungen kehrten auch die Schmerzen zurück. Wimmernd kroch sie unter der Schlafdecke hervor. Sie setzte sich auf, hob die rechte Hand, nestelte an dem Pflaster herum und riss es ab. Als sie die nässende Wunde sah, heulte sie laut auf und warf sich jammernd auf die Matratze.

wo bin ich?
wo ist Mama?
ich hab Angst

Nach einer Weile beruhigte sie sich wieder ein wenig.

Plötzlich verspürte sie großen Durst. Sie schaute sich in ihrem Gitterkäfig nach etwas Trinkbarem um. In einer Ecke entdeckte sie die Kabaflasche, die sie gestern Morgen nicht angerührt hatte. Deshalb hatte ihr der Mann irgendwann eine andere Flasche gebracht, eine mit Kindersaft. Die hatte sie bis auf den letzten Tropfen geleert.

Aber nun war nichts anderes da. Sie wollte nicht, dass der Mann wieder zu ihr kam. Also nahm sie die Kabaflasche und schob den Latexsauger in den Mund. Bereits eine halbe Stunde später begann es, in ihrem kleinen Bäuchlein zu rumoren. Die Darmgeräusche wurden lauter. Die anfänglich nur leicht ziehenden Schmerzen wurden schneidender und steigerten sich zu kolikartigen Krämpfen. Sie bekam Durchfall. Danach ließen die Bauchschmerzen ein paar Minuten nach. Doch schon bald kamen sie wieder, wurden noch heftiger. Der Durchfall wurde schlimmer, die übelriechende Brühe lief die Beinchen hinunter. Emma wurde immer verzweifelter. Sie atmete schneller, keuchte stoßartig, bekam fast keine Luft mehr. Sie musste sich erbrechen.

Ihre Panik war größer als die Angst vor dem Mann.

Sie schrie so laut sie nur konnte, um ihn auf sich aufmerksam zu machen.

Sie schrie und schrie.

Aber der Mann kam nicht, er kam einfach nicht.

10 Uhr 25

»Nein, Wolf, tu's nicht!«, schrie Johanna, während sie wie eine Springfeder in die Höhe schnellte. Sie stand nun genau in der Schusslinie. »Wolf, du darfst jetzt nicht durchdrehen. Wenn du ihn erschießt, tust du damit niemandem einen Gefallen.«

Tannenberg schien diese Worte nicht zu hören. Sein starr auf Fritsche gerichteter Blick durchbohrte Hanne. Der zitternde Zeigefinger lag weiterhin am Abzug. Sein schweißnasser Körper war völlig verkrampft und vibrierte.

Ganz behutsam schob Johanna eine Hand auf den Lauf der Pistole und drückte ihn sanft nach unten. Mit ruhiger Stimme sagte sie: »Vor allem hilfst du damit Emma nicht. Wie sollen wir sie denn finden, wenn er tot ist? Er ist doch der Einzige, der uns zu ihr führen kann.«

Als der Kriminalbeamte noch immer nicht reagierte, fuhr sie in eindringlichem Ton fort: »Wolf, *er* ist der einzige Weg zu *Em-ma*!«

Der in Silben zerlegte Name seiner Großnichte

drang nun endlich in Tannenbergs Hirn vor. Er hob ein wenig den Kopf, schaute nun Hanne direkt in die Augen. Er nagte an seinen Lippen, während er tief seufzte. Sein Blick wanderte hinunter zu dem in Karomuster gefliesten Küchenboden.

Auf Zehenspitzen trat Sabrina neben ihren Chef, wartete jedoch, bis er die Waffe noch weiter abgesenkt hatte. Dann fasste sie die Pistole vorsichtig von unten. »Komm, Wolf, gib sie mir«, flüsterte sie.

Wolfram Tannenberg befand sich noch immer in einer Art Trancezustand. Doch Sabrinas Berührung löste die Verkrampfung seiner Hand. Die Waffe glitt nach unten. Die Kommissarin entlud sie und reichte sie ihm zurück. Wortlos steckte er sie ins Schulterhalfter und trottete, von Fritsches wüsten Beschimpfungen und Drohungen begleitet, hinaus in den Flur.

»Wolf, ich verständige unsere Kollegen. Sie sollen Fritsche abholen und ins K 1 bringen. Dort nehmen wir ihn anständig in die Mangel.«

Tannenberg nickte.

»*Du* nicht, Wolf«, versetzte daraufhin Sabrina. »Du bist beurlaubt. Aber mach dir mal keine Sorgen, wir kriegen das auch allein hin. Irgendwann wird dieser Mistkerl weich werden und uns Emmas Versteck verraten. Das verspreche ich dir. Und wenn wir ihm Daumenschrauben anlegen müssen.«

Sie zückte ihr Handy und telefonierte mit der Zentrale.

Hanne umarmte ihren Freund. »Komm, Wolf, jetzt lass doch den Kopf nicht hängen.«

Ein tieftrauriger Blick arbeitete sich an ihrem hellbraunen Poloshirt nach oben.

Sie hauchte ihm einen zärtlichen Kuss auf die leichenblassen Lippen. »Jetzt habt ihr doch endlich eine ganz heiße Spur. Es ist bestimmt nur noch eine Frage der Zeit, bis ihr Emma befreien könnt.«

Doch diese gut gemeinten Worte vermochten Tannenberg nicht zu trösten. Er stülpte die Unterlippe vor und schüttelte deprimiert den Kopf. »Ich weiß nicht, ob die das auch wirklich hinkriegen.«

»Wolf, da bin ich mir ziemlich sicher: Und wenn sie merken, dass sie es nicht schaffen, rufen sie dich zu Hilfe – Beurlaubung hin oder her.«

»Glaubst du?«

»Ja, ganz bestimmt. Jeder von ihnen will doch nur das Beste für Emma.«

11 Uhr

Im Laufe der Fahrt durch die brütend heiße Innenstadt hellte sich Tannenbergs depressive Stimmung zusehends auf. Als Hanne und er vor seinem Elternhaus in der Beethovenstraße eintrafen, konnte er es kaum mehr erwarten, seiner Familie endlich einmal eine gute Nachricht zu überbringen.

»Es gibt sehr interessante Neuigkeiten: Eine überraschende Wendung ist eingetreten«, posaunte er in einer derartigen Heiterkeit heraus, dass sogleich hoffnungsvolle Spekulationen ins Kraut schossen.

»Habt ihr Emma gefunden?«, rief Marieke.

»Wie geht's ihr«, fragte Max.

»Wo ist sie jetzt?«, wollte Margot wissen.

Angesichts dieser wild durcheinandergeworfenen Fragen fuhr Tannenberg der Schrecken in alle

Glieder. Denn mit einem Mal wurde ihm schmerzlich bewusst, dass er viel zu voreilig Hoffnungen geweckt hatte.

Als er nun eingestehen musste, dass er lediglich die Festnahme des Stalkers vermelden konnte, zeigte sich die Familie ausgesprochen enttäuscht. Aber auch Empörung mischte sich darunter. Besonders Marieke reagierte sehr emotional. Wild gestikulierend beschimpfte sie ihn, mit ihren Gefühlen zu spielen.

Dieser Vorwurf traf Tannenberg direkt ins Mark.

»Das war wirklich nicht meine Absicht«, erwiderte er mit belegter Stimme. »Das würde ich doch nie tun. Das musst du mir glauben.« Ein flehender Blick bettelte um eine verzeihende Reaktion. Doch Marieke hatte ihm den Rücken zugekehrt und klammerte sich wimmernd an ihren Vater. »Ich wollte euch doch nur Hoffnung machen. Fritsche ist der Hauptverdächtige. Er weiß hundertprozentig, wo Emma ist«, versuchte er seinen Optimismus zu rechtfertigen.

Aufgrund seiner unrühmlichen Vergangenheit war Alexander Fritsche den Anwesenden bestens bekannt. Entsprechend groß war der Hass auf diesen Psychopathen, der Tannenberg fast erschlagen und Hanne mit Psychoterror gequält hatte. Für alle Familienmitglieder stand völlig außer Zweifel, dass dieser geisteskranke Mensch zu allem fähig war, auch zur Entführung eines kleinen Mädchens – nur um Hanne und ihren neuen Freund damit zu tyrannisieren.

Max sprang so abrupt von seinem Stuhl hoch, dass dieser nach hinten umkippte. »Lass mich sofort zu ihm. Ich prügele es aus ihm heraus!«

Jacob erhob sich ebenfalls. »Ich komm mit.«

»Quatsch! Meint ihr denn, die würden euch zu ihm lassen?«

»Aber, wenn du uns ...«

»Nein, Vater, das ist völlig unmöglich«, wehrte Tannenberg ab. Seine Quasi-Suspendierung behielt er lieber für sich. Diese Dienstanweisung hätte die Sorgen der Familie sicherlich nur gesteigert.

»Und wenn Emma doch schon tot ist«, schniefte ihre junge Mutter mit tränenerstickter Stimme.

»Nein, nein, um Gottes willen, Marieke, so etwas Schreckliches darfst du noch nicht einmal denken.«

»Wieso?«, schrie sie ihm ins Gesicht. »Du weißt doch am besten, wozu dieses Schwein fähig ist.«

»Aber, Marieke, warum sollte der Kerl denn so etwas tun? Das ist doch völlig unsinnig. Außerdem haben wir ihn dabei beobachtet, wie er in aller Seelenruhe am Friedhof auf einer Bank saß und sich an den Trauergästen ergötzt hat, die offensichtlich zu meiner Beerdigung wollten. Das tut doch keiner, der zuvor ein kleines Mädchen getötet hat. Nein, Emma lebt. Da bin ich mir hundertprozentig sicher«, versuchte Tannenberg die Sorgen seiner Nichte zu zerstreuen.

Marieke brauchte nichts zu antworten, ihre verzweifelte Mimik sprach Bände. Sie presste die bebenden Lippen aufeinander und sog sie ein. Sekunden später perlten dicke Tränen über ihre geröteten Wangen.

Wolfram Tannenberg konnte diesen Anblick kaum ertragen. Aus purer Verzweiflung griff er zu einer Notlüge: »Weißt du, Marieke, solche Situationen hatten wir schon öfter. Die Entführung ist gescheitert, und dann versuchen diese Verbrecher noch ein bisschen mit uns zu pokern: Strafmilderung, besondere Haftbedingungen und so fort.«

»Und wenn ihr euch total verrannt habt und dieser Stalker ist überhaupt nicht der Entführer?«, brachte Max eine weitere Variante ins Spiel. »Was dann?«

Tannenberg fuhr ein Stich ins Herz. Diese Möglichkeit hatte sein von Schuldgefühlen zermartertes Hirn bislang sehr erfolgreich verdrängt. Doch nun brach die blanke Panik über ihn herein. »Quatsch, der war's«, gab er trotzig zurück. »Der hat doch ein eindeutiges Motiv: Der will mich fertigmachen.«

»Immer du und dein Scheißjob«, brüllte Marieke mit sich überschlagender Stimme. Aus ihren stark geröteten, wässrigen Augen feuerte sie einen giftigen Blick auf Hanne ab. »Ohne den hättest du *sie* nie kennengelernt – und dieser Irre hätte Emma nicht entführt.«

Tannenberg hatte ein Gefühl, als ob ihm gerade sein Herz aus dem Leib gerissen wurde. Einen Moment lang wurde ihm schwarz vor Augen. Er krallte sich am Türrahmen fest. »Der muss es gewesen sein. Der muss es einfach gewesen sein«, brabbelte er vor sich hin. Dann wandte er sich zur Tür und ergänzte: »Ich muss dringend ins K 1.«

Seine Beurlaubung hatte er in diesem Moment vollkommen vergessen.

Die Beethovenstraße war glühend heiß und menschenleer. Er blieb stehen, zückte sein Handy und rief Kommissar Schauß an. Der teilte ihm lapidar mit, dass Fritsche vor ein paar Minuten plötzlich sein Schweigen gebrochen und den staunenden Ermittlern ein Alibi für die Tatzeit präsentiert habe. Dieses werde gerade überprüft.

»Warum hast du mir nicht sofort Bescheid gegeben?«, blaffte er seinen Mitarbeiter an.

»Weil wir das Alibi zuerst noch überprüfen müssen.« Michael stockte kurz. »Eben kommt Sabrina, sie hat es abgecheckt«, erklärte er.

Im Hintergrund hörte Tannenberg ihre Stimme: »Er hat ein felsenfestes Alibi«, verkündete sie die ernüchternde Nachricht.

»Scheiße!«, fauchte Michael und übergab seiner Frau das Mobiltelefon.

»So ein Mist, Wolf«, fluchte Sabrina. »Aber sein Psychotherapeut hat es eben bestätigt. Als Emma im Stadtpark entführt wurde, war er bei ihm – zu einem richterlich angeordneten Anti-Aggressions-Training.«

Tannenberg fiel vor Schreck fast das Handy aus der Hand.

»Lasst euch ja nicht von ihm bluffen. Bei einem Alibi kann man ganz leicht tricksen«, klammerte er sich verzweifelt an einen dünnen Strohhalm. »Nehmt ihn euch noch mal anständig zur Brust.«

»Geht leider nicht mehr. Hollerbach hat ihn bereits nach Hause geschickt.«

»Was?«

»Ja, weil kein dringender Tatverdacht mehr gegen ihn bestünde. Und die Sache mit deiner Todesanzeige sei wohl nur ein Dummer-Jungen-Streich gewesen, den wir ihm zudem erst mal nachweisen müssten. Wer weiß, vielleicht steckt dieser Fritsche ja gar nicht dahinter. Zugegeben hat er es nämlich nicht.«

»Aber er war doch am Friedhof.«

»Na ja, das beweist aber noch lange nicht, dass er

deine Todesanzeige auch tatsächlich aufgegeben hat. Er kann sie genauso gut in der Zeitung gelesen haben und wollte sich daran ergötzen, wie sein gehasster Nebenbuhler unter die Erde gebracht wird.«

12 Uhr 30

Sein eingespielter Tagesablauf war durcheinandergeraten. Das mochte er ganz und gar nicht. Er liebte die Alltagsrituale, die festen Gewohnheiten. Sie bestimmten sein Leben, verliehen ihm Stabilität. Und nötigten ihm Disziplin ab.

Was für ein genialer Plan, lobte er sich selbst, als er die Lokalzeitung von der Ablage zog. Ohne eisernen Willen, Disziplin und Kreativität überhaupt nicht durchführbar. Er hatte die *Pfälzische Allgemeine Zeitung* bereits am frühen Morgen intensiv durchgearbeitet: Was wusste die Presse bereits? Wie konnte er diese Informationen strategisch sinnvoll in seine weiteren Planungen einbeziehen? Musste er seine Vorgehensweise in wesentlichen Teilen verändern?

Doch die detaillierte Zeitungsanalyse hatte ihn bis auf eine Kleinigkeit äußerst zufriedengestellt. Weiterhin war alles im grünen Bereich. Auch die notwendige Anpassung, die er an diesem Morgen vornehmen musste, hatte ihn nicht sonderlich beunruhigt. Schließlich war er auf alle Eventualitäten vorbereitet, hatte für jede nur denkbare Entwicklung ein Alternativszenario entworfen. Eine Pressemeldung hatte ihn darüber hinaus auf eine interessante Idee gebracht. Sie verlieh seinem perfide ausgetüftelten Plan noch ein wenig mehr Würze. Es war schon erstaunlich, wie gut die Presse über die aktuelle Lage der Dinge unterrichtet war.

Die akribisch durchgeführte Lageanalyse war die Pflicht gewesen, nun kam die Kür – und zwar ihr erster Teil.

Er griff die Packung mit den Psychopharmaka, drückte eine Tablette heraus und legte sie auf die Zunge. Mit einem Schluck heißer Schokolade spülte er den bitteren Geschmack aus seinem Mund.

Genüsslich suhlten sich seine Augen auf der Titelseite: ›Sonderbeilage: Spektakuläre Kindesentführung in Kaiserslautern‹ war dort in leuchtend roten Lettern zu lesen. Den überregionalen Teil der Zeitung würdigte er keines weiteren Blickes. Die ausgesprochen erfreulichen und sehr detaillierten Informationen befanden sich samt und sonders in der separaten Beilage. Er konnte sich daran gar nicht sattsehen.

»Tannenberg suspendiert. Kriminaldirektor Eberle nun Leiter der Ermittlungen. Suche nach Täter läuft auf Hochtouren – bislang aber erfolglos. Motiv: Rache an Tannenberg? Oder steckt ein Triebtäter hinter der Entführung? Ist Emma tragisches Opfer einer Verwechslung geworden? Sollte eigentlich Ann-Sophie Krehbiel entführt werden? Immer noch keine Lösegeldforderung eingegangen«, las er sich selbst vor.

Woher die das alles bloß wissen, es wurde doch eine Nachrichtensperre verhängt, dachte er amüsiert und blätterte weiter. »Tannenbergs Todesanzeige veröffentlicht. Von zweitem Tatfahrzeug auch weiterhin keine Spur. Wo ist die kleine Emma? Bevölkerung dringend um Mithilfe gebeten.« Mehrmals hintereinander las er diese Schlagzeilen. Sie verschafften ihm ein unglaubliches Gefühl der Genugtuung, einen regelrechten Euphorie-Kick.

Schmunzelnd legte er die Sonderbeilage zur Seite. Nun konnte er sich endlich in aller Ruhe einem weiteren zentralen Bestandteil seines ritualisierten Tagesablaufs widmen: der Lösung des in der Zeitung abgedruckten Kreuzworträtsels. Heute Morgen war er nicht mehr dazu gekommen.

Für den Eintrag der Buchstaben in das Rätselgitter benutzte er stets seinen alten Schulfüller. Er hatte ihn vor vielen Jahren bei einem Umzug gefunden. Damals hatte ihn seine Frau Hals über Kopf verlassen. Nach dieser gravierenden menschlichen Enttäuschung war er in eine andere Stadt gezogen und lebte fortan allein.

Er hatte sich im Laufe seines Lebens schon mit vielen Kreuzworträtseln beschäftigt, aber die in der *Pfälzischen Allgemeinen Zeitung* abgedruckten mochte er am liebsten. Sie waren derart einfach, dass sie jeder Trottel lösen konnte. Schließlich bestand der Sinn und Zweck dieser kinderleichten Rätselaufgaben nicht darin, den Lesern eine intellektuelle Herausforderung zu bieten, sondern sie zum Anruf einer teuren Hotline-Nummer zu nötigen. Mit dem Lösungswort auf den Lippen wurden sie dort in einer minutenlangen Warteschleife gehalten und um mehrere Euros erleichtert.

»Unbestimmter Artikel mit drei Buchstaben – was könnte das nur sein?«, fragte er in seine Küche hinein. Nachdenklich warf er einen Blick an die Decke. »Hei-ei-ei, ist das so schwer. Es will mir einfach nicht einfallen«, scherzte er. »*Ein*fach nicht *ein*fallen.« Er klatschte in die Hände und frohlockte: »Jawohl, ich hab's: ein.«

Grinsend trug er die drei Buchstaben in die Kästchen ein und füllte in rekordverdächtiger Geschwindigkeit die restlichen leeren Felder aus. Dann malte er langsam die einzelnen Buchstaben in die nummerierten Kreise des Lösungswortes. »S-O-M«, summte er die erste Silbe mit geschlossenen Lippen. Dann sperrte er den Mund weit auf und ließ die zweite folgen, »M-E-R.« Er klatschte in die Hände. »Ach Gottchen, wie originell!«

Nun folgte der Kür zweiter Teil: Er klemmte die Sonderbeilage unter den Arm und schlurfte zu einem Raum, der von der Küche aus gesehen hinter seinem Arbeitszimmer lag. Obwohl das Babyfon die ganze Zeit über keinen einzigen Ton von sich gegeben hatte, warf er beim Passieren des Arbeitszimmers routinemäßig einen Blick auf den Monitor. Das kleine Mädchen lag schlafend in seinem Gitterbettchen.

Alles in Ordnung mit der Kleinen, dachte er bei sich. Ist ja auch wichtig, schließlich habe ich noch einiges mit ihr vor.

Er ging zur nächsten Tür. Der etwa 20 qm große, quadratische Raum beherbergte kein einziges Möbelstück. Lediglich ein Tapeziertisch stand in der Raummitte und fristete in diesem tristen Ambiente ein ebenso zentrales wie einsames Dasein. Drei Wände waren von oben bis unten mit Zeitungsausschnitten und Postern tapeziert. Die vierte Wand war noch gänzlich leer. Er hatte sie eigens freigehalten. Er legte die Sonderbeilage auf den Tisch, dippte den Tapezierpinsel in den mit Kleister halb gefüllten Eimer und bestrich das erste Zeitungsblatt.

Ach, so was Blödes, ärgerte er sich in Gedanken, ich hab ja völlig vergessen, mir ein weiteres Exemplar zu kaufen. Na egal, dann kommen die Rückseiten eben erst heute Abend an die Wand.

Nach getaner Arbeit betrachtete er zufrieden sein Werk.

Anschließend zog er die Wurfpfeile aus einer neben der Tür angebrachten Dartscheibe. Er entfernte sich exakt vier Schritte von der Wand, drehte sich um und zielte auf Tannenbergs durchlöchertes Gesicht. Die Metallspitzen bohrten sich tief in Auge, Nase und Stirn hinein.

»Die haben mal wieder gesessen«, freute er sich. Er fixierte das Foto mit einem bösartigen Blick. »Diese Pfeile können dir leider nicht wehtun. Aber die Dinge, die ich mir für dich ausgedacht habe, werden dir wehtun. Und zwar sehr weh. Das schwöre ich dir. Du hast ja in den letzten beiden Tagen schon einen kleinen Vorgeschmack erhalten.«

Er hob die Brauen, streckte einen Zeigefinger dem verhassten Erzfeind entgegen und zischte mit gefletschten Zähnen: »Alles, was du seit Sonntagfrüh erlebt hast, war nur ein harmloses Vorspiel dessen, was dich nun erwartet. Jetzt, mein lieber Freund, geht's erst richtig los!«

13 Uhr

Den Morgen hatte Mertel in seinem Labor verbracht und fieberhaft gearbeitet. Dabei hatte er auch die beiden an Tannenberg adressierten Päckchen nebst deren Inhalt auf Täterspuren hin untersucht. Vor etwa einer halben Stunde war er auf ein interessantes Objekt gestoßen: Auf der Unterseite des schwarz gefärbten Tüchleins hatte er eine winzige Hautschuppe entdeckt und sie sogleich dem Rechtsmediziner zur DNA-Analyse gebracht.

Bevor er zum Westpfalzklinikum fuhr, hatte er Sabrina noch darüber unterrichtet. Als Reaktion auf die Beurlaubung ihres Chefs hatten sich die Mitarbeiter des K 1 nämlich zum Aufbau eines Informationsnetzwerkes entschlossen. Es wurde von der jungen Kommissarin koordiniert und hatte den Zweck, jeden der Ermittler permanent über den aktuellen Stand der Recherchen auf dem Laufenden zu halten. Selbstredend waren Tannenberg und Dr. Schönthaler in dieses Netzwerk eingebunden, wogegen Kriminaldirektor Eberle und andere leitende Beamte nicht zu diesem erlauchten Kreis gehörten.

Die breite Berichterstattung der Medien über diesen spektakulären Entführungsfall erzeugte eine enorme Resonanz innerhalb der Bevölkerung. In der Polizeizentrale liefen die Telefone heiß. Doch wie häufig bei solch aufsehenerregenden Kriminalfällen drängten sich vorwiegend Sensationslüsterne und Wichtigtuer in den Vordergrund. Mit ihren Hirngespinsten und haltlosen Verdächtigungen blockierten sie eher die polizeiliche Ermittlungsarbeit, als dass sie diese förderten.

Die Bilanz der Kriminalpolizei zu diesem Zeitpunkt war mehr als ernüchternd. Trotz vieler vermeintlich konkreter Hinweise auf den Aufenthaltsort des entführten kleinen Mädchens konnte Emma bislang nicht gefunden werden. Die meisten der Hinweise mussten allerdings erst noch überprüft werden, doch viel versprachen sich die Ermittler nicht von ihnen.

Peter Walther, der Bruder des zu einer lebenslangen Haftstrafe verurteilten Serienmörders, den Tannenberg vor einigen Jahren auf dem Gartenschaugelände verhaften konnte, hatte ein hieb- und stichfestes Alibi. Eine Überprüfung ergab, dass er zum Zeitpunkt der Entführung gemeinsam mit seiner Familie in einer Ferienanlage in Südfrankreich den Sommerurlaub verbracht hatte.

Bezüglich des während eines Gefangenentransportes befreiten Mafia-Anwaltes Dr. Frederik Croissant gab es keinerlei Neuigkeiten. Trotz intensivster Fahndungsbemühungen der französischen Polizei blieb er auch weiterhin wie vom Erdboden verschluckt.

Die Nachforschungen bei den Kaiserslauterer Taxifahrern verliefen bislang ebenfalls ohne greifbares Ergebnis. Niemandem war offensichtlich das Entführertaxi aufgefallen.

Nach der Verhaftung des Stalkers hatte Tannenberg den Abbau der Fangschaltung im Hause der Unternehmerfamilie Krehbiel angeordnet. Doch Mertel hatte ihn dazu überreden können, diese noch mindestens weitere 24 Stunden installiert zu lassen.

Nach dem Besuch Dr. Schönthalers fuhr der Kriminaltechniker zum Stadtpark und löste seinen Kollegen bei der Telefonüberwachung ab. Er hatte kaum vor den elektronischen Gerätschaften richtig Platz genommen, schon ging der erste Anruf ein. Die 0175er-Nummer zeigte an, dass er von einem Mobiltelefon stammen musste.

»Kommt Ihnen diese Nummer irgendwie bekannt vor, Herr Krehbiel?«, fragte Karl Mertel ohne irgendeinen Anflug von Hektik.

Sein Kollege hatte ihm bei einer kurzen Übergabe die Liste der aufgezeichneten Anrufe ausgedruckt. Im Durchschnitt waren etwa fünf Anrufe pro Stunde in der Villa eingegangen. Es handelte sich dabei sowohl um geschäftliche als auch private Telefonate, die zwar allesamt routinemäßig mitgeschnitten wurden, nach einer Überprüfung Mertels nun aber gelöscht werden sollten.

August Krehbiel, wie immer nobel, aber unaufdringlich gekleidet, blickte auf das grünliche Display und schüttelte den Kopf. »Nein, diese Nummer kenne ich nicht. Ich hab ehrlich gesagt auch nur die Handynummern meiner Familie im Kopf. Ich nehme an, da will jemand meinen Sohn oder meine Schwiegertochter sprechen.«

Mertel schob den Kopfhörer über die Ohren, drückte die Aufnahmetaste und reichte dem älteren Herrn das Mobilteil.

»August Krehbiel«, meldete sich der Unternehmer mitsamt seines Vornamens, um möglichen Missverständnissen vorzubeugen.

Plötzlich ging ein Ruck durch seinen Körper. Er zog die Brauen nach oben, ließ sie dort verharren. Hektisch tippte er mit dem Finger in Richtung des Telefonhörers.

Mertel fing seinen flackernden Blick auf und nickte mehrmals hintereinander. Durch sein Mienenspiel wollte er ihm signalisieren, dass er selbstverständlich jedes Wort mithörte. Er hob die Hand und ließ sie Kreiselbewegungen durchführen. Damit forderte er

Krehbiel auf, das Gespräch so lange wie möglich in Gang zu halten.

»Eine Million Euro in kleinen, gebrauchten, nicht nummerierten Scheinen. Ja, ja, das hab ich schon verstanden«, sagte Krehbiel betont langsam. »Aber wie stellen Sie sich das vor? Wie soll ich das denn bis 22 Uhr schaffen? Dafür benötige ich mehr Zeit. – Nein, natürlich will ich nicht, dass der Kleinen etwas passiert. Gut, ich versuche es. – Ja, ich wiederhole: Herr Tannenberg soll das Geld in eine Plastiktüte packen und sie im Hauptbahnhof am westlichen Ende des letzten Bahnsteigs ... – Ja, des vom Bahnhofsgebäude aus gesehen letzten Bahnsteigs direkt an der Kante auf die Gleisanlage fallen lassen. – Und ich werde Herrn Tannenberg ausrichten, dass er um 15 Uhr hier an meinem Telefon sitzen soll – zwecks weiterer Instruktionen. Warten Sie bitte noch einen Moment. Ich möchte mit dem Mädchen sprechen. Ich will wissen, ob ...« Die restlichen Worte verschluckte er, denn der Anrufer hatte die Verbindung bereits unterbrochen.

Mertel zog den Kopfhörer ab und krauste die Stirn. »Was war das denn eben?«, fragte er an Krehbiel gewandt.

Der lupfte die Schultern. »Das weiß ich auch nicht. Hab ich mich falsch verhalten?«

»Nein, Sie waren sehr gut«, lobte Mertel. »Das Entscheidende war, dass Sie auf seine Geldforderung eingegangen sind. Den schnappen wir uns heute Abend, wenn er das Lösegeld abholen will.«

»Aber warum ruft der Mann hier an, obwohl er doch inzwischen wissen müsste, dass er das falsche Mädchen als Geisel hat?« Er zögerte einen Augenblick und schob nach: »Wenn es denn überhaupt der Entführer war.«

»Ja, *wenn* er es war. Was ich nicht glaube.«

»Und wieso fordert er, dass Ihr Kollege die Tüte mit dem Geld im Hauptbahnhof deponieren soll? Warum nicht ich?« Er schürzte die Lippen. »Das muss ein Verrückter sein. Oder ein Trittbrettfahrer – oder beides in einer Person.«

»Seh ich auch so. Das macht doch alles überhaupt keinen Sinn.«

»Leute gibt's.« Krehbiel schlenderte kopfschüttelnd ein paar Schritte durch den Raum.

Unterdessen spulte Mertel die Bandaufnahme zurück und spielte sie über den Lautsprecher ab.

»Am Ende des Gesprächs hatte ich Angst, dass ich einen Fehler mache, wenn ich nach Emma frage. Deshalb habe ich nur ›Mädchen‹ gesagt. Er hat ja auch keinen Namen genannt, sondern nur von ›der süßen Kleinen‹ gesprochen. Ich konnte ja nicht wissen, ob ich mit dem Entführer spreche oder mit jemand anderem«, erklärte August Krehbiel, nachdem er den Mitschnitt angehört hatte.

»Das war genau richtig so.«

»Es hätte ja sein können, dass der Entführer noch gar nicht weiß, dass er das falsche Mädchen entführt hat. Und da wollte ich nicht riskieren, dass ich derjenige bin, der ihm dies mitteilt. Wer weiß schon, wie solch ein skrupelloser Mensch reagiert. War das wirklich nicht falsch?«

»Nein, nein, Herr Krehbiel, machen Sie sich bitte keine Gedanken. Sie haben absolut richtig gehandelt«, zerstreute Mertel seine Bedenken. »Aber dieser Anruf war tatsächlich mehr als merkwürdig.« Er legte den Finger an die Lippen und brummte nachdenklich. »Wenn wir davon ausgehen, dass es sich bei dem Anrufer um einen Trittbrettfahrer handelt, dann verstehe ich nicht, wieso er …«

»Sie meinen, dass ein Trittbrettfahrer sich garantiert sehr genau informiert hätte, bevor er eine Erpressung versucht«, schnitt ihm Krehbiel das Wort ab.

»Genau«, bestätigte Mertel. »Und den Zeitungen war ja wohl eindeutig zu entnehmen, dass Emma und nicht Ihre Enkelin entführt wurde. Aber damit ist doch die Lösegeldforderung an Ihre Familie hinfällig geworden. Sein Verhalten ist völlig irrational.«

»Somit kommt wohl nur ein Verrückter in Betracht«, bemerkte Krehbiel.

»Ja, sieht ganz danach aus. Ich werde trotzdem Kollege Tannenberg über diesen Anruf informieren. Er soll sich sicherheitshalber mal die Stimme auf dem Band anhören. Vielleicht kommt sie ihm ja zufällig bekannt vor.« Mit einem bitteren Lächeln auf den Lippen schob er nach: »Zumal der Anrufer ja sowieso gefordert hat, dass er um 15 Uhr hier sitzen soll. Als ob er zurzeit nichts Besseres zu tun hätte. Obwohl, eigentlich …« Aus naheliegenden Gründen behielt er Tannenbergs Beurlaubung für sich.

»Vielleicht war es ja doch der Entführer«, meinte August Krehbiel mit gepresster Stimme. Man sah ihm an, dass ihm bei dieser Vorstellung sehr unbehaglich zumute war.

»Nein, das kann ich mir nicht vorstellen.«

»Mal was anderes, Herr Mertel. Ich bin natürlich kein Experte. Aber für einen Laien wie mich hat sich die Stimme des Anrufers ganz normal angehört, völlig ohne Verzerrungen.« Schmunzelnd ergänzte er: »Ganz anders, als man es oft in Fernsehkrimis hört.«

»Ja, scheint mir auch so. Und genau das würde der tatsächliche Entführer hundertprozentig nicht tun.«

14 Uhr 15

Zum Zeitpunkt von Mertels Anruf hielt sich der vom Dienst freigestellte Leiter der Kaiserslauterer Mordkommission gerade auf der Aussichtsplattform des Humbergturms auf und blickte über seine Heimatstadt. Die Tatsache, dass Alexander Fritsche urplötzlich mit einem offenbar hieb- und stichfesten Alibi aufwarten konnte und ihn der Oberstaatsanwalt daraufhin aus dem Polizeigewahrsam entlassen musste, hatte Tannenberg den Rest gegeben. Er war im Sturmschritt aus der engen, überhitzten Stadt geflüchtet. Der anstrengende Fußmarsch durch die bedeutend angenehmere Waldluft hatte seine Aggressionen abgebaut und seinen von dunklen Wolken vernebelten Geist ein wenig gelichtet.

Mit anderen Worten: Er hatte Kraft geschöpft, Kraft, die er nun dringend benötigte, als er wieder ins Zentrum des Geschehens zurückkehrte.

Auf sein Läuten hin erschien Ann-Sophies Mutter an der Eingangspforte der krehbielschen Villa. Als Tannenberg den Salon betrat, saßen Mertel, August Krehbiel und dessen Ehefrau Elfriede in recht ausgelassener Stimmung am Kaffeetisch beisammen. So, als sei der Kriminaltechniker gerade in flagranti bei einer Straftat ertappt worden, schoss er in die Höhe und schritt mit einer entschuldigenden Geste auf seinen Kollegen zu.

»Ich wusste ja nicht genau, wann du kommst«, sagte Mertel, unterlegt mit einem nervösen Hüsteln. Nachdem er sich ein paar Schritte von den Krehbiels entfernt hatte, flüsterte er: »Wolf, du denkst jetzt hoffentlich nicht, mich würden die schrecklichen Ereignisse nicht berühren.«

Tannenberg legte ihm den Arm auf die Schulter. »Quatsch, Karl, mach dir mal keinen Kopf. Ich weiß, wie sehr du mit uns leidest.«

Mertel nickte dankbar.

»Spiel mir lieber mal das Band vor.«

Erleichtert leuchtete Mertels Gesicht auf. »Schon vorbereitet«, sagte er, nahm vor den Geräten Platz und reichte seinem Kollegen den Kopfhörer.

Tannenberg hörte sich mehrmals den Gesprächsmitschnitt an. Er presste die Lippen zu einer schmalen Linie zusammen und wiegte unentwegt den Kopf hin und her.

»Du kennst die Stimme also nicht?«

»Nein, Karl, ich glaube nicht. Aber lass das Band bitte mal in Zimmerlautstärke laufen. Vielleicht hört es sich dann anders an.«

Der Kriminaltechniker tat wie ihm geheißen.

»Hmh, ich weiß nicht, aber irgendetwas an dieser Stimme kommt mir vielleicht doch bekannt vor. Nicht die Stimme an sich, sondern …« Tannenberg sog Luft durch die geschlossenen Zahnreihen und stieß sie durch die Nase aus. »Hilf mir, Karl.«

»Meinst du vielleicht die Modulation der Stimme?« Angesichts der fragenden Miene seines Gegenübers sah er sich zu weiteren Erläuterungen veranlasst: »Also, die Sprachmelodie, der Rhythmus der Stimme?«

»Ja, das könnte sein. Lass noch mal laufen.«

Abermals erklang die Stimme des mysteriösen Anrufers aus den Lautsprechern.

»Ach, Karl, ich weiß nicht«, sagte Tannenberg wenig später mit einer wegwerfenden Handbewegung. »Habt ihr eigentlich den Anruf zurückverfolgen können?«

»Nein, für eine Ortung war der Anruf leider zu kurz.«

»Rufnummernanzeige?«

»Ja, sicher. Hab mich auch schon mit der zuständigen Telefongesellschaft in Verbindung gesetzt.«

»Und?«

Mertel machte eine enttäuschte Geste. »Das Handy gehört einem jungen Mädchen, namens ...« Er nahm sein Notizbüchlein, schlug es auf und las vor: »Jennifer König, wohnhaft in Bottrop, Herzogin-Mathilde-Straße 43.«

»Hast du schon mit ihr gesprochen?«

»Hab ich. Sie hat gesagt, dass sie ihr Handy verloren habe. Sie weiß aber nicht, wo. Wahrscheinlicher ist wohl, dass man es ihr gestohlen hat. Hast du gewusst, dass es einen riesigen Schwarzmarkt mit geklauten Handys gibt?«

»Nee. Somit also keine Spur zu dem Täter. Verflucht!«

15 Uhr

»Es ist jetzt Punkt 15 Uhr«, vermeldete Mertel.

Tannenberg und der Kriminaltechniker saßen in gespannter Erwartungshaltung hinter den elektronischen Gerätschaften. August Krehbiel stand neben ihnen und hielt sich ebenfalls für den Anruf bereit.

Das Telefon läutete. Auf dem Display blinkte eine zwölfstellige Handynummer. Mertel verglich sie mit der des ominösen Erpressers. Es war nicht dieselbe.

»Der benutzt ein anderes Handy«, flüsterte Mertel. »Oder er ist es nicht.« An den Unternehmer gerichtet, fragte er: »Kennen Sie die Nummer?«

»Nein.«

»Dann gehen Sie jetzt bitte ran.« Er streckte mahnend den Zeigefinger hoch. »Und bitte, wieder schön langsam sprechen.«

Krehbiel nickte und drückte die grüne Taste. »August Krehbiel.« Kurz darauf rollte er mit gequältem Blick die Augen. Entgegen Mertels Forderung sprach er nun sehr schnell: »Nein, meine Schwiegertochter ist nicht zu Hause. – Nein, ich weiß nicht, wieso sie ihr Handy nicht eingeschaltet hat. Entschuldigung, ich erwarte jeden Augenblick ein wichtiges Gespräch. Auf Wiederhören.«

»Das war er wohl nicht«, meinte Mertel schmunzelnd.

»Nein, das war eine der Freundinnen meiner Schwiegertochter – allesamt verwöhnte, gelangweilte Shopping-Prinzessinnen. Die haben noch nie in ihrem Leben richtig gearbeitet, besitzen aber enorme materielle Ansprüche.«

Mertel warf Tannenberg einen vielsagenden Blick zu.

Diese abschätzige Bemerkung war Krehbiel offensichtlich peinlich, denn er wechselte umgehend das Thema: »Wie wollen Sie eigentlich weiter vorgehen? Sie werden diesem modernen Raubritter hoffentlich nicht eine Million Euro auf die Gleise werfen, oder?«

»Wir sollten zuerst einmal seinen zweiten Anruf abwarten«, versetzte der Spurenexperte. »Dann können wir uns immer noch Gedanken über eine sinnvolle Strategie machen. Echtes Geld würden wir sowieso nicht in diese Plastiktüte packen.«

»Gott sei Dank! Es wäre nämlich ausgesprochen bedenklich, wenn man das schöne, hart erarbeitete Geld solch einem Verbrecher in den Rachen werfen würde. Denn jeder Cent muss ja erst einmal erwirtschaftet werden, bevor man ihn ausgeben kann. Aber das ist so einem arbeitsscheuen Schmarotzer wahrscheinlich völlig egal.«

»Womöglich war der Anruf vorhin nur ein makaberer Scherz«, streute Tannenberg ohne Bezug auf Krehbiels ökonomischen Exkurs ein. »Oder es handelt sich um einen Trittbrettfahrer, der plötzlich kalte Füße bekommen hat. Je länger ich darüber nachdenke, umso blödsinniger erscheint mir diese ganze Geschichte. Spricht der Übergabeort nicht für einen absoluten Dilettanten? 22 Uhr Hauptbahnhof – da ist auf den Bahnsteigen doch immer noch die Hölle los. Aber auch nachts um 4 Uhr halten sich dort noch alle möglichen Passagiere auf – vom Bundesgrenzschutz ganz zu schweigen.«

»Ja, mir kommt das auch alles ausgesprochen spanisch vor«, stimmte Mertel zu.

»Trotzdem werde ich heute Abend seine Forderungen erfüllen. Auch wenn er jetzt nicht mehr anrufen sollte.«

»Aber warum denn das?«

»Weil ich mir nicht den geringsten Fehler erlauben kann. Auch wenn die Chance noch so klein wäre, Emmas Entführer zu fassen, würde ich sie nutzen. Ich würde es mir niemals verzeihen, wenn ich nicht alles versucht hätte. Außerdem kann ich dann wenigstens *etwas* tun. Diese verdammte Warterei treibt mich noch in den Wahnsinn.«

In Gedanken an seine kleine Enkeltochter seufzte Krehbiel: »Ich würde mich ganz genau so verhalten wie Sie, Herr Hauptkommissar.«

Mertel blickte auf seine Armbanduhr. »Schon zehn nach drei. Ich glaube nicht, dass dieser Irre sich noch mal meldet. Wahrscheinlich hat er Angst vor der eigenen Courage bekommen. Wie du vermutet hast, Wolf.«

»Oder er hat inzwischen endlich kapiert, dass Emma entführt wurde, und nicht der Spross einer reichen Unternehmerfamilie.« Mit einem Seitenblick auf August Krehbiel ergänzte Tannenberg. »Bei uns ist ja leider nichts zu holen.«

»Wieso ›leider‹, Wolf? Das ist doch eigentlich Emmas Glück.«

»Ja, aber warum hat ihr Entführer sie dann noch immer nicht freigelassen?«

21 Uhr 45

Nach kurzer Beratung mit seinen engsten Mitarbeitern hatte Tannenberg am Nachmittag beschlossen, weder seinen unmittelbaren Vorgesetzten noch die Staatsanwaltschaft über den Erpresseranruf und die geplante fingierte Geldübergabe zu informieren. Aufgrund der Beurlaubung konnte er seine Kollegen natürlich nicht zu diesem Einsatz dienstverpflichten. Er konnte sie lediglich um ihre Teilnahme bitten. Alle sagten spontan zu.

Für den Fall, dass doch irgendjemand von dieser ungenehmigten Aktion Wind bekommen sollte, hatte Sabrina schnell eine Notlüge parat. Diese war zwar nicht sonderlich glaubwürdig, aber das spielte im Vergleich zur Chance, möglicherweise Emma aus den Klauen ihres Entführers zu befreien, keine Rolle. Insgeheim glaubte keiner der Kriminalbeamten an einen Erfolg dieser Maßnahme, doch aus Solidarität mit ihrem Chef behielten sie ihre ausgeprägte Skepsis für sich.

Wolfram Tannenberg verbrachte einen großen Teil der Nachmittags- und Abendstunden in den Räumen der Kriminaltechnik im Keller seiner Dienststelle. Mertel hatte ihm die Aufnahme des Erpresseranrufs und weitere Bänder mit Verhörmitschnitten zur Verfügung gestellt, die sich der offiziell zur Tatenlosigkeit verdammte Leiter des K 1 in einem abgelegenen Archivraum mehrmals zu Gemüte führte. Sabrina versorgte ihren Chef zudem mit den Ermittlungsakten seiner alten Fälle, die er noch einmal durcharbeitete. Beides allerdings ohne Erfolg.

Seine Familie wurde ebenfalls nicht über die geplante Aktion informiert. Als er gegen Viertel vor zehn sein Elternhaus verließ, gab er an, sich ein wenig die Beine vertreten zu wollen und anschließend Dr. Schönthaler zu besuchen. Was er dann auch tat, allerdings auf direktem Wege. Der Rechtsmediziner erwartete ihn bereits. An der Haustür übergab er ihm eine Plastiktüte. Sie war mit unzähligen Bündeln aus Zeitungspapier gefüllt. Tannenberg machte seinem Freund deutlich, dass er aus Sicherheitsgründen leider auf seine Begleitung verzichten müsse. Doch der eigenwillige Pathologe zeigte sich wie immer unbeeindruckt und heftete sich selbstredend seinem Freund an die Fersen.

Erst im Bahnhofsgebäude gelang es Tannenberg, den treuen Kumpanen zur Revision seines Verhaltens zu bewegen. Und zwar dadurch, dass er ihm eine angeblich wichtige Aufgabe übertrug: Er bat ihn eindringlich, den Eingangsbereich im Auge zu behalten. Dr. Schönthaler schien etwas Derartiges vorausgeahnt zu haben, denn statt Protest dagegen einzulegen, zog er eine Digitalkamera aus der Tasche und begann, wie ein Bahnhofsfetischist wild draufloszufotografieren.

Wie am Nachmittag verabredet, saß Mertel auf dem zur Übergabe vorgesehenen Bahnsteig auf einer Bank, als Reisender getarnt. Sabrina inspizierte den gegenüberliegenden Bahnsteig. Allerdings hielt sie sich nicht im Freien auf, sondern in einem kleinen, normalerweise nur für Bahnpersonal zugänglichen Abstellraum. Ihr Ehemann Michael beobachtete den vermeintlichen Übergabeort von dem südlich des Bahngeländes gelegenen Parkplatz aus. Nach

Ablage der Plastiktüte wollte Tannenberg sich zu ihm begeben und ihm dabei Gesellschaft leisten. Im Halbstundenrhythmus sollten Michael, Sabrina und Mertel ihre Spähpositionen tauschen.

Eigentlich sollte die Überwachungsmaßnahme die ganze Nacht über andauern. Doch bereits kurz nach Mitternacht brach Tannenberg die Aktion ab und schickte seine Kollegen nach Hause in ihre Betten. Dr. Schönthaler lud seinen besten Freund noch zu einem kleinen Schlummertrunk in die Bahnhofsgaststätte ein.

In guten Tagen hätte dieser nächtliche Exkurs bis in die frühen Morgenstunden angedauert und sehr wahrscheinlich in einem mittleren Delirium geendet. Aber aufgrund der traurigen Grundstimmung der beiden Männer konnte davon diesmal keine Rede sein. Die zecherprobten Kumpane sprachen kaum ein Wort miteinander, nippten nur lustlos an ihren Weizenbiergläsern und starrten mit trüben Blicken ins Leere.

Mittwoch, 7. August

6 Uhr 45

Tannenberg wurde nun schon zum zweiten Mal innerhalb von knapp 48 Stunden das Gefühl nicht los, dass sich Dinge, mit denen er konfrontiert wurde, wiederholten. Waren es am Montagmorgen die beiden identisch aussehenden Päckchen gewesen, so erlebte er nun diese merkwürdige Duplizität der Ereignisse in Form eines weiteren *FAZ*-Exemplars, das Dr. Schönthaler gerade auf dem Küchentisch der elterlichen Wohnung ausbreitete.

»Frau Tannenberg, kann ich bitte Ihre Bibel haben?«, fragte der Rechtsmediziner.

Seit Emmas Entführung hatte Margot die Heilige Schrift kaum mehr aus der Hand gelegt. Immer und immer wieder las sie in der Bibel, suchte darin Halt und Trost. Sie hatte in den letzten Tagen kaum geschlafen und nur wenig gegessen. Die alte Dame,

Die Liebe ist mein, spricht der Herr
Psalm 12,19

In memoriam

Wolfram Tannenberg

* 14.3.1956 † 9.8.2002

die ansonsten in ihrem Reich so geschäftig zugange war, saß nur noch in sich gekehrt am Küchentisch, vertiefte sich in die Bibeltexte oder betete einen Rosenkranz.

Sie war noch grauer geworden, die Wangenknochen traten noch deutlicher hervor. Ihre tieftraurigen, glanzlosen Augen schienen die Umgebung nur noch durch eine trübe Milchglasscheibe wahrzunehmen. Die Selbstvorwürfe, maßgeblich für die grauenhafte Situation ihrer Urenkelin verantwortlich zu sein, trieben ihr einen giftigen Stachel in die Seele, raubten ihr mehr und mehr den Lebenswillen.

Auch ihr Mann Jacob war nur noch ein Schatten seiner selbst. Seit der Entführung hatte er kaum mehr einen Schritt vor die Haustür gesetzt. Am Montagmorgen hatte bereits der erste seiner Tchibo-Stammtisch-Kollegen angerufen und sich besorgt nach dem Grund seines Fernbleibens erkundigt. Ohne vorherige Ankündigung hatte der Senior bisher noch nie das tägliche Treffen versäumt. Seit seiner Pensionierung bildete dieses Ritual einen festen Bestandteil seines Tagesablaufs.

Doch dazu verspürte er gegenwärtig keine Lust mehr. Auch die geliebte Zeitungslektüre bereitete ihm kaum Freude, konfrontierte sie ihn doch permanent mit der schmerzlichen Wahrheit, dass sein kleiner Sonnenschein Emma brutal aus der Mitte der Familie herausgerissen wurde und irgendwo in den Fängen eines skrupellosen Verbrechers dahinvegetierte. Die meiste Zeit des Tages verbrachte Jacob in seinem Ohrensessel im Wohnzimmer und blickte stumpfsinnig vor sich hin.

Es dauerte kaum mehr als ein paar Sekunden, bis Dr. Schönthaler in Margots Bibel die angegebene Textstelle gefunden hatte.

»Hab ich mir's nicht gleich gedacht, hier im Römer 12, Absatz 19 steht etwas ganz anderes«, verkündete er. Er räusperte sich und las das Originalzitat vor: »›Die *Rache* ist mein, ich will vergelten, spricht der Herr.‹ Von wegen Liebe – es geht um Rache, Wolf, um nichts anderes.«

»Wundert dich das?«, fragte Tannenberg nahezu emotionslos. Doch gleich darauf schlug er mit der Faust auf den Tisch und brüllte: »Das mit der Rache hab selbst ich inzwischen kapiert. Ich bin ja bereit, mich für Emma zu opfern. Aber warum meldet sich dieser verdammte Scheißkerl nicht bei mir?«

»Weil er dich auf diese Weise richtig schön quälen kann – und das vor allem auch so lange, wie es ihm gefällt«, entgegnete der Gerichtsmediziner. »Diese Psychofolter ist zentraler Bestandteil seines teuflischen Plans, davon bin ich überzeugt.«

»Ich scheiß auf seinen Plan!«

»Wolf, beruhige dich. Ein emotionaler Amoklauf bringt uns nicht weiter! Wir müssen unbedingt analytisch an die Sache herangehen. Wie bei einem Schachspiel, wo der Gegner ja auch einen Plan zur brutalen Vernichtung des anderen verfolgt.«

Tannenberg sondierte ihn mit einem flackernden Blick.

»Und wie du selbst weißt, gewinnt man das Spiel, indem man die Züge und die Strategie des Gegners zu antizipieren versucht: Was hat er vor, wie und wo will er mir eine Falle stellen? Will er mich mit seinem Zug piesacken, provozieren, mich zur Weißglut treiben? Damit ich mich ärgere und aus lauter Wut überhastet reagiere – und einen folgenschweren Fehler begehe, den er zu seinem Vorteil ausnutzen kann? Wir müssen darüber nachdenken, was …«

»Was soll dieses blöde Geschwafel, Rainer?«, blaffte Tannenberg aggressiv dazwischen. »Das ist kein Spiel, das ist Realität. Dieser Irre meint es ernst, und zwar todernst.«

Margot greinte auf und vergrub ihr aschfahles Gesicht unter der Kittelschürze.

»Analytisch bleiben, Wolf!«, mahnte unverdrossen sein Gegenüber. »Wenn du die Kontrolle über dich und dein Verhalten verlierst, tust du genau das, was dieser Psychopath erreichen möchte.«

»Du hast gut reden.«

Dr. Schönthaler boxte seinem Freund leicht auf den Oberarm. Dann legte er einen Zeigefinger auf die Anzeige und ließ ihn zwischen den beiden Zahlenreihen hin und her hüpfen. »Wieso ausgerechnet diese beiden Daten, Wolf?«

»Ja, was weiß denn ich?«

»Geburtstag: 14.3.1956, Todestag: 9.8.2002. Hast du es noch immer nicht bemerkt? Das hier sind ganz andere Daten als die auf deiner Todesanzeige. Darauf waren nämlich *dein* Geburtstag und der 5. August als *dein* angebliches Todesdatum zu lesen.«

»Doch, natürlich, aber …«

Der Gerichtsmediziner würgte seinen alten Freund dadurch ab, indem er ihn abrupt am Handgelenk packte und fest zudrückte. Dabei sagte er mit anschwellender Stimme: »Und hier stehen zwei völlig andere Daten. Wir müssen uns mit folgender zentraler Frage beschäftigen: Gibt es jemanden, der am 14. März 1956 geboren und ...«, er stockte kurz, rechnete, »sechsundvierzig Jahre später am 9. August 2002 gestorben ist? Es muss natürlich jemand sein, zu dem du in irgendeiner Form eine Beziehung hattest.«

»Ach, das ist bestimmt nur wieder so ein blöder Joke von diesem Irren«, wandte Tannenberg ein. »Genau wie dieser Schwachsinn mit der Geldübergabe auf einem belebten Bahnhof. Das ist garantiert ein weiteres Irrlicht, das uns von unserem eigentlichen Weg abbringen soll, der nur ein einziges Ziel hat.« Seine Stimme schwoll bedrohlich an: »Nämlich Emma zu finden. Und zwar so schnell wie möglich.«

»Nein, nein, das glaube ich nicht«, entgegnete der Pathologe betont ruhig. »Unser Gegner ist ein Spieler. Und diese beiden Daten sind Hinweise auf irgendetwas, das mit diesem perfiden Spiel zu tun hat.«

»1956? Was für ein Scherzkeks! Das ist unser beider Geburtsjahr.«

»Ja, das weiß ich auch. Vielleicht will er dich oder vielmehr uns darauf hinweisen, dass wir im selben Jahr wie er geboren sind.«

Tannenberg blies die Backen auf. »Aber wozu?«

Dr. Schönthaler strich sich mit der offenen Hand vom Adamsapfel zum Kinn, wo er die glatt rasierte Haut nachdenklich knetete. »Tja, wenn wir das nur wüssten.« Er verzog einen Moment lang das Gesicht zu einer Grimasse. Dann entspannte sich seine Mimik, und er sagte: »Dann gehen wir jetzt als Arbeitshypothese davon aus, dass Geburts- und Todesdatum zu ein und derselben Person gehören. Und zwar zu einer Person, die in irgendeiner direkten Verbindung zu dir steht. Einverstanden?«

»Okay, von mir aus«, stimmte Tannenberg vordergründig zu. Doch bereits im nächsten Atemzug meldete er Bedenken an: »Wenn wir es wirklich mit einem Spieler zu tun haben, wie du glaubst, wäre dann dieser Hinweis nicht viel zu einfach, viel zu plakativ?«

»Egal, Wolf, das wissen wir erst, wenn wir es überprüft haben. Also schlage ich vor, du rufst Sabrina an. Sie soll am besten sofort ins K 1 fahren und den Polizeicomputer mit diesen beiden Daten füttern. Bin sehr gespannt, was dabei herauskommt.«

7 Uhr 25

Sabrina Schauß hatte sich umgehend zu ihrer Dienststelle begeben und die entsprechenden Nachforschungen angestellt. Da es nur ein Katzensprung von ihrer Dienststelle am Pfaffplatz zur Beethovenstraße war, entschloss sie sich kurzerhand, ihrem Chef das seltsame Rechercheergebnis persönlich zu überbringen. Zuvor besorgte sie sich im Archiv die betreffende Fallakte. Mit einem prall gefüllten Aktenordner in der Hand erschien sie fünf Minuten später in Tannenbergs Wohnung, wohin sich die beiden Freunde inzwischen zurückgezogen hatten.

In Sekundenbruchteilen hatte der Computer vorhin eine gleichermaßen eindeutige wie verwirrende Antwort geliefert:

Eindeutig deshalb, weil es sich bei den beiden Daten tatsächlich um den Geburts- und Todestag ein und derselben Person handelte.

Verwirrend deshalb, weil diese Person unzweifelhaft am 9. August 2002 auf tragische Weise ums Leben gekommen und kurz darauf von Dr. Schönthaler obduziert worden war. Und somit logischerweise nicht als Entführer von Emma in Betracht kommen konnte.

»Ich kapier allmählich überhaupt nichts mehr«, seufzte Tannenberg und versank noch tiefer in seinem Couchsessel. »Lars Mattissen? Was hat der denn mit Emmas Entführung zu tun?«

»Vielleicht steckt jemand dahinter, der seinen Tod rächen will«, spekulierte Dr. Schönthaler.

Tannenberg sprang wie von einem Katapult geschleudert von seinem Sessel auf und reckte beschwörend die Hände in die Höhe. »Ja, aber warum denn an mir?«, stieß er verzweifelt aus. »Ich hab ihn damals doch gar nicht erschossen. Das war doch dieser Waldrambo, dieser bescheuerte Kreilinger.«

»Natürlich, das wissen wir alle ja. Wir waren damals schließlich dabei.«

»Genau! Also, was will dieser Irre dann von mir? Los, los, meine Herrschaften, ich warte auf eure Erklärungsansätze – ich hab nämlich keine.«

»Du hast diesen Mattissen zwar nicht getötet«, bemerkte Sabrina, »du kannst aber trotzdem für seinen Tod verantwortlich gemacht werden.«

»Welch ein ausgemachter Blödsinn!«, polterte ihr Chef zurück. »Lars hatte seinen Tod doch von vornherein einkalkuliert – suicide by cop, wie die Amis sagen. Tod durch die Kugel eines Polizeibeamten als Schlusspunkt eines Amoklaufs, der mehreren unschuldigen Frauen das Leben gekostet hat. Er wollte, dass ich ihn erschieße. Aber ich habe es nicht getan, verdammt noch mal! Und da unterstellst du mir, ich sei für seinen Tod verantwortlich. Das ist wirklich ein starkes Stück!«

»Entschuldige, Wolf, so hab ich das doch gar nicht gemeint«, versetzte Sabrina betroffen. »Ich wollte damit doch nur sagen, dass derjenige, der es auf dich abgesehen hat, dich offenbar dafür verantwortlich macht – er, nicht ich!«

»Womit sie nicht gerade unrecht hat, mein alter Freund«, sprang Dr. Schönthaler der jungen Kommissarin zur Seite. »Also müssen wir uns fragen, wer aus Lars Mattissens Umfeld für solch einen Rachefeldzug infrage kommen könnte.«

Tannenberg wirkte ausgesprochen zerknirscht. Er hatte sich von Sabrinas Recherche vielversprechendere Ergebnisse gewünscht, nicht den Hinweis auf einen getöteten Serienmörder. Mit mürrischem Gesichtsausdruck schüttelte er den Kopf.

»Leute, das ist doch völliger Quatsch«, fauchte er ungehalten, »warum sollte denn irgendjemand so etwas Verrücktes tun? Und dann auch noch sechs Jahre später?« Er zog den Aktenordner vom Couchtisch auf seine Oberschenkel und blätterte darin herum.

»Ja, das ist schon merkwürdig«, meinte die junge Kommissarin.

»Wenn ich mich einigermaßen richtig entsinne, war Lars ziemlich isoliert«, fuhr ihr Vorgesetzter fort. »Er hatte sich lange Jahre um seine am Ende bettlägrige Mutter gekümmert …« Er hielt inne, hatte das Datenblatt mit den Familienverhältnissen Lars Mattissens entdeckt. »Da steht's schwarz auf weiß: Er war unverheiratet, sein Vater ist bereits lange vor der Mutter verstorben, er hat weder Geschwister noch sonstige Verwandtschaft. Also von der Seite her gibt es anscheinend überhaupt niemanden, der ihm sehr nahegestanden hat.«

»Enge Freunde?«, fragte Sabrina.

Tannenberg schob die Unterlippe vor und schüttelte abermals den Kopf. »Nee, das kann ich mir beim besten Willen nicht vorstellen. Der kam irgendwann in der Oberstufe zu uns in die Klasse und war damals schon ein totaler Außenseiter. Für mich ist es undenkbar, dass er später intensive Freundschaften gepflegt hat. Das hätte seine herrische Mutter wohl auch nicht zugelassen.«

Es war das erste Mal seit den dramatischen Ereignissen vor genau sechs Jahren, dass er diese Fallakte wieder in seinen Händen hielt. Er zog ein großes Foto seines ehemaligen Klassenkameraden aus der Klarsichthülle und betrachtete es eingehend. Das farbige Porträtfoto zeigte einen etwa 35 Jahre alten, sympathisch wirkenden, intelligenten Mann, dem wohl kaum jemand eine brutale Mordserie zugetraut hätte. Tannenberg verstand bis heute nicht richtig, was im Hirn dieses beruflich durchaus erfolgreichen Akademikers damals vorgegangen war.

Er blätterte um, entnahm die Fotos, die auf dem Waldparkplatz des Naturfreundehauses im Finsterbrunnertal aufgenommen worden waren und den mit einem Kopfschuss getöteten Lars Mattissen zeigten. Er breitete sie auf seinem Couchtisch aus. »Was um alles in der Welt soll denn Lars mit der Entführung Emmas zu tun haben? Das ergibt doch überhaupt keinen Sinn. Oder was meint ihr?«

»Da kann ich mir ehrlich gesagt auch keinen Reim drauf machen«, entgegnete Dr. Schönthaler.

»Ich auch nicht«, stimmte Sabrina zu.

8 Uhr

»Ich will in exakt einer Stunde mit Tannenberg sprechen. Wenn er nicht da ist, schicke ich ihm ein drittes Päckchen – und diesmal ist der Finger echt! Richten Sie ihm das aus«, verkündete der Anrufer und legte auf.

Im Schnelldurchgang verglich Mertel den gerade in der krehbielschen Villa eingegangenen Tonbandmitschnitt mit dem gestern aufgezeichneten Anruf: Laut elektronischer Sprachanalyse handelte es sich definitiv um ein und dieselbe Person. Daraufhin rief er den beurlaubten Leiter des K 1 an und spielte ihm die Aufzeichnung vor.

Als sich Tannenberg diese unverhohlene Drohung anhörte, wurde ihm schmerzlich bewusst, dass es sich bei dem Anrufer definitiv um Emmas Entführer gehandelt haben musste. Über den Inhalt des ersten Päckchens waren nämlich nur er, seine Familie und seine engsten Mitarbeiter informiert. Alle hatten dichtgehalten, denn nirgendwo war bislang etwas darüber in der Presse zu lesen.

»Weshalb um alles in der Welt soll ich denn zu den Krehbiels kommen?«, fragte Tannenberg den Rechtsmediziner. »Warum ruft dieser Mistkerl nicht einfach hier bei mir zu Hause an?«

»Keine Ahnung, was er damit bezweckt. Aber auch das wird wohl Teil seines hinterhältigen Plans sein.«

Dr. Rainer Schönthaler begleitete seinen Freund zu der am Stadtpark gelegenen Fabrikantenvilla. Punkt 9 Uhr schnarrte das Telefon. Diesmal nahm nicht August Krehbiel, sondern Tannenberg den Hörer und meldete sich mit seinem Namen.

»Ah, da ist er ja, der berühmt-berüchtigte, unerschrockene Verbrecherjäger. Schön, dass Sie meinen Anweisungen so vorbildlich nachgekommen sind.«

»Wer sind Sie, was wollen Sie von mir?«, fuhr Tannenberg den Mann barsch an.

Sofort, nachdem diese Worte seinen Mund verlassen hatten, ärgerte er sich maßlos über seinen emotionalen Ausbruch. Er hatte sich fest vorgenommen, unter allen Umständen ruhig zu bleiben. Aber die Gewissheit, Emmas Entführer an der Strippe zu haben, hatte in seinem Kopf sämtliche Kontrollmechanismen außer Kraft gesetzt.

»Nicht so ungeduldig, Herr Hauptkommissar. Zur rechten Zeit werden Sie Antworten auf alle Ihre Fragen erhalten, das verspreche ich Ihnen. Aber bis dahin müssen Sie erst noch ein paar kleine Aufgaben erfüllen.« Es folgte ein diabolisches Lachen, das dem Kriminalbeamten eiskalte Schauder den Rücken hinunterjagte. »Kennen Sie ›Simon says‹?«

»Was?«

»›Simon says‹ ist ein amerikanisches Kinderspiel. Emma ist dafür natürlich noch viel zu klein. Ach, Tannenberg, sie ist ja so süß …« Ein genießerisches Brummen folgte. »Und hat so eine samtweiche Haut.«

Tannenbergs Mund trocknete aus. Er schluckte hart, sein Magen krampfte sich zusammen. »Du Drecksau, wenn du ihr irgendwas antust – ich mach dich kalt!«, keuchte er. »Das schwöre ich dir!«

»Sie sollten mir nicht drohen, sondern sich lieber auf Ihre Aufgaben konzentrieren. Denn von deren zeitgerechter Erfüllung hängt nichts Geringeres ab als Emmas Leben. Also reißen Sie sich am Riemen! Da Sie leider ›Simon says‹ nicht kennen, werde ich Ihnen dieses nette Spielchen nun erklären. Die Spielregeln sind ganz einfach gestrickt: Simon erteilt Anweisungen, die der Mitspieler sofort auszuführen hat, z. B. ›Spring hoch‹ oder ›Berühre deine Zehen‹. Keine Sorge, Herr Hauptkommissar, das brauchen Sie jetzt nicht zu tun. Unser Spiel hat schließlich noch gar nicht angefangen.« Wieder erklang dieses teuflische Lachen.

»Was soll der Quatsch?«

»Mäßigen Sie Ihre Gefühlsausbrüche und hören Sie lieber genau zu! Nun kommen wir nämlich zu etwas sehr Interessantem: den Strafen. Befolgt der Spieler einen Befehl nicht, lässt er sich zu viel Zeit damit, oder macht er etwas nicht wie angesagt, so scheidet er aus. In Ihrem Falle scheiden Sie natürlich nicht aus, das wäre wirklich viel zu simpel. Nein, Sie werden damit bestraft, dass eine Nichtbefolgung meiner Anweisungen den Tod des süßen kleinen Mädchens zur Folge hätte. Falls Sie versagen, werden Sie also ganz allein für Emmas Tod verantwortlich sein – kapiert?«

»Ja«, gab Tannenberg kleinlaut zurück.

»Wenn unser Spiel gestern begonnen hätte, wäre dies schon passiert. Denn Sie haben geschummelt:

Papier statt Geld. Solch einen gravierenden Regelverstoß dürfen Sie sich nicht noch einmal erlauben.«

»Mach ich nicht.«

»Gut. Ich hab Sie gestern ganz schön an der Nase herumgeführt, nicht wahr?«

»Ja, das haben Sie.«

»Ihr habt in der Bahnhofskneipe vielleicht blöd aus der Wäsche geguckt.« Ein albernes Kichern. »Aber zurück zum eigentlichen Thema: Ich habe mir Sonntagmorgen im Stadtpark selbstverständlich das richtige Mädchen geschnappt. Und damit dürfte Ihnen wohl auch klar sein, dass ich von vornherein das Geld nicht von den armen Krehbiels haben wollte, sondern von Ihnen.«

»Aber warum? Was hab ich Ihnen denn getan?«

Die Atemzüge am anderen Ende der Leitung wurden mit einem Mal bedeutend tiefer und geräuschvoller. Der Mann schien urplötzlich sehr erregt zu sein. »Das werden Sie noch früh genug erfahren«, schnaubte er. Er wartete noch einen Moment, bis er sich emotional wieder besser unter Kontrolle hatte, dann ergänzte er: »So, dann kann unser Spiel ja nun beginnen. Simon befiehlt: Nenn mir deine Handynummer.«

Tannenberg befolgte die Anweisung.

»Simon befiehlt: Beschaffe eine Million Euro in gebrauchten, nicht fortlaufend nummerierten Scheinen. Packe sie in eine Reisetasche. Gehe zum selben Bahnsteig, auf dem du gestern die Plastiktüte abgelegt hast. Steige um 22 Uhr in den Zug in Richtung Saarbrücken. Werfe die Tasche auf Simons Kommando hin aus dem Zug. Versuche keine Tricks!«

Unmittelbar darauf wurde die Verbindung unterbrochen.

Im Salon der Krehbiels war es mucksmäuschenstill. Mertel ließ das Band zweimal hintereinander ablaufen. Zutiefst betroffen lauschten die Anwesenden den Worten des Kindesentführers. Ihre Gesichter waren zu steinernen Masken gefroren. Nachdem Mertel den Rekorder ausgeschaltet hatte, wanderte das Schweigen noch eine Weile zwischen den Männern hin und her.

»Du hast recht gehabt, Rainer, der will mit mir spielen«, brach Tannenberg als Erster das Schweigen. »Und was für ein abartiges Spiel: Der Mistkerl gibt Anweisungen, und ich muss sie ausführen, muss alles tun, was der will. Und wenn ich nicht …« Den Rest ließ er unausgesprochen. Er nahm einen tiefen Schluck Wasser und schnäuzte sich anschließend die Nase.

»Das einzig Positive an dieser Order ist die Zeitspanne, die er dir zur Erfüllung der Aufgaben eingeräumt hat: Immerhin hast du bis 22 Uhr Zeit. Das sind noch knapp dreizehn Stunden.«

»In denen ich eine Million Euro auftreiben soll«, stöhnte Tannenberg. »Mann, oh Mann, wie soll ich das denn nur schaffen? Und Tricks können wir uns keine mehr erlauben. Ihr habt es ja selbst gehört.«

Dr. Schönthaler legte ihm tröstend eine Hand auf die Schulter. »Das mit dem Geld kriegen wir schon irgendwie hin.«

»Und wie?«, fragte Tannenberg mit deprimiertem Blick.

»Das weiß ich jetzt auch noch nicht. Aber wir sollten auf alle Fälle zuerst mal deine Familie davon unterrichten. Vielleicht hat ja einer von ihnen eine geniale Idee.« Der Rechtsmediziner wandte sich an Mertel. »Bist du so gut und informierst Sabrina und Michael?«

Mertel nickte. »Mach ich.«

»Aber auch weiterhin kein Sterbenswörtchen zu Eberle oder sonst wem. Die würden alles nur versauen. Dieses Risiko dürfen wir nicht eingehen.«

»Wolf, mach dir keine Gedanken! Du kannst dich voll und ganz auf uns verlassen.«

»Warum schon wieder diese seltsame Duplizität der Ereignisse?«, murmelte Dr. Schönthaler vor sich hin. »Erst die beiden gleich aussehenden Päckchen, dann die beiden *FAZ*-Anzeigen mit den veränderten Bibelzitaten und nun zweimal dieselbe Summe um dieselbe Uhrzeit auf demselben Bahnsteig. Das ist doch kein Zufall. Dahinter steckt hundertprozentig irgendeine Absicht – oder ein Hinweis.«

Wolfram Tannenberg breitete seine Arme zu einer Geste der Ratlosigkeit aus. »Ja, aber welcher, verdammt noch mal.«

9 Uhr 30

Michael Schauß saß in seinem Büro und stöberte lustlos in einem Berg verstaubter Ermittlungsakten. Das Studium der alten K-1-Fälle ergab nach Sabrinas Anruf eigentlich überhaupt keinen Sinn mehr. Das Motiv für Emmas Entführung schien ja nun offensichtlich festzustehen: Es ging um Rache für den getöteten Lars Mattissen. Wer hinter dieser Aktion steckte, war zwar nach wie vor völlig unklar. Aber warum sollte sich irgendeiner der ebenfalls von Tannenberg gejagten und verhafteten Straftäter mit solch einer abstrusen Vergeltungsaktion beschäftigen?

Vielleicht ist das alles ja auch nur ein geschicktes

Ablenkungsmanöver, und es geht in Wirklichkeit um nichts anderes als um die Million, dachte der junge Kommissar.

Er trug Jeans und ein eng geschnittenes, marineblaues T-Shirt, welches seinen athletischen Körper plakativ zur Geltung kommen ließ. Er klappte den Aktenordner zu, pflückte einen Bleistift aus der Utensilienbox und begann, damit herumzuspielen. Sein nachdenklicher Blick wanderte den linken Arm hinauf zu seinem sonnengebräunten, prallen Bizeps. Schmunzelnd ließ er ihn ein paarmal auf und ab hüpfen.

Plötzlich verdüsterte sich seine Miene. Ein Gedanke hatte sich gerade wie ein tiefschwarzer Schatten auf sein Gemüt gelegt. Es war kein neuer Gedanke, er nagte bereits seit einiger Zeit an ihm herum. Michael befand sich in einer Zwickmühle, aus der er keinen Ausweg wusste. Auf der einen Seite hatten er, seine Frau, Mertel und der Gerichtsmediziner Tannenberg uneingeschränkte Unterstützung zugesichert, ihm regelrecht Vasallentreue geschworen. Auf der anderen Seite beging er dadurch, dass er Kriminaldirektor Eberle und der Staatsanwaltschaft wissentlich entscheidende Informationen vorenthielt, ein Dienstvergehen.

Besonders die Tatsache, dass er dem beurlaubten Kommissariatsleiter direkt zuarbeitete, konnte gravierende Disziplinarmaßnahmen mit sich bringen. Im Extremfall stand dadurch sogar sein Job auf dem Spiel. Und das ausgerechnet in einer Situation, in der die materielle Absicherung des jungen Paares besonders wichtig war. Die beiden hatten sich nämlich vor ein paar Wochen dazu entschlossen, eine Familie zu gründen. Und zwar eine, die aus mindestens drei Kindern bestehen sollte.

So ein Scheiß!, fluchte er in Gedanken. Wenn das rauskommt, können wir unsere schöne Familienplanung vergessen. Und meine Karriere kann ich dann wohl endgültig an den Nagel hängen. Sicher, Wolf hat versprochen, alles auf seine Kappe zu nehmen. Aber eigentlich nutzt mir das auch nicht viel. Wie soll ich mein Verhalten denn rechtfertigen? Es ist und bleibt ein Dienstvergehen!

Und die Gefahr, dass Kriminalhauptmeister Geiger oder Tannenbergs Sekretärin Wind von diesen geheimen Machenschaften bekommen würden, steigerte sich mit jeder Stunde, die die Entführung weiter andauerte. Diese beiden K-1-Mitarbeiter standen sich nämlich bezüglich ihrer Neugierde in nichts nach. Im Gegensatz zu Geiger war zwar von Seiten Petra Flockerzies nicht zu befürchten, dass sie ihrem Chef vorsätzlich in den Rücken fallen würde. Aber trotzdem wäre sie ein äußerst unzuverlässiger Kantonist, denn die feiste Sekretärin konnte für gewöhnlich weder ihre Emotionen noch ihr Mundwerk im Zaum halten.

Man muss sie nur gehörig unter Druck setzen, dann verplappert sie sich garantiert, sinnierte Michael Schauß. Und darin ist der Hollerbach ja erwiesenermaßen Experte.

Sabrinas Anruf riss ihn aus seinen düsteren Grübeleien. Nachdem sie vor etwa einer Stunde Tannenbergs Wohnung verlassen hatte, war sie mitsamt der Mattissen-Fallakte im Keller ihrer Dienststelle im Archiv verschwunden. Dort hatte sie sich in die Ermittlungsakte vertieft, und dort hatte sie auch Mertels Anruf mit den Neuigkeiten erreicht.

Als Michael in dem mit Regalen vollgestopften, angenehm kühlen Archivraum erschien, schaute er sich zunächst verstohlen um. »Bist du allein?«, wisperte er.

»Keine Angst, Mischa, die Luft ist rein«, beruhigte ihn seine Frau. »Komm, setz dich zu mir. Von hier aus hat man die Tür optimal im Blick.«

Michael Schauß nahm neben Sabrina an einem kleinen, wackeligen Holztisch Platz. Die junge Kommissarin hatte ihn so geschickt platziert, dass jeder Eindringling sofort bemerkt werden konnte.

»Ich habe Wolf nur ein paar Minuten in den Ordner reinschauen lassen und ihn dann gleich wieder mitgenommen«, erläuterte sie flüsternd ihr Vorgehen. »Er wollte ihn noch länger behalten, aber das geht doch nicht. Wir müssen sehr auf der Hut sein, dass uns keiner einen Strick aus unserem außerdienstlichen Engagement drehen kann.« Sie warf ihm einen verschwörerischen Blick zu. »Schließlich dürfen wir gerade jetzt unseren Job nicht aufs Spiel setzen.«

»Außerdienstliches Engagement. Das ist wirklich eine sehr wohlwollende Bezeichnung für ein gravierendes Dienstvergehen«, versetzte Michael mit gedämpfter Stimme. »Klingt richtig schön unbedenklich.« Seine Frau hatte ihm damit aus der Seele gesprochen. Dankbar drückte er ihr einen zärtlichen Kuss auf die Wange.

Mit Blick auf den dicken Aktenordner vor sich erklärte Sabrina: »Ich habe ihn intensiv durchgearbeitet.« Sie führte den Zeigefinger an ihren Mund, legte die Lippen so darauf ab, als ob sie ihn küssen wollte, und saugte kurz daran. »Der Frauenmörder Lars Mattissen. Das war vielleicht ein Irrer. Der hatte seinen Opfern Speisepilze in die Kehle gesteckt und die Leichname auf Sandsteinfelsen abgelegt.«

»Wie auf einem Altar. Und er hat sie mit Waldschmuck dekoriert«, fügte ihr Mann bei.

Sabrina wiegte den Kopf ein paarmal hin und her. »Wenn es tatsächlich stimmt, dass Rache der Grund für Emmas Entführung ist, dann muss hier irgendwo in dieser Akte die Lösung zu finden sein. Oder zumindest der Ansatz einer Erklärung für solch ein verrücktes Tatmotiv.«

Michael brummte. »Ich weiß nicht, Schatz. Irgendwie krieg ich das alles nicht auf die Reihe. Vielleicht ist diese Entführung nur ein raffiniertes Ablenkungsmanöver eines skrupellosen Erpressers, mit dem er den Druck auf Wolf und seine Familie ins Unerträgliche steigern will.« Nach einem bitteren Lachen fügte er an: »Was er ja wohl auch geschafft hat.«

»Du meinst, dass es dem Entführer von vornherein nur um das Lösegeld ging?«

»Ja, warum eigentlich nicht?«

»Aber dann hätte er doch die kleine Ann-Sophie Krehbiel entführen müssen. Von dieser steinreichen Familie hätte er die Million oder sogar noch mehr erpressen können.«

»Und was ist, wenn er vorhin gelogen hat?«

»Ich verstehe nicht, was …«

»Nehmen wir mal an«, fiel ihr Michael ins Wort, »er hat, obwohl er das Gegenteil behauptet, doch das falsche Mädchen entführt. Und nachdem er die Verwechslung bemerkt hat, versucht er nun, trotzdem an sein Geld zu kommen. Schließlich hat er ja immer noch sein Faustpfand.«

Sabrina hatte es offenbar die Sprache verschlagen. Irritiert krauste sie die Stirn und schob eine Haarsträhne hinter ihr Ohr.

»Na, was meinst du denn zu meiner Theorie?«

»Ich weiß nicht, was ich davon halten soll.« Sie dachte noch einen weiteren Moment darüber nach, dann sagte sie: »Sicher, diese Möglichkeit existiert durchaus. Aber bringt uns deine Theorie wirklich weiter?«

»Wieso denn nicht?«

»Weil Wolf bereits versucht, das Lösegeld aufzutreiben. Eigentlich ist es doch egal, ob das ganze Drumherum nur eine Finte des Entführers ist oder nicht. Es geht um die Beschaffung der Million und die Freilassung Emmas.« Sie schluckte hart, räusperte sich und packte Michael an der Hand. »Hoffentlich tut er ihr nichts an.«

Der junge Kommissar seufzte. »Sollten wir nicht doch besser Eberle informieren? Dann könnten wir gemeinsam mit dem SEK die Geldübergabe überwachen und uns dem Täter an die Fersen heften. Der würde uns sehr wahrscheinlich direkt zu ihrem Versteck führen. Das würde Emma weit mehr bringen als diese verrückte Einzelkämpferaktion, die nur *eine* einzige Option besitzt: nämlich die *Hoffnung*, dass der Entführer Emma freilässt.«

»Ach, Michael, ich schwanke doch auch andauernd hin und her. Ich weiß doch auch nicht, was das Richtige ist. Ich meine, das Beste für Emma.« Mit leidender Miene sog sie die feuchtkühle Kellerluft ein. In einen Stoßseufzer hinein fuhr sie fort: »Aber erstens haben wir Wolf fest versprochen, niemandem etwas zu sagen, und zweitens ist das Risiko nicht von der Hand zu weisen, dass der Täter gerade wegen einer breit angelegten Polizeiaktion in Panik gerät und durchdreht. Schatz, stell dir vor, wir hätten eine kleine Tochter und die wäre in den Fängen dieses Schweinehundes.«

»So eine Scheißsituation«, fluchte Kommissar Schauß. »Das ist wie die Wahl zwischen Pest und Cholera.«

Unterdessen blätterte Sabrina in der Fallakte herum. »Wir müssen alles versuchen, jede Spur verfolgen, auch wenn sie sich am Ende als falsch erweisen sollte.«

Ihr Mann nickte mit zusammengepressten Lippen.

»Wir brauchen unbedingt noch mehr Informationen über diesen Lars Mattissen. Über seine Familie, seine Freunde und so weiter.«

Die junge Kommissarin öffnete den Ordner und entnahm ihm eine Klarsichthülle, die unter anderem die Ernennungsurkunde des Frauenmörders zum Akademischen Rat an der Universität Kaiserslautern enthielt.

»Da auf dem Begleitschreiben steht die Telefonnummer des Fachbereichs Biologie«, sagte sie, während sie ihrem Mann den Ordner reichte. »Vielleicht stimmt die Nummer ja noch. Rufst du bitte dort an und erkundigst dich bei seinen damaligen Arbeitskollegen nach Mattissen: Wissen Sie etwas über seine Freunde und Bekannten? Hatte er eine feste Freundin oder irgendwelche Affären?«

Michael salutierte. »Aye, Aye, Captain! Ich geh am besten rüber in Mertels Labor. Hier gibt's ja leider nur ein einziges Telefon.«

Sabrina feuerte ein kurzes Lächeln ab. »Bleib bitte bei mir«, bettelte sie. »Wir können uns dabei abwechseln. Hier kann uns wenigstens niemand belauschen.«

»Wo du recht hast, hast du recht.«

»Dann fange du schon mal damit an. Ich kümmere mich um seine Familie. Vielleicht entdecken wir da ja irgendwo einen Hinweis auf ein Tatmotiv.«

Während Michael Schauß sich zu einem anderen Tisch begab, auf dem neben Aktenbergen ein Telefonapparat stand, stöberte seine Frau in Mattissens Fallakte. Sie stieß auf seinen tabellarischen Lebenslauf und zückte daraufhin ihren Notizblock.

»Geburtsort Rostock«, murmelte sie vor sich hin. »Da brauche ich die Nummer des Standesamtes in Rostock. Evangelisch. Also konfirmiert. In welcher Rostocker Kirche, von welchem Pfarrer? Vielleicht lebt der Mann ja noch. Der könnte uns bestimmt etwas über Mattissens Familienverhältnisse sagen. 1966–1973 Oberalster-Gymnasium …«

Sie stockte und durchfurchte mit gespreizten Fingern ihre kastanienbraunen, schulterlangen Haare. »In Hamburg. Oh, Mist, der ist mit seinen Eltern aus der DDR übergesiedelt. Sicher ist er dann auch in Hamburg konfirmiert worden. 1975 Abitur am Rittersberg-Gymnasium in Kaiserslautern. Stimmt, der war ja mit Wolf in einer Klasse, hat mit ihm Abi gemacht.«

Sabrina begab sich in Mertels Büro, fuhr den PC hoch und suchte im Internet nach den betreffenden Rostocker und Hamburger Telefonnummern. Anschließend kehrte sie ins Archiv zurück.

»Ich habe eben mit seinen Arbeitskollegen gesprochen«, empfing Michael seine Ehefrau, die selbst in diesem kalten, grellen Kunstlicht eine Augenweide darstellte.

»Na, dann schieß mal los.«

»Also: Alle berichten dasselbe über Lars Mattissen: In seinem Fachgebiet war er angeblich ein hoch qualifizierter Wissenschaftler und ein regelrechtes Arbeitstier. Menschlich sei er ziemlich introvertiert gewesen und habe sehr zurückgezogen gelebt. Hinsichtlich privater Dinge hat er sich anscheinend ausgesprochen bedeckt gehalten. Keiner seiner Kollegen pflegte offenbar einen engeren Kontakt zu ihm. Von einer Freundin oder irgendwelchen Affären wissen sie nichts. Die einzige Frau, die ab und an im Fachbereich angerufen habe, sei seine Mutter gewesen. Nach wie vor ist seinen ehemaligen Arbeitskollegen völlig unverständlich, wie aus diesem reservierten, aber trotzdem sehr geschätzten Wissenschaftler ein brutaler Frauenmörder werden konnte.«

10 Uhr 30

»Also 100.000 Euro könnte ich euch beisteuern«, verkündete Dr. Schönthaler dem in der Küche versammelten Tannenberg-Clan.

»Danke, Rainer, das werden wir dir nie vergessen«, sagte sein bester Freund mit belegter Stimme.

»Ist doch selbstverständlich, Wolf.«

»Dann hätten wir mit der Hypothek auf unsere beiden Häuser circa 400.000 Euro beisammen.«

Der Pathologe blies die Backen auf und ließ die

Luft geräuschvoll ausströmen. »Das Problem ist allerdings, dass dieses Geld fest angelegt ist. Und ob mir die Bank das Geld bis heute Abend bar auszahlt, weiß ich nicht.«

»Ich denke schon, dass wir das hinbekommen. In dieser Ausnahmesituation.«

»Und wo sollen wir den Rest herkriegen?«, fragte Jacob.

»Meine Eltern würden uns bestimmt helfen, wenn sie es könnten«, meinte Betty. »Aber nach dem Börsencrash sind sie finanziell nie mehr richtig auf die Beine gekommen.« Tränen der Wut schossen ihr in die Augen. »Warum musste Papa unser schönes Geld auch diesen Abzockern am Neuen Markt in den Rachen schmeißen. Und jetzt haben wir kein Geld mehr, um Emma zu retten.«

»Mist. Dann wird es wohl sehr schwer werden, die Million zusammenzubekommen.« Resigniert blickte Tannenberg in die Runde. »Wer käme denn noch als möglicher Sponsor in Betracht?«

Max und Marieke saßen zerknirscht auf der Eckbank. »Es tut mir so leid, dass ich nichts zum Lösegeld beisteuern kann«, jammerte Emmas Vater. »Aber ich hab kein Geld, und meine Mutter hat außer ihrer kleinen Eigentumswohnung auch kein Vermögen.«

»Mach dir mal keine Gedanken, mein Junge«, versuchte Heiner seinen Schwiegersohn zu trösten.

»Aber auch wenn wir wirklich das viele Geld zusammenkriegen würden, wer gibt uns denn die Garantie, dass dieser Sauhund Emma tatsächlich freilässt, wenn er das Geld hat?«, warf Jacob skeptisch ein.

Der Senior hatte damit exakt das ausgesprochen, was jedem der Anwesenden als Schreckensszenario im Hinterkopf herumspukte.

»Bitte, lieber Gott, mach, dass unserem kleinen Spatz nichts passiert«, kam es gepresst aus Margots Mund. Sie wurde von einem neuerlichen Weinkrampf überfallen.

Auch Tannenberg wurde von seinen Gefühlen übermannt. Seine Mundpartie zuckte, die Augen wurden feucht. Er wandte sich ab und tupfte sich die Tränen aus den Augenwinkeln. »Was sollen wir denn anderes tun? Wir müssen doch alles versuchen.«

»Wäre es nicht vielleicht doch besser, wenn du deine Kollegen informieren würdest?«, bemerkte sein Bruder. »Damit die versuchen, den Entführer bei der Geldübergabe zu schnappen?«

»Heiner, noch nicht mal mit mehreren Hundertschaften könnten wir die Bahnstrecke von hier nach Saarbrücken absichern. Das sind mehr als 60 Kilometer. Wer weiß, an welcher Stelle ich das Geld aus dem Zug werfen soll. Außerdem bekäme dieser Drecksack garantiert Wind von dem Polizeieinsatz.« Der Tonfall seiner Stimme drückte immer stärker werdende Verzweiflung aus. »Und das würde in seinem perversen Spiel eine gravierende Regelverletzung darstellen!«

»Was ist mit einem Peilsender?«

»Nein, Heiner, auch das ist viel zu gefährlich. Wenn er den entdeckt, dreht er vielleicht durch. Wir können solche Risiken nicht eingehen. Emmas Unversehrtheit hat allerhöchste Priorität. Dieser Irre hat uns vorhin sehr deutlich zu verstehen gegeben:

Die kleinste Regelverletzung führt zum sofortigen Spielabbruch. Du weißt, was das bedeutet. Willst du etwa die Verantwortung für diese Eskalation übernehmen?«

Sein älterer Bruder schüttelte den Kopf.

»Wir haben leider keine andere Alternative, als das zu tun, was er will. Lass uns lieber überlegen, wo wir den Restbetrag herbekommen können.«

»Das ist kein kleiner Restbetrag, mein lieber Wolf, es handelt sich um 600.000 Euro«, gab sein Bruder zu bedenken. »Wer sollte uns denn so viel Geld leihen? Selbst bei einer Kollekte unter unseren besten Freunden käme wohl nur ein Bruchteil dieser Summe zusammen, wenn überhaupt. Denn bei Geld hört bekanntlich die Freundschaft auf.«

Mit Blick zu Dr. Schönthaler ergänzte er: »Löbliche Ausnahmen bestätigen nur die Regel. Zudem bezweifle ich, dass die Banken bei deiner Hypotheken-Idee mitspielen würden. Das sind doch allesamt geldgierige Bürokraten. Die wollen zuerst verbriefte Sicherheiten sehen, bevor sie auch nur einen Cent herausrücken. Ohne Grundbucheintrag werden wir wohl kaum einen müden Euro sehen.«

Tannenberg fasste sich mit beiden Händen ins Genick, schloss die Augen und stöhnte auf: »Dann werde ich mich jetzt wohl so schnell wie möglich zu unserer Bank begeben müssen. Und wenn das nicht klappt, kann uns wohl nur noch ein Wunder helfen.«

Margot erhob sich ächzend und schlurfte mit hängendem Kopf aus der Küche.

10 Uhr 55

Sabrina saß neben dem Telefon und wartete ungeduldig auf einen wichtigen Anruf. Sie hatte den Kopf auf die eine Hand gestützt, während die klar lackierten Fingernägel der anderen auf der Tischplatte herumtrommelten. Plötzlich wurde die Türklinke heruntergedrückt. Sie zuckte zusammen.

»Zum Glück bist du es«, seufzte die junge Kommissarin erleichtert, als sie den Eindringling als ihren Ehemann identifiziert hatte. »Allmählich wird mir wegen unseres Alleingangs immer mulmiger zumute.«

»Ich fühle mich auch nicht besonders wohl in meiner Haut.«

»Aber, was sollen wir denn anderes machen? Wir können Wolf doch nicht hängen lassen.«

»Nein, Schatz, das machen wir ja auch nicht. Wie kommst du in Rostock voran?«

»Gar nicht«, brummelte sie zurück. »In diesem Standesamt herrscht vielleicht ein Chaos, kann ich dir sagen.«

»Wieso?«

»Erst stürzt ihr Computersystem ab. Und als es dann endlich wieder funktioniert, fällt der guten Frau ein, dass die Daten von Lars Mattissen darin gar nicht gespeichert sind, sondern irgendwo in einem alten Archiv vor sich hingammeln.«

»Sucht sie dort wenigstens?«

»Sie hat es mir jedenfalls vor einer halben Stunde fest versprochen.« Energisch ergänzte sie: »Und will dann sofort hier anrufen.«

»Hast du in Hamburg mehr Glück gehabt?«

»Ja, das Einwohnermeldeamt hat mir die fraglichen Daten ruckzuck geliefert. Das konnten sie, weil sie ihre alten Aktenbestände inzwischen elektronisch abgespeichert haben. Danach hat eine Gerlinde Mattissen gemeinsam mit ihrem Sohn Lars am 1. Juni 1959 eine Wohnung in Altona bezogen. Und im Oktober 1973 sind sie von Hamburg nach Kaiserslautern umgezogen.«

»1959 war dieser Lars drei Jahre alt.«

»Richtig. Vorher waren die beiden DDR-Flüchtlinge ein paar Monate im Übergangslager Friedland untergebracht.«

»Was ist mit Vater Mattissen und möglichen Geschwistern?«

»Weder das eine noch das andere. Ich nehme an, der Vater ist in der DDR zurückgeblieben, oder die Eltern haben sich vorher getrennt. Vielleicht ist er in dieser Zeit auch verstorben – keine Ahnung. Und von Geschwistern wissen die in Hamburg auch nichts. Diese Auskunft können uns nur die Leute in Rostock geben.«

»Gab es 1959 eigentlich schon die Mauer?«, fragte Michael.

»Weiß ich nicht.«

»Na, das kannst du ja ganz einfach in deinem PC nachschauen. Am besten gehst du nämlich gleich hoch ins K 1. Die Flocke hat schon ein paarmal nach dir gefragt«, schlug Michael Schauß vor. Die beiden hatten vereinbart, sich ab und an oben in ihren eigentlichen Diensträumen blicken zu lassen, um wenigstens den Anschein normaler Polizeiarbeit zu wahren.

»Mach ich. Und du gibst mir bitte sofort Bescheid, wenn sich die Frau bei dir meldet.«

»Ja, sicher«, versprach der junge Kommissar.

Kaum fünf Minuten später läutete im Keller das Telefon.

»Der von der DDR als ›antiimperialistischer Schutzwall‹ bezeichnete innerdeutsche Grenzzaun wurde am 13. August 1961 errichtet«, las sie aus einem Internet-Lexikon vor.

»Dann konnten die beiden noch ohne große Schwierigkeiten aus der DDR flüchten. Aber wieso ist Lars' Vater nicht mitgekommen?«

Es dauerte noch weit über eine Stunde, bis sich die Sachbearbeiterin des Rostocker Standesamtes endlich meldete. Dafür konnte sie mit interessanten Neuigkeiten aufwarten.

11 Uhr 30

Da Tannenberg formal beurlaubt war, durfte er nicht als Kriminalbeamter bei der Hausbank seiner Familie auftreten. Zudem wollte er keine schlafenden Hunde wecken. Die Lokalpresse hatte überall in der Stadt ihre Ohren. Also ließ er sich brav einen Termin bei der Chefsekretärin des Leiters der Kreditabteilung geben. Da er dringende private Gründe anführte, schob sie ihn zwischen die nächsten beiden Beratungstermine.

Kaum war die Tür hinter ihm ins Schloss gefallen, schilderte Tannenberg in bewegten Worten die dramatische Situation, in welcher er und seine Familie gegenwärtig steckten. Der etwa 50-jährige Abteilungsleiter reagierte sichtlich betroffen. Mit versteinerter Miene lauschte er den Worten des Kriminalbeamten und erzählte danach, dass er dreifacher Vater sei und sich deshalb sehr gut in die Lage der Tannenbergs hineinversetzen könnte.

»Diese Entführung ist für eine Familie das schlimmste Horrorszenario, das es geben kann«, sagte er, nachdem Tannenberg geendet hatte.

Als Wolfram Tannenberg jedoch um die schnelle, unbürokratische Gewährung eines Hypothekendarlehens für das Familienanwesen im Kaiserslauterer Musikerviertel bat, wechselte der vormals so verständnisvolle Familienvater urplötzlich wieder zurück in die Rolle des emotionslosen Bankmanagers.

Grundsätzlich sei ein Hypothekendarlehen mit dem Grundbucheintrag des zu beleihenden Objektes verbunden. Und dazu müsse der Wert einer Immobilie zunächst einmal von einem Sachverständigen geschätzt werden. Er betonte, dass er dieses vorgeschriebene Verfahren nicht außer Kraft setzen könne, auch wenn er dies in vorliegendem Falle nur allzu gerne täte.

Selbst auf Tannenbergs flehentlich vorgetragene Bitte hin zeigte er sich weiter unnachgiebig. Er verwies mehrmals darauf, dass ihm – ja selbst dem Vorstand – die Hände gebunden seien.

»Existieren denn nicht zufälligerweise noch Grundbucheintragungen der beiden Häuser zugunsten unserer Bank?«, wollte der Abteilungsleiter wissen.

»Keine Ahnung«, antwortete Tannenberg schulterzuckend.

»Die meisten der ehemaligen Darlehensnehmer lassen diese Eintragungen nämlich fortbestehen, obwohl die Schulden schon längst getilgt sind – zwecks günstiger Darlehenskonditionen für Renovierungen, Umbauten und so weiter. Viele Hausbesitzer haben diese vorteilhaften Grundbucheintragungen im Laufe der Jahre allerdings vergessen.«

An diese Frage hatte Tannenberg bislang keinen einzigen Gedanken verschwendet. Zu Hause hatte er geschwind alle möglichen Dokumente in seine Tasche gepackt und war zur Bank geeilt.

»Zeigen Sie mir am besten mal Ihre Unterlagen. Dann können wir das sofort klären«, forderte der Abteilungsleiter auf.

Der Kriminalbeamte breitete daraufhin die mitgebrachten Dokumente auf dem Schreibtisch aus. Mit routiniertem Blick sichtete der leitende Bankangestellte die betreffenden Urkunden.

»Na, da haben wir's ja schon«, verkündete er mit einem strahlenden Lächeln: »Erstrangige Grundschulden in Höhe von insgesamt 240.000 Euro. Ich werde mich persönlich darum kümmern, dass Ihnen diese Summe bis 16 Uhr zur Verfügung steht. Wir benötigen lediglich noch einige Unterschriften von den Hausbesitzern. Gedulden Sie sich bitte noch ein wenig, meine Sekretärin wird die Darlehensanträge umgehend ausdrucken.«

Nachdem Tannenberg diese Schriftstücke ausgehändigt bekommen hatte, stürmte er in die Eingangshalle, wo er von Dr. Schönthaler erwartet wurde. Der Rechtsmediziner hatte seinen Freund zur Bank begleitet, war aber in einer anderen Abteilung verschwunden. Auch er konnte Erfreuliches berichten: Die Bank zahlte den von ihm gewünschten Betrag von 100.000 Euro bar aus. Als Sicherheit dienten Sparbriefe in gleicher Höhe.

»Na, das ist doch schon mal ein Anfang.«

»Schön, Wolf, aber es fehlen uns immer noch zwei Drittel.«

Mit einem Schlag war Tannenberg wieder auf dem harten Boden der Wirklichkeit gelandet. Seine anfallartige Euphorie zerplatzte wie eine Seifenblase.

»Ja, leider«, seufzte er und ließ frustriert den Kopf baumeln. »Wo sollen wir denn bloß das restliche Geld herbekommen?«

12 Uhr 45

»Für euch Besserwessis habe ich meine gesamte Mittagspause geopfert«, sagte eine barsche Frauenstimme mit markantem ostdeutschem Akzent. »Aber was tut man nicht alles für die Völkerverständigung.«

»Dafür, meine liebe Volksgenossin, ist Ihnen der Dank meines Vaterlandes gewiss«, parierte Michael. »Na, was hat die innerdeutsche Amtshilfe denn nun Spektakuläres aus den geheimen Stasi-Archiven zutage gefördert?«

Zunächst knackte es laut in der Leitung, dann ertönte ein zischendes Geräusch, das sich wie ein Luftstoß in ein Blasrohr anhörte.

»Hallo, sind Sie noch da?« rief er. Plötzlich hatte er Angst, mit seinen Provokationen zu weit gegangen zu sein. »Nichts für ungut, ich wollte Sie nicht ärgern. Ich finde es wirklich toll, dass Sie uns helfen. Wir wären nämlich ohne Ihre Hilfe ganz schön aufgeschmissen«, flötete er.

Die pikierte Dame am anderen Ende der Leitung schien ein wenig besänftigt, denn mit einer zwar nicht unbedingt freundlicheren, aber förmlicheren Stimme erwiderte sie: »Es geht also um den am 14.3.1956 in Rostock, Deutsche Demokratische Republik, geborenen Lars Ewald Mattissen.«

»Ja«, gab Michael einsilbig zurück.

»Mutter: Gerlinde Mattissen, geborene Reinke, aus der sozialistischen Volksrepublik ausgebürgert am 7.2.1959; Vater: Ewald Mattissen, verstorben am 13.10.1963 in Rostock«, leierte sie in einem bilderbuchmäßigen Bürokratenton herunter.

»Geschwister?«

»Nun mal langsam, junger Mann. So schnell schießen noch nicht mal die Preußen.« Es hörte sich an, als ob sie auf ihrem Schreibtisch in Unterlagen herumkramte. »Da haben wir's ja: Knut Mattissen, ebenfalls geboren am 14.3.1956 in Rostock, Deutsche …«

»Also hat er einen Zwillingsbruder«, warf Kommissar Schauß dazwischen.

»Oh ha, ein Schnellmerker. Ich hab's ja gleich gesagt: ein waschechter Besserwessi.«

Michael ignorierte die Frotzeleien. »Sind die beiden eineiige Zwillinge?«

»Ja.«

»Was wissen Sie noch über diesen Knut?«

»Knut Mattissen betreffend habe ich nur einen einzigen Aktenvermerk gefunden: Adoption am 9.4.1959.«

»Also zwei Monate nach der Flucht seiner Mutter und seines Zwillingsbruders in den Westen.«

»In den angeblich goldenen Westen. Das muss man sich mal vorstellen: Da hat diese Rabenmutter bei ihrer Republikflucht einfach die andere Hälfte des Zwillingspärchens in der DDR zurückgelassen.«

Michael verkniff sich die spitzen Bemerkungen, die ihm auf der Zunge lagen. Er wollte unbedingt weitere Informationen aus der Frau herausholen. Auf unerklärliche Weise hatte er das Gefühl, dass sie ihm irgendetwas verschwieg.

»Gibt es Angaben zu den Adoptiveltern?«

»Nee, darüber habe ich keine Unterlagen gefunden.«

»Heißt das, die Unterlagen sind verschwunden oder Sie haben sie nur noch nicht entdeckt?«

»Ja, mein lieber Superschlauer, das weiß man nie so genau. Unsere gute, alte DDR hat manch ein Geheimnis mit ins Grab genommen. Wünsche Ihnen noch einen wunderschönen Tag.«

Danach war die Leitung tot.

12 Uhr 50

Über zwei Stunden lang hatten Wolfram Tannenberg, sein Bruder Heiner und Dr. Schönthaler Kontakt zu allen möglichen Freunden, Bekannten und ehemaligen Schulkameraden aufgenommen. Allerdings nur zu denjenigen, die außerhalb des Verbreitungsgebietes der *Pfälzischen Allgemeinen Zeitung* wohnten. Selbstredend hatten sie den wahren Grund ihres Anrufs verschwiegen und akute eigene Geldprobleme vorgeschoben. Nach mehr oder weniger verständnisvollen Worten erhielten sie überall am Ende ein und dieselbe, ernüchternde Antwort. Sie brachte exakt diejenige unumstößliche Lebensweisheit zum Ausdruck, die Heiner Stunden zuvor bereits kundgetan hatte: ›Bei Geld hört die Freundschaft auf.‹

Michael Schauß' Anruf riss die drei Freunde aus ihrer tiefen Depression: Obwohl die Frage der Lösegeldbeschaffung weiterhin ungeklärt blieb, gab es nun endlich eine heiße Spur zu einer Person, die möglicherweise ein konkretes Rachemotiv hatte: Lars Mattissens Zwillingsbruder.

Der Rechtsmediziner geriet durch diese Mitteilung völlig aus dem Häuschen. Wie ein eingesperrter Tiger lief er rastlos in Tannenbergs Wohnzimmer umher, ballte die Fäuste, schleuderte sie zur Decke empor.

»Leute, das ist der Durchbruch!«, behauptete er. »Jetzt ist mir auch endlich die versteckte Botschaft klar, die in dieser Duplizität der Ereignisse verborgen liegt.«

»Was?«, fragte Heiner verdutzt.

»*Zwei* Päckchen, *zwei* Anzeigen, *zweimal* dieselbe Lösegeld-Forderung. Das ist nichts anderes, als der Wink mit den Zwillingen. Hab ich's euch denn nicht gleich gesagt: Damit will uns dieser Irre auf etwas hinweisen – und zwar auf die Tatsache, dass er der Zwillingsbruder von Lars Mattissen ist.«

»Somit steht die Identität des Entführers fest: Knut Mattissen.«

»Quatsch, Heiner«, zischte Tannenberg. »Wenn dieser Knut adoptiert wurde, wird er wohl kaum mehr Mattissen heißen.«

»Stimmt«, erwiderte Heiner. »Aber wir wissen nun wenigstens, wie er aussieht«, versuchte er seinen Lapsus zu überspielen. »Willst du nicht sofort eine Personenfahndung nach ihm einleiten?«

»Nein, im Moment ist mir das zu riskant. Meine Kollegen und besonders die Presse würden eine Hetzjagd veranstalten. Und da ist die Gefahr viel zu groß, dass er panisch reagiert.«

Tannenberg hatte sich vorhin von Schauß die Telefonnummer und den Namen der Sachbearbeiterin des Rostocker Standesamtes übermitteln lassen. Im Flur telefonierte er mit ihr. Auch ihm gegenüber zeigte sich die Frau zunächst ausgesprochen abweisend und provokativ. Erst die Drohung, ihre Verweigerungshaltung als massive Behinderung der kriminalpolizeilichen Ermittlungsarbeit zu werten und entsprechend zu sanktionieren, machte sie gefügig. Sie versprach, umgehend weitere Nachforschungen bezüglich der Adoptiveltern des in der DDR verbliebenen Zwillings anzustellen.

»Vielleicht wurde der Kleine sogar zwangsadoptiert«, murmelte Dr. Schönthaler und setzte sich an den PC seines Freundes. »Ich hab irgendwann mal etwas darüber gelesen.«

Die Suchmaschine lieferte in Sekundenschnelle den Beweis für die geäußerte Vermutung. »Kommt mal her, ich hab einen interessanten Zeitungsartikel gefunden«, rief er.

Gemeinsam mit den Tannenberg-Brüdern las er den schier unglaublichen Text:

Staatlich organisierter Kindesraub
Zwangsadoptionen: ein dunkles Kapitel DDR-Geschichte

Durch Zufall entdeckten Bauarbeiter in einem zugemauerten Keller eines Ostberliner Abrisshauses mehrere Metallkisten mit brisantem Inhalt. Sie enthielten einige Hundert Dokumente zu einem Thema, das die DDR-Führung stets totgeschwiegen hatte: Zwangsadoptionen. Die gefundenen Akten belegen, dass die DDR seit den 50er-Jahren Kinder von ›politisch unzuverlässigen‹ Staatsbürgern ohne deren Einwilligung zur Adoption freigab. Dabei handelte es sich vorwiegend um Eltern, die als Regimekritiker auftraten, Ausreiseanträge gestellt hatten, bei der sogenannten Republikflucht verhaftet wurden oder die ihre Kinder bei der Flucht in den Westen zurückgelassen hatten. Nicht selten waren die ›Abnehmer‹ dieser Kinder ranghohe SED-Funktionäre. Hauptverantwortlich für diese systematischen Zwangsadoptionen war die damalige Ministerin für Volksbildung, Margot Honecker, die mächtigste Frau der DDR. Um die geraubten Kinder unauffindbar für ihre leiblichen Eltern zu machen, wurden ihnen neue Namen verpasst. Nach der Wende versuchten viele dieser entwurzelten Menschen, ihre richtigen Eltern und Geschwister ausfindig zu machen. Doch durch die neue Identität blieb ihnen der Weg zu ihrer Herkunftsfamilie meist versperrt. Ihre alten Namen sind die notwendigen Schlüssel zur Vergangenheit. Lange waren sie verschollen, nun sind sie endlich wiederaufgetaucht. Der Weg zurück zu den eigenen Wurzeln wird für die geraubten Kinder sehr beschwerlich werden, und er wird mit vielen Überraschungen gepflastert sein.

»Auf solch einen Weg hat sich wahrscheinlich auch dieser Knut begeben«, spekulierte Dr. Schönthaler. »Nehmen wir mal an, seine Adoptiveltern haben ihm irgendwann gebeichtet, dass er adoptiert wurde. Dann liegt doch nahe, dass er sich auf die Suche nach seinen leiblichen Eltern begeben hat. Und irgendwie muss er dabei von der Existenz seines Zwillingsbruders erfahren haben.«

Er stockte, dann fasste er sich an die Stirn. Sein Gesicht leuchtete auf. »Ja, sicher. Der ist bestimmt im Internet oder in einem Zeitungsarchiv auf ein Foto gestoßen, auf dem einer abgebildet war, der ihm täuschend ähnlich sah: sein Zwillingsbruder Lars Mattissen. Von dessen Existenz er bis zu diesem Moment nichts wusste, noch nicht einmal etwas ahnte.«

»Ja, aber seine Adoptiveltern …«

»Wolf, die hatten vielleicht gar keine Kenntnis von einem mit der Mutter in den Westen geflüchteten Zwilling. Diese Chose lief garantiert völlig anonym ab.«

»Durchaus möglich«, pflichtete Heiner bei.

»Was mag wohl in diesem Knut vorgegangen sein?«, fragte der Gerichtsmediziner. Ohne eine Antwort abzuwarten, fügte er an: »Wahnsinn! Stellt euch das bitte einmal vor: Ihr findet plötzlich euren Zwillingsbruder, ihr flippt vor Freude aus. Und dann müsst ihr gleich darauf lesen, dass der Mensch, der euch genetisch am nächsten steht, der sogar ein genetisches Abbild von euch ist, am 9. August 2002 mit einem Kopfschuss getötet wurde.« Mit dem Zeigefinger stach er auf Tannenberg ein. »Und zwar von dir.«

»Nicht von mir, sondern von Kreilinger«, schrie der Kriminalbeamte mit hochrotem Kopf.

Dr. Schönthaler beschwichtigte mit einer Handbewegung. »Natürlich, Wolf, das wissen wir doch alle.«

»Warum knöpft er sich den nicht vor, wenn er seinen Bruder rächen will?«

»Du weißt doch genau, wie ich das meine: Emmas Entführer macht nicht den Rambo-Förster, sondern dich für Mattissens Tod verantwortlich. Für ihn würdest du auch dann die Schuld am Tod seines Zwillingsbruders tragen, wenn er bei einer Verfolgungsjagd einen tödlichen Unfall erlitten hätte. Denn hättest du ihn nicht gnadenlos gejagt, wäre er wahrscheinlich noch am Leben. – So jedenfalls denkt dieser Knut!«

»Ja, verdammt, hätte ich diesen psychopathischen Serienmörder denn damals laufen lassen sollen?«

»Du hast gerade eben den Nagel auf den Kopf getroffen.«

»Was?«, fragte Tannenberg verwirrt.

»Genau das ist der springende Punkt an der ganzen Sache. Stellt euch einmal vor, euer Leben verlief bislang in einigermaßen geordneten Bahnen. Dann erfahrt ihr nicht nur von der Existenz eines Zwillingsbruders und gleich anschließend von dessen Tod, sondern zudem auch noch, dass euer genetisches Duplikat ein psychopathischer Serienmörder war. Würdet ihr dann nicht auch ausflippen?«

»Du meinst, durch diesen Schock ist Knut psychisch kollabiert?«, bemerkte Heiner.

»Und rechtfertigt seinen Rachefeldzug damit, dass er gar nicht anders kann, weil er aufgrund seiner Gene ebenfalls psychisch krank ist?«, vollendete Tannenberg.

»Also, Jungs, wenn das keine schlüssige Erklärung ist«, überschüttete sich der Hobbykriminalist mit Eigenlob.

14 Uhr

Margot hatte ihre Söhne angerufen und sie gebeten, so schnell wie möglich zur Krehbiel-Villa zu kommen. Als die beiden Brüder zu Fuß am Stadtpark eintrafen, erwartete sie ihre Mutter vor dem Gebäude. Sie machte einen sehr angespannten, nervösen Eindruck.

»Ich hab's zu Hause nicht mehr ausgehalten und hab mich mit Elfriede getroffen«, erklärte die alte Dame und setzte, nachdem sie in kleinen Stößen die trockenheiße Sommerluft eingesogen hatte, mit gebrochener Stimme hinzu: »Genau an der Stelle, wo Emma …« Sie stockte und kämpfte ein paar Sekunden lang gegen ihre aufsteigenden Gefühle an. Dabei zuckten ihre verwelkten, blassen Lippen wild, und ihre Augen schwammen regelrecht in Tränen. Wimmernd vollendete sie den begonnenen Satz: »Und Ann-Sophie am Sonntagmorgen so schön miteinander gespielt haben.«

Es war ein herzzerreißender Anblick. Tannenberg und Heiner nahmen ihre Mutter in den Arm und versuchten, sie zu trösten.

»Ich hab sie angefleht«, jammerte die alte Dame, »ob sie nicht ihren Mann bitten könnte, uns das restliche Geld zu leihen. Damit unser kleiner Schatz …« Sie konnte nicht mehr weitersprechen, ein dicker Kloß steckte in ihrer Kehle.

»Und? Hat sie schon mit ihm geredet?«, fragte

Tannenberg so sanft wie möglich, obwohl er innerlich sehr angespannt und ungeduldig war.

Margot wies mit der Hand zu einer zur Pirmasenserstraße hin gelegenen großflächigen Glasfront, die zum Salon der Prunkvilla gehörte. »Ich weiß es nicht«, seufzte sie. »Elfriede hat gesagt, dass sie sofort zu mir rauskommt, wenn sie mit ihm gesprochen hat.«

Die Bittsteller mussten sich noch mehr als eine Viertelstunde gedulden, bis endlich Elfriede Krehbiel auf der Sandsteintreppe erschien und sie in die Villa bat. Ihrem ausdruckslosen Gesicht konnte man keinerlei Hinweise auf die getroffene Entscheidung entnehmen.

Ihr Ehemann, der ernst und konzentriert dreinblickte, begrüßte die Tannenbergs mit Handschlag. »Entschuldigen Sie bitte, aber ich müsste Ihren Sohn alleine sprechen«, wandte er sich an Margot. Der Blick auf den beurlaubten Leiter des K 1 klärte die Frage, mit welchem der beiden Brüder er sich unterhalten wollte.

Kommentarlos folgte der Kriminalbeamte dem Seniorchef in die Bibliothek der Villa. Krehbiel nahm hinter einem reich verzierten Edelholzschreibtisch Platz, Tannenberg ihm gegenüber. Der erfolgreiche Unternehmer legte die Handflächen wie betend aneinander und ließ seinen Blick über die bis zur Decke reichenden Bücherbestände schweben. Während er sich leise räusperte, fixierte er Tannenberg. Dann legte er seine Arme auf der Schreibtischplatte ab und faltete die Hände.

»Lieber Herr Tannenberg«, begann er förmlich. »Ich kann Ihnen versichern, dass wir seit diesem schrecklichen Vorfall in Gedanken bei Ihrer Familie sind. Wir können uns sehr gut in Ihr Leid und Ihre Schmerzen hineinversetzen.«

Kannst du das wirklich?, fragte sein Gegenüber im Stillen. Mann, spar dir doch die warmen Worte. Mach's einfach kurz und sag, dass du keinen einzigen Cent von deiner vielen Kohle rausrücken willst. Versteh ich ja.

»Ich will keine langen Vorreden halten …«

Tannenberg konnte nun nicht mehr an sich halten. »Macht überhaupt nichts, Herr Krehbiel, die Idee meiner Mutter war auf alle Fälle einen Versuch wert«, fiel er ihm ins Wort. Er stemmte sich über die Ellenbogen in die Höhe, bedachte dabei den Seniorchef mit einem müden, ausdruckslosen Blick.

»Bitte setzen Sie sich wieder hin, Herr Hauptkommissar«, bat August Krehbiel. Tannenberg glitt sanft zurück in die Lederpolster. »Mir imponiert Ihre Familie sehr. Dieser enge Zusammenhalt, dieser unbändige Wille, alles zu versuchen, um diese extrem schwierige Situation zu meistern. Lassen Sie es mich auf den Punkt bringen: Ich leihe Ihnen den Restbetrag.«

Diese völlig unerwartete Zusage kam derart überraschend, dass Wolfram Tannenberg von seinen Gefühlen überwältigt wurde. Tränen der Ergriffenheit und Erleichterung schossen aus seinen Augen. Er wandte sich ab und wischte sie mit dem Handrücken weg.

»Das würden Sie wirklich tun? Wahnsinn!«, stieß er begeistert aus.

»Ja, sicher.« Mit einem Mal nahm Krehbiels Gesicht bedeutend ernstere Züge an. »Es gibt da allerdings ein Problem.«

Wolfram Tannenberg fuhr der Schreck in alle Glieder. »Welches?«, fragte er, während er kraftlos in den Ledersessel sank.

»Deshalb wollte ich Sie auch unbedingt allein sprechen. Nachdem wir diesen Raum verlassen haben, werde ich mich an den folgenden Teil unseres Gesprächs nicht mehr erinnern. Sie übrigens am besten auch nicht. Sind wir uns da einig?«

Tannenberg nickte mechanisch. Oh Gott, was kommt denn jetzt für ein Pferdefuß?, dachte er bei sich.

»Gut. Diese fehlenden 660.000 Euro, von denen mir meine Frau berichtet hat, werde ich Ihnen aushändigen. Und zwar, ohne Sie den Betrag quittieren zu lassen.«

Wolfram Tannenberg wollte etwas sagen, doch der Unternehmer gebot ihm mit einer Geste Einhalt.

»Falls irgendwann im Laufe der weiteren Ermittlungen die Frage aufkommen sollte, von wem Sie diese stattliche Summe erhalten haben, empfehle ich Ihnen dringend, dass Sie entweder die Aussage verweigern oder sich irgendeine schlüssige Erklärung für die Herkunft dieses Geldes zurechtlegen. Wie gesagt: Ich werde alles abstreiten. Von mir haben Sie keinen einzigen Cent erhalten.«

Ich hab keine andere Wahl, sinnierte Tannenberg. Irritiert stimmte er zu. »Geht klar. Aber wieso?«

»Als Kriminalbeamter sollten Sie sich diese Frage eigentlich selbst beantworten können.«

Bei Tannenberg fiel endlich der Groschen. »Klar!« Er senkte die Stimme und flüsterte: »Es handelt sich um Schwarzgeld.«

Ein zynisches Lächeln umspielte August Krehbiels Lippen. »Und zwar um welches aus ziemlich dunklen Kanälen. Fragen Sie jetzt besser nicht weiter.«

Tannenberg wurde immer mulmiger zumute. Er rutschte unruhig auf seinem Sessel herum. Was meint dieser offensichtlich doch nicht so untadelige Unternehmer mit dieser Andeutung?, fragte er sich in Gedanken. ›Drogenhandel‹, ›Prostitution‹, ›illegales Glücksspiel‹ waren nur einige der Begriffe, die gerade in seinem Hirn aufblitzten.

»Aber Sie könnten doch einfach zu Ihrer Bank gehen und sich legal das Geld leihen«, unterbreitete der beurlaubte Leiter des K 1 einen weitaus seriöseren Alternativvorschlag, mit dem er bedeutend besser würde leben können.

Grinsend lehnte sich August Krehbiel in seinem Ledersessel zurück und hob die Augenbrauen. »Also, mein lieber Herr Tannenberg, das wäre selbst für mich ein wenig zu viel an Großzügigkeit. Ich denke, Sie können mit dem in Aussicht gestellten Geld mehr als zufrieden sein, nicht wahr?«

Du Idiot!, schimpfte Tannenbergs innere Stimme. Du musst diese Chance unbedingt nutzen! Es ist vielleicht Emmas einzige!

»Selbstverständlich, Herr Krehbiel. Entschuldigen Sie, in meinem Kopf geht es im Moment ziemlich drunter und drüber«, flötete der Kriminalbeamte als Reaktion auf den Einwurf seines psychischen Korrektivs.

»Das ist nur allzu verständlich. Noch etwas anderes, Herr Hauptkommissar: Wenn wir jetzt gleich hier rausgehen, müssen Sie Ihrer Familie glaubwürdig mitteilen, dass ich Ihren Herzenswunsch leider nicht erfüllen konnte. Sie müssen mein Entgegenkommen unter allen Umständen streng vertraulich behandeln. Haben wir uns dahin gehend verstanden?«

»Ja.«

»Gut. Ich besorge das Geld und teile Ihnen im Laufe des späten Nachmittags mit, wo wir uns treffen werden. Und dann können Sie diesem Verbrecher die geforderte Million in den Rachen werfen.«

Bist du etwa kein Verbrecher?, dachte Tannenberg. Aus naheliegenden Gründen behielt er diesen Gedanken allerdings für sich.

Wie von Krehbiel gefordert, überbrachte er anschließend seiner Familie die niederschmetternde Botschaft. Mit hängenden Köpfen trotteten die Brüder gemeinsam mit ihrer verzweifelten Mutter zurück in die Beethovenstraße. Jeder hing seinen Gedanken nach.

Tannenberg fühlte sich wegen der ihm abgetrotzten Notlüge und in Anbetracht des Schwarzgeldes zwar nicht sonderlich wohl in seiner Haut, aber die Erleichterung über die Lösegeldzusage überwog bei Weitem. Die Rettung Emmas hatte allerhöchste Priorität. Um dieses Ziel zu erreichen, war ihm jedes Mittel recht, egal ob legal oder kriminell.

Legal – illegal – scheißegal!, schoss ihm ein Spontispruch aus seiner Schulzeit durch den Kopf. Vielleicht können wir ja den Entführer mitsamt seiner Beute fassen. Dann kann ich Krehbiel das Geld gleich wieder zurückgeben und Eberle gegenüber behaupten, der Restbetrag sei nur Papier gewesen – oder Falschgeld.

»Falschgeld!«, stieß Tannenberg urplötzlich mitten auf der Richard-Wagner-Straße aus. Er blieb abrupt stehen und schlug sich an den Kopf. »Falschgeld. Das ist die Lösung! Warum bin ich Hornochse da nicht früher draufgekommen.«

Autos hupten, ein Cabriofahrer zeigte ihm den Vogel und forderte ihn lautstark zum Überqueren der Straße auf.

»Was ist mit Falschgeld?«, fragte Heiner, als sein Bruder bei ihm auf dem Bürgersteig eintraf.

»In unserer Asservatenkammer wartet ein ganzer Sack mit Falschgeld auf seine Vernichtung. Das sind mehrere Millionen Euro. Diese Blüten haben Spitzenqualität. Die waren selbst von unseren Fachleuten mit bloßem Auge nur schwer als Falschgeld zu identifizieren gewesen.«

»Und die willst du dir ausborgen?«

»Ja, sicher. Wenn der Mertel das macht, merkt das keiner!« Freudig erregt knetete er die Hände. »Der Entführer am allerwenigsten.«

Dann brauchen wir von der Bank keinen einzigen Cent und der Krehbiel kann seine dreckige Kohle behalten, ergänzte er in Gedanken.

15 Uhr

Dr. Schönthaler war in der Wohnung seines Freundes geblieben und hatte im Internet recherchiert. Als die beiden Brüder zurückkehrten, bombardierte er sie sogleich mit einer Frage: »Habt ihr schon mal etwas von der ›Minnesota-Studie‹ gehört?«

Während Heiner den Kopf schüttelte, ignorierte Tannenberg zunächst die Frage und berichtete mit stolzgeschwellter Brust von seiner vermeintlich genialen Falschgeld-Idee. Dann ging er in den Flur und telefonierte mit Mertel. Der Kriminaltechniker erklärte sich ohne Zögern zur Beschaffung des Falschgeldes bereit. Tannenberg bat ihn eindringlich, weder irgendwo einen Peilsender anzubringen noch die Banknoten zu markieren. Mertel versprach es ihm.

Erst nach diesem Telefonat kam Tannenberg auf die von Dr. Schönthaler gestellte Frage zurück: »Minnesota-Studie? Nee, davon hab ich noch nie etwas gehört.«

»Vor fast 30 Jahren hat ein amerikanischer Psychologe eine spektakuläre Studie durchgeführt«, eröffnete der Pathologe seinen kleinen Vortrag. Er suchte in einem Stapel DIN-A4-Blätter, die er zu diesem Thema ausgedruckt hatte, nach dem betreffenden Text. »Und zwar, um Aufschluss über die Bedeutung der Gene für die Persönlichkeitsentwicklung eines Menschen zu erhalten. Dazu hat er auf der ganzen Welt nach getrennt aufgewachsenen eineiigen Zwillingen gesucht. Er konnte 70 Zwillingspaare ausfindig machen, die in ihrer Kindheit voneinander getrennt wurden und die zum Teil jahrzehntelang keinen Kontakt untereinander hatten. Die Zwillingspärchen wiesen zwar identische Gene auf, doch die Umweltbedingungen, in denen sie lebten, unterschieden sich vollkommen. Nicht selten wuchsen sie sogar in verschiedenen Kulturkreisen oder anderen Kontinenten auf.«

»Interessanter Forschungsansatz«, bemerkte Heiner.

»Ja, durchaus. Aber die Ergebnisse dieser wissenschaftlichen Studie sind noch viel, viel interessanter.« Dr. Schönthaler trank einen großen Schluck Wasser, bevor er die Forschungsergebnisse präsentierte: »Der Psychologe hat schier unglaubliche Dinge zutage gefördert. Zu den ersten der untersuchten eineiigen Zwillinge gehörten Jim Lewis und Jim Springer. Die beiden wurden im Alter von nur vier Wochen getrennt und sind sich erst 40 Jahre später wieder begegnet. Dass sie trotz dieser langen Trennungszeit einander immer noch wie ein Ei dem anderen glichen, mag nicht sonderlich verwundern.«

»Nee, schließlich haben sie ja dieselben Gene.«

»Die gleichen, Wolf, nicht dieselben«, korrigierte Dr. Schönthaler mit einem süffisanten Grinsen.

»Klugscheißer!«

»Aber was haltet ihr denn von diesen Befunden: Die beiden kauten exzessiv Fingernägel, bevorzugten die gleiche Biersorte, hörten die gleiche Musik, waren Kettenraucher derselben Zigarettenmarke und tischlerten gern. Zum Beispiel hatten beide eine nahezu identisch aussehende Rundbank um einen hohen Baum in ihren Gärten gebaut. Aber das sind noch nicht alle Übereinstimmungen zwischen den Zwillingsbrüdern: Beide gaben ihren Kindern die gleichen Vornamen, beide hielten einen Hund namens ›Toy‹. Beide waren zum zweiten Mal verheiratet, und zwar jeweils mit Linda und Betty – sogar in derselben Reihenfolge. Ist das nicht der blanke Wahnsinn?«

»Das glaub ich nicht«, sagte Heiner.

»Es ist aber wirklich so. Der Psychologe hat noch viele andere dieser unglaublichen Duplizitäten bei getrennt aufgewachsenen Zwillingen entdeckt.«

»Die du uns jetzt aber hoffentlich nicht auch noch alle schildern willst«, stöhnte Tannenberg.

»Du bist und bleibst einfach ein wissenschaftsfeindlicher Dilettant«, schimpfte der Pathologe.

»Nein, Rainer, das ist schon ziemlich interessant. Aber ich habe im Moment wirklich andere Sorgen.«

Dr. Schönthaler zog das Kinn zum Hals und schürzte abschätzig die Lippen. »Sag mal, bist du eigentlich so blöd oder tust du nur so?«

»Wieso?«

»Ist dir nicht klar, was diese Forschungsergebnisse für uns bedeuten?«

»Nee. Mir ist nämlich völlig schnuppe, ob Lars und dieser Knut dieselbe Biersorte trinken.«

»Mensch, Wolf, darum geht es doch überhaupt nicht.«

»Worum geht es denn dann?«

Der Rechtsmediziner wiegte verständnislos den Kopf hin und her. »Unter anderem darum, dass wir aufgrund dieser Studie ein stichhaltiges Persönlichkeitsprofil von Emmas Entführer erstellen können.«

»Klingt ziemlich logisch, Wolf, findest du nicht?«, meinte Heiner.

»Ja, sicher, aber wir haben im Moment leider keine Zeit für diesen Profiling-Kram.«

»Vielleicht wird dir die Relevanz für unseren Fall ja dann klar, wenn du dir das Folgende angehört hast.« Wieder stöberte er in seinen Papieren nach der entsprechenden Textpassage. Nachdem er sich geräuspert hatte, las er vor: »Cornelia und Ulrike, ein eineiiges Zwillingspaar, wurden in der DDR geboren und kamen bereits als Babys in ein Kinderheim, wo sie von verschiedenen Eltern adoptiert wurden. Erst 26 Jahre später erfuhren sie voneinander und trafen sich.«

Sein energischer Blick hüpfte zu den beiden Brüdern. »Die ebenfalls verblüffenden Gemeinsamkeiten will ich euch diesmal ersparen. Für unseren Fall ist nicht nur von Bedeutung, dass dieses Zwillingspaar in der DDR das gleiche Schicksal erlitten hat wie Lars und sein Bruder, bedeutend interessanter ist die Beschreibung ihrer Gefühle, nachdem sie erfahren hatten, dass sie eine eineiige Zwillingsschwester haben.«

»Sie waren zunächst bestimmt ganz schön geschockt«, warf Heiner ein.

»Das kann man wohl sagen«, gab der Rechtsmediziner nickend zurück. »Die beiden Schwestern verspürten exakt die gleichen Gefühle, nachdem sie von der Existenz der jeweils anderen erfahren hatten: Am Anfang durchlebten die Zwillinge nach eigenen Worten eine extrem labile Achterbahnfahrt der Emotionen.«

»Das kann ich mir vorstellen.«

»Ja, Heiner, aber das war bald vorbei. Denn ziemlich schnell entwickelte sich bei beiden eine geradezu euphorische und sehr stabile Grundstimmung. Die Vorfreude auf den anderen wurde nicht enttäuscht. Nun sind sie seit ihrem ersten Zusammentreffen nach 26 Jahren ein Herz und eine Seele. Weil sie festgestellt haben, wie sehr sie einander ähneln und wie sehr sie aufeinander angewiesen sind. Eine von ihnen sagte in einem Interview: ›Wenn meiner Schwester etwas zustoßen sollte, wäre es so, als ob man mir das Herz aus dem Leibe reißen würde. Ich könnte dann nicht mehr weiterleben.‹«

Dr. Schönthaler fixierte Tannenberg mit einem stechenden Blick. »Und jetzt kommt der springende Punkt: Der Verlust des identischen eigenen Abbildes führt bei vielen Zwillingen offenbar zu einem extremen psychischen Schock, dem vielfach unkalkulierbare Panikreaktionen folgen, unter anderem die Selbsttötung.«

»Du meinst also, Lars' Zwillingsbruder ist zu einem ähnlich fatalen Entschluss gelangt: Suizid aufgrund dieses Verlusterlebnisses?«, fragte Tannenberg mit dünner Stimme.

Sein bester Freund seufzte auf. »Ja, das ist wohl zu befürchten.«

»Verstehe ich euch richtig?«, meldete sich Heiner zu Wort. »Ihr glaubt, dieser Irre hat von vornherein seinen Tod eingeplant, sozusagen als finaler Showdown seines makaberen Rachefeldzuges?«

»Es läuft wohl immer mehr darauf hinaus. Schließlich weiß er schon länger vom Tod seines Bruders. Sicherlich hat er sein perverses Spiel akribisch geplant. Wenn wir davon ausgehen, dass die identische genetische Grundausstattung der beiden Zwillinge nicht nur deren äußerliche Merkmale betreffen, sondern auch maßgeblich deren Persönlichkeitsentwicklung gesteuert haben, dann lautet wohl die erschreckende Quintessenz: Dieser Knut ist genauso verrückt, skrupellos und gemeingefährlich wie sein Bruder.«

Trotz der hochsommerlichen Temperaturen lief es dem Kriminalbeamten bei diesen Worten eiskalt den Rücken hinunter. Betreten blickte er hinunter auf seinen rechten Arm, wo sich die Haare inzwischen steil aufgerichtet hatten.

21 Uhr 40

Vor etwa einer Stunde hatte sich Wolfram Tannenberg in seiner Wohnung den Rucksack über die

Schultern gehängt, der eine Million Euro Falschgeld enthielt. Nachdem er sich noch einmal vergewissert hatte, dass er sein eingeschaltetes Handy und seine Dienstwaffe auch tatsächlich dabeihatte, war er zu seiner Familie gegangen und hatte sich von jedem Einzelnen mit einer innigen Umarmung verabschiedet.

Aus Furcht vor Journalisten und Fotografen fuhr er eine Weile ziellos mit seinem Auto durch die Gegend. Erst als er sich völlig sicher war, dass er nicht verfolgte wurde, stellte er seinen alten BMW in der Conradstraße ab und machte sich zu Fuß auf den Weg zum Hauptbahnhof.

Obwohl er seit der Entführung kaum mehr als ein paar Stunden geschlafen hatte und inzwischen wie ein Todkranker aussah, verspürte er nicht die geringste Müdigkeit. Sein ausgemergelter Körper war vollgepumpt mit Adrenalin.

Innerlich kochte er vor Wut.

Das ist doch der pure Irrsinn: dieselbe Summe, dieselbe Uhrzeit, derselbe Bahnsteig. Duplizität der Ereignisse – das Teufelswerk eines kranken Zwillingshirns, grollte er in Gedanken.

Von wegen ›*Simon* says‹ – *Knut* befiehlt, und ich Idiot muss die Befehle dieses Psychopathen ausführen, schimpfte er tonlos weiter. Wenn ich dich Scheißkerl erwische, zermalme ich dich mit meinen bloßen Händen. Ich breche dir jeden Knochen einzeln, das verspreche ich dir. Es ist mir völlig egal, ob ich dafür jahrelang eingebuchtet werde. Das bin ich Emma schuldig.

Aggressiv bis in die Haarspitzen kickte er eine Dose vor sich her. Das scheppernde Geräusch scheuchte eine Schar Tauben auf, die sich gerade über eine weggeworfene Brezel hergemacht hatte.

Aufgrund der milden Sommernacht herrschte auf dem neu gestalteten Bahnhofsvorplatz ein reges Treiben: Jugendliche bretterten mit ihren Skateboards über den Asphalt oder standen in Gruppen beisammen und hörten Musik. Taxis fuhren vor, schwer bepackte Reisende strömten in den Bahnhof, andere wiederum wurden von Bekannten oder Familienangehörigen freudig in Empfang genommen.

Wolfram Tannenberg nahm all diese Begebenheiten nur als peripheres Rauschen wahr. Jede Muskelfaser, jede Gehirnzelle seines Körpers war auf die anstehende Aufgabe konzentriert. Er durfte nicht den kleinsten Fehler machen. Wie ferngesteuert eilte er durch die Menschenmassen hindurch zum angegebenen Bahnsteig. Mit flackerndem Blick suchte er die Bahnhofsuhr. Sie zeigte fünf Minuten vor 22 Uhr. Ruhelos stampfte er auf dem Bahnsteig hin und her, gemartert von der panischen Angst, dass trotz seiner Vorsichtsmaßnahmen doch irgendjemand Wind von der geplanten Geldübergabe bekommen hatte und seine Kollegen oder irgendwelche Journalisten noch in letzter Sekunde hier auftauchten.

Der Regionalexpress lief pünktlich ein. Tannenberg hastete ins vorderste Abteil und suchte sich einen freien Platz. Er hatte geplant, sich gleich nach der Abfahrt in der Zugtoilette einzuschließen und dort den Anruf des Entführers abzuwarten. Nur dort konnte er ungesehen den Geldrucksack aus dem Fenster werfen.

Der Regionalexpress setzte sich dynamisch in Bewegung. Tannenberg eilte in die Toilette und verriegelte die Tür. Er ließ sich auf der Klobrille nieder und zog sein Handy aus der Tasche. Der Zug donnerte über mehrere Weichen hinweg. Der erste ruckartige Stoß schleuderte Tannenbergs Schulter an die Kabinenwand. Sein Handy fiel auf den Boden und zerlegte sich in drei Teile. Hektisch schob er den Akku wieder ein und drückte die Unterschale in ihr Gegenstück.

Oh Gott, wenn es mir eben ins Klo gefallen wäre, dann wäre schon jetzt alles aus, pochte es unter seiner Schädeldecke. Reflexartig drückte er die Oberschenkel fest aneinander und steckte das Handy in die Innentasche seiner dünnen Sommerjacke.

In Landstuhl hielt der Regionalexpress zum ersten Mal. Gleich, nachdem der Zug mit einem schrillen Quietschton zum Stillstand gekommen war, zog Tannenberg sein Mobiltelefon abermals hervor, um es sicherheitshalber noch einmal zu kontrollieren. Doch alles war genau so, wie er es zu Hause eingestellt und mehrfach überprüft hatte: Vibrationsalarm: an, Akku: volle Kapazität, Rufton: größte Lautstärke.

Jemand klopfte an die Tür. »Wann sind Sie denn endlich fertig? Ich muss dringend aufs Klo«, sagte eine Fistelstimme.

»Verpiss dich«, zischte Tannenberg.

In einer anderen Situation hätte er sich garantiert köstlich über die interessante Doppelbedeutung seines Ausspruchs amüsiert. Doch in seiner gegenwärtigen Lage drang dieses Wortspiel überhaupt nicht auf die Bewusstseinsebene vor. In seinem Gehirn regierte das mentale Chaos: Erinnerungsbilder, Gedankensplitter, Stimmenfetzen polterten wild durcheinander.

Auch äußerlich war er das reinste Nervenbündel. Beide Beine trippelten auf der Stelle, der Oberkörper pendelte unentwegt hin und her, auch Hände und Arme waren permanent in Bewegung. Ab und an erhob er sich, öffnete das Fenster, schloss es wieder, blickte in den Spiegel, wendete sich ab, schaute aus dem Fenster, setzte sich wieder auf die Klobrille.

Irgendwo auf der Bahnstrecke zwischen Homburg und Kirkel vibrierte und lärmte es plötzlich in seiner Brusttasche. Mit zitternden Fingern zerrte er das Handy heraus, tippte auf die grüne Taste und warf es ans Ohr.

»Mensch, Geiger, geh sofort aus der Leitung, ich erwarte einen wichtigen Anruf«, blökte er seinen Mitarbeiter an und drückte ihn weg. »Idiot«, grummelte er vor sich hin, während sein Blick genervt an die Decke wanderte.

Nur wenige Sekunden später vibrierte abermals das Handy in seiner Hand. Tannenberg fuhr zusammen. Auf dem Display blinkte ›unbekannter Anrufer‹. Er spürte seinen Herzschlag im Halse pochen. Zitternd betätigte er die Verbindungstaste.

»Simon befiehlt«, meldete sich die Erpresserstimme: »Werfe den Rucksack auf das Kommando ›jetzt‹ aus dem Zug.«

Es entstand eine kleine Pause. Das Handy ans Ohr gepresst, legte Tannenberg den Rucksack auf die Fensteröffnung. Der Regionalexpress verringerte die Geschwindigkeit.

»Jetzt!«, quäkte es aus dem Handy.

Mit Schwung schleuderte Tannenberg den Rucksack hinaus in die dunkle Nacht. Anschließend schob er den Kopf in den kräftigen Fahrtwind und blickte in Richtung der Abwurfstelle. Da der Zug jedoch gerade eine Rechtskurve befuhr, nahm er ihm die Sicht dorthin.

23 Uhr

Blendend gelaunt kehrte er nach Kaiserslautern zurück. Trotz der fortgeschrittenen Stunde waren noch ungewöhnlich viele Passanten auf der Straße unterwegs. Er fuhr sein Auto in die Garage und zog den Rucksack über. Zufrieden rief er sich den Ablauf der letzten Stunden in Erinnerung. Sein Plan hatte perfekt funktioniert. Er hatte den Regionalexpress mit dem Feldstecher beobachtet und Tannenberg exakt im richtigen Moment das Kommando gegeben. Fast haargenau an der vorausberechneten Stelle hatte er den Rucksack gefunden. Er war unversehrt und lag am Fuße des Bahndamms mitten auf einem geschotterten Fahrweg. Gleich an Ort und Stelle hatte er dessen Inhalt inspiziert und nach einem versteckten Peilsender gesucht, aber nichts Derartiges entdecken können.

Na, wenn das kein Grund zum Feiern ist, sagte er zu sich selbst, als er die Küche betrat. Und die süße kleine Emma feiert jetzt mit mir.

Kurz zuvor hatte er einen Blick auf den Überwachungsmonitor geworfen. Emma war wach. Sie saß mit dem Rücken an die Gitterstäbe gelehnt und spielte mit einer Babypuppe. Er hatte sie ihr gestern gekauft und damit offenbar genau ihren Geschmack getroffen. Da Emma offenbar Kaba nicht sonderlich gut vertrug, bereitete er ihr eine Flasche Kindertee zu und steckte sie gemeinsam mit einer Packung Butterkekse in eine Jutetasche. Anschließend entnahm er dem Kühlschrank eine Flasche Champagner und dem Regal ein langstieliges Glas. Zum Schluss besorgte er sich im Wohnzimmer eine Couchdecke und ging hinunter in den Keller. Von euphorischen Gefühlen zutiefst beseelt, dachte er weder an den ansonsten obligaten Mundschutz noch an die Einweghandschuhe.

Zur Feier des Tages öffnete er den Gitterkäfig und befreite Emma aus ihrem Gefängnis. Er breitete die Decke aus und überreichte dem kleinen Mädchen Trinkflasche und Kekse. Emma hatte offensichtlich großen Hunger, denn sie machte sich sogleich gierig über die Butterkekse her. Die offene Packung in der rechten Hand, die Flasche am Mund, schlenderte sie durch den tristen Raum. Dann setzte sie sich in etwa einem Meter Entfernung von ihrem Entführer auf die flauschige Wohndecke.

»Nicht erschrecken, Kindchen, es knallt gleich«, sagte er mit sanfter Stimme. »Halte dir am besten die Öhrchen zu.« Da er sich nicht sicher war, ob Emma verstand, was er meinte, demonstrierte er es pantomimisch.

Emma tat es ihm gleich und presste ihre winzigen Hände auf die kleinen Ohren.

»Gut so, Emma«, lobte er und entkorkte den Champagner. Er befüllte sein Glas, prostete Emma zu und trank es in einem Zug leer. Anschließend goss er nach und leerte den Sektkelch abermals mit nur wenigen Schlucken.

»Ham, ham«, sagte Emma und hielt ihm die Kekspackung hin.

»Nein, danke, ich betrinke mich jetzt lieber. Du bist mir vielleicht eine Marke. Ich hätte niemals gedacht, dass es das Stockholm-Syndrom auch bei kleinen Kindern gibt.« Er trank ein weiteres Glas Champagner. »Weißt du, was das ist?«

Diesmal konnte ihm Emma verständlicherweise nicht folgen.

Er lachte. »Kein Wunder. Also: Mit dem Stockholm-Syndrom bezeichnet man ein kurioses Verhalten von Entführungsopfern. Und zwar hat sich gezeigt, dass Geiseln oft größere Sympathien für ihre Entführer entwickeln als für die Polizei, die sie ja schließlich retten will. – Komisch, nicht?«

Emma betrachtete ihn interessiert und schob dabei einen Keks nach dem anderen in den Mund.

»Die Geiseln bauen während ihrer Gefangenschaft häufig eine enge Beziehung zu ihren Entführern auf und setzen sich nach ihrer Freilassung für diese Leute ein. Manche von ihnen besuchen ihre Entführer auch im Gefängnis.« Schmunzelnd schüttelte er den Kopf. »Es gab sogar schon welche, die haben sich in ihre Entführer richtig verliebt. Verrückt, oder?«

Er nahm einen großen Schluck Champagner. »Bei dir ist es doch genauso gewesen. Wenn ich daran denke, wie reserviert und abweisend du dich am Anfang mir gegenüber verhalten hast. Und jetzt freust du dich immer, wenn ich dich besuchen komme, gell?«

Emma beobachtete den Mann mit einem freundlichen, wachen Blick, der keinerlei Anzeichen von Angst zum Ausdruck brachte.

»Wenn ich darüber nachdenke, ist dein Verhalten eigentlich gar nicht so schwer zu erklären: Du bist mir auf Gedeih und Verderb ausgeliefert und verhältst dich deshalb logischerweise so, wie es dir dein Überlebensinstinkt befiehlt.« In ein affektiertes Kichern hinein schob er nach: »So wie Simon deinem Großonkel Wolfram bestimmte Dinge befiehlt.«

Als Emma diesen Namen hörte, stutzte sie einen Augenblick lang. Doch kaum einen Wimpernschlag später nahm sie ihre Puppe auf und fütterte sie spielerisch mit einem Keks.

Nachdem er die Champagnerflasche bis auf den letzten Tropfen geleert hatte, öffnete er den Rucksack, den er die ganze Zeit über wie eine Trophäe auf dem Rücken getragen hatte, und stapelte die Banknotenbündel vor Emma auf.

»Schau mal, was ich uns mitgebracht habe: eine Million Euro in gebrauchten, nicht registrierten Scheinen.« Er krauste die Stirn, seine Miene verdüsterte sich. »Hoffe ich wenigstens.« Gleich darauf entspannten sich seine Gesichtszüge wieder, und ein zufriedenes Lächeln zeigte sich. »War eigentlich von vornherein klar, dass er keinen Trick versuchen würde. Der hat nämlich mordsmäßig Angst um dich, meine Süße.«

Er reichte Emma ein Bündel Banknoten. Sie begutachtete es von allen Seiten und legte es anschließend auf der Decke ab. Er dagegen entfernte von einem anderen Packen die Banderole, fächerte die Geldscheine auf und warf sie in die Luft. Als Emma die niederschwebenden Banknoten sah, gluckste sie vor Vergnügen. Er nahm ein weiteres Bündel, schnüffelte daran.

»So viel Geld auf einem Haufen. Ist das nicht herrlich?« Wild gestikulierend schnitt er alberne Grimassen. »Geld ist geil! Sooo geil!«

Emma musterte ihn ein paar Sekunden lang skeptisch, dann versuchte sie ebenfalls von ihrem Bündel die Banderole zu entfernen. Es gelang ihr jedoch nicht. Enttäuscht reichte sie es ihm zurück. Er tat, was sie unausgesprochen von ihm forderte, zerriss die Banderole und sorgte für einen weiteren Geldscheinregen.

Plötzlich sprang er auf, packte Emma unter den Achseln und hob sie hoch. Sie roch seinen beißenden Alkoholatem und wandte sich angewidert ab.

»So, mein kleiner Spatz, es wird Zeit für dich. Du musst nun wieder in dein Bettchen. Aber ich verspreche dir, du hast es schon bald geschafft«, sagte er, während er sie zu dem rundum vergitterten Kleinkindergefängnis trug.

Er setzte Emma in den Gitterkäfig und klappte den Deckel herunter. Auf das Verschließen des Bügelschlosses verzichtete er diesmal. Danach hievte er das umfunktionierte Kinderbett auf ein etwa eineinhalb Meter hohes, aus Gasbetonsteinen gemauertes Podest. Das Gitterbettchen passte haargenau zwischen Podest und Kellerdecke.

»Du hast dieses Scheißleben schon bald hinter dir, du kleine Tannenberg-Kröte«, fauchte er der verängstigten Emma entgegen, die mit weit aufgerissenen Augen in der Ecke kauerte. »Genieß noch deine letzten Stunden.«

Danach packte er die Geldbündel in den Rucksack, verließ pfeifend den Kellerraum und kontrollierte von außen die zusätzlich angebrachten Dichtungen der Feuerschutztür. Zur Sicherheit verriegelte er die Metalltür mit drei kräftigen Stahlschiebern. Sie waren so konstruiert, dass sie das Türblatt noch fester auf den Rahmen pressten. Schließlich war die Funktionstüchtigkeit dieser Tür ein wesentlicher Bestandteil seines Spiels.

Eines Spiels, das nun in die entscheidende Phase gehen sollte.

Nach der Geldübergabe fuhr Tannenberg mit der nächstmöglichen Zugverbindung zurück nach Kaiserslautern. Dr. Schönthaler wartete in der Bahnhofsgaststätte auf seinen Freund. Auf direktem Wege gingen die beiden in die Beethovenstraße, wo Tannenberg seine Familie auf den aktuellen Stand der Dinge brachte.

Das Aufeinandertreffen der Familienmitglieder war von einem extremen Wechselbad der Gefühle geprägt: Die Stimmung schwankte permanent zwischen Lethargie, Hoffnung, Angst, Verzweiflung und Wut – mithin Grundbestandteile einer explosiven Mischung, welche die enge Familienbande mehrmals in dieser schwülheißen Sommernacht einer schweren Belastungsprobe unterzog. Zudem quälte die Familie die bleierne Wartezeit, während der sie auf unerträgliche Art und Weise zur absoluten Untätigkeit verdammt war. Alle waren mit ihren Nerven am Ende.

Warum meldet sich der Erpresser nicht mehr? Was ist mit Emma? Warum lässt er sie nicht frei? Hatte er vielleicht einen Unfall oder einen Herzschlag erlitten – und *konnte* deshalb Emmas Aufenthaltsort nicht mehr preisgeben? Oder *wollte* er vielleicht Emmas Versteck gar nicht verraten, weil dies Teil seines sadistischen Plans war? War er vielleicht gleich nach der Geldübergabe mit der Beute verschwunden und hatte Emma bereits zuvor getötet? Oder war ihm Emmas Schicksal schlichtweg egal, und sie ging in irgendeinem Erdloch jämmerlich zugrunde?

Fragen über Fragen.

Fragen, auf die es bislang keine Antworten gab.

Wolfram Tannenberg war der Hauptadressat der nächtlichen Anfeindungen. Kein Wunder, schließlich war er ja auch de facto die Ursache dieses Dramas. Die einhellige Meinung der Familie bestand darin, dass ohne seinen Beruf Emmas Entführung niemals stattgefunden hätte. Diesem Argument vermochte er nichts entgegenzusetzen.

Er litt wie ein Hund und wurde von Selbstkritik gemartert. Er machte sich große Vorwürfe, dass er möglicherweise einen gravierenden Fehler dadurch begangen hatte, dass er seine Vorgesetzten noch immer nicht über die Existenz Knut Mattissens informiert hatte – des einzigen Tatverdächtigen weit und breit, dem man ein nachvollziehbares Motiv für die Entführung zuordnen konnte. Vielleicht hätte eine Großfahndung nach ihm schon längst zu Emmas Befreiung geführt.

Vielleicht war alles aber auch ganz anders. Vielleicht handelte es sich bei dem Täter ja gar nicht um Knut Mattissen. Vielleicht ging es diesem unbekannten Verbrecher doch nur ums Geld. Und diese plakativen Hinweise auf die Zwillingsbrüder waren nichts anderes als geschickte Täuschungsmanöver, um von den wahren Motiven des Entführers abzulenken. Vielleicht war diese gesamte Zwillingsgeschichte nur eine riesige Schimäre?

Die nagende Ungewissheit über den Verbleib des kleinsten Familienmitglieds brannte so heftig in Tannenbergs Körper, dass er das Gefühl hatte, Stück für Stück von seiner eigenen Magensäure aufgefressen zu werden. Je angestrengter er über diese Fragen nachgrübelte und je mehr die Familie alle diese Möglichkeiten erörterte, umso aggressiver und aufgeheizter wurde die Stimmung ihm gegenüber.

Die Einzigen, die sich in dieser Nacht mit Kritik weitgehend zurückhielten, waren Johanna von Hoheneck und der Rechtsmediziner. Unfreiwillig hatten sie die Rolle von Schlichtern übernommen. Mit geradezu stoischer Ruhe gelang es ihnen immer wieder, die Gemüter einigermaßen zu beruhigen und eine weitere Eskalation zu verhindern.

Irgendwann vor dem Morgengrauen, das in dieser heißen Sommernacht seinen Namen wirklich verdient hatte, gelang es Johanna, Tannenberg für ein paar Stunden ganz aus der Schusslinie zu nehmen. Sie nahm ihn einfach an der Hand und führte ihn hoch in seine Wohnung. Er ließ es willenlos geschehen. Hanne zog ihn aus, legte ihn ins Bett und streichelte ihn so lange, bis er schließlich in einen dringend notwendigen Erholungsschlaf fiel.

Donnerstag, 8. August

9 Uhr

Als Tannenberg erwachte, ging es ihm bedeutend besser. Und nach einer ausgiebigen Dusche fühlte er sich geradezu wie neu geboren. Der segensreiche Schlaf hatte ihn mit neuer Lebensenergie ausgestattet. Noch während des Frühstücks telefonierte er mit Sabrina. Er hatte sie bereits in der Nacht über die Geldübergabe informiert und sie gebeten, auch weiterhin niemanden außerhalb des Insiderkreises davon in Kenntnis zu setzen.

Nach langem Hin und Her hatte er sich dazu durchgerungen, seine bisherige Einzelkämpfer-Strategie auch weiterhin beizubehalten und seine Vorgesetzten nicht mit seinen illegalen Aktivitäten zu behelligen. Allerdings hatte er sich selbst ein Ultimatum gesetzt: Falls sich der Entführer bis 15 Uhr nicht bei ihm melden würde und Emma bis dahin noch immer nicht in Freiheit wäre, wollte er Eberle detailliert informieren und ihn um Durchführung einer breit angelegten Such- und Fahndungsaktion ersuchen.

Er hatte die Zähne geputzt und gurgelte gerade, als sein Handy läutete. Ein Ruck wie ein Stromstoß peitschte durch seinen Körper. Das Geräusch kam so überraschend, dass er sich um ein Haar an dem schaumigen Wasser verschluckt hätte. Prustend spie er den Mundinhalt ins Waschbecken. In Erwartung des Erpressers drückte er die grüne Verbindungstaste.

»Standesamt Rostock«, meldete sich eine barsche Frauenstimme. »Herr Tannenberg?«

»Ja, Hauptkommissar Tannenberg hier«, erwiderte der Kriminalbeamte unter bewusster Nennung seiner Berufsbezeichnung. Damit wollte er von vornherein auf den förmlichen Charakter des Gesprächs verweisen.

Die kecke Sachbearbeiterin ließ sich davon jedoch nicht beeindrucken. »Wissen Sie eigentlich, dass Ihr Name aus der DDR kommt? Bei uns im Erzgebirge gibt es nämlich eine Gemeinde dieses Namens.«

»Meine Familie stammt aus Österreich«, rutschte es dem Kriminalbeamten unwillkürlich über die Lippen.

Diese Antwort kam deshalb quasi vollautomatisch, weil Jacob ihn und Heiner bezüglich dieses Themas von Kind auf regelrecht indoktriniert hatte. Sein Vater stand mit der Ostzone, wie er die neuen Bundesländer nur abschätzig nannte, zeitlebens auf Kriegsfuß. Eigentlich wusste niemand den Grund für diese ausgeprägte Aversion, und er selbst äußerte sich zu dieser Frage grundsätzlich nicht. Er schimpfte immer nur wie ein Rohrspatz und verkündete anhand der von ihm durchgeführten Ahnenforschung, dass die Kaiserslauterer Tannenbergs nach dem Dreißigjährigen Krieg von Österreich aus in die Pfalz eingewandert seien.

»Was gibt es Neues?«, wechselte Tannenberg das Thema. »Konnten Sie inzwischen die Namen der Adoptiveltern von Knut Mattissen ausfindig machen?«

»Was würden Sie denn springen lassen, wenn es so wäre?«

»Kommen Sie bitte zur Sache.«

»Die haben einfach keinen Humor, diese Wessis«, gab die Frau, offensichtlich an eine Kollegin gerichtet, zurück.

»Na, sagen Sie schon, haben Sie eine Spur zu ihnen entdeckt?«

»Aber sicher doch, Chef. Ich hatte Ihrem Kollegen gesagt, dass ich Knut Mattissen betreffend nur einen einzigen Aktenvermerk gefunden habe, nämlich den, dass er am 9. April 1959 adoptiert wurde.«

»Ja, das wissen wir doch alles schon.«

Wieder an eine Kollegin gewandt, sagte sie: »Ungeduldig sind sie auch noch, diese Besserwessis.«

»Bitte, bitte, liebe Frau, lassen Sie endlich die Katze aus dem Sack«, bettelte der Kriminalbeamte mit einer herzerweichenden Klangfärbung versetzt. »Bei uns geht es wirklich um Leben und Tod.«

»Also gut, dann will ich mal nicht so sein«, zeigte sich die Sachbearbeiterin ungewohnt gönnerhaft. »Gleich nach Dienstbeginn habe ich im Jugendamt unserer Stadt angerufen und mir die Adoptionsstelle geben lassen. Die Kollegin war sehr freundlich und hat mir versprochen, umgehende Nachforschungen bezüglich der Adoptionssache Knut Mattissen anzustellen. Vor einer Viertelstunde hat sie sich gemeldet. – Haben Sie etwas zu schreiben?«

»Selbstverständlich«, antwortete Tannenberg, während er ins Wohnzimmer zu seiner Jacke hastete und mit einer Hand Kuli und Notizblock herauszerrte.

»Gut. Also: Die Adoptiveltern des kleinen Knut Mattissen hießen Almut und Siegbert Wischnewski«, fuhr die Frau unterdessen fort. Sie lachte auf. »Wahrscheinlich heißen sie sogar immer noch so. – Haben Sie das?«

»Ja«, hechelte der Kriminalbeamte.

»Sie schnaufen ja wie ein Walross. Joggen Sie gerade, oder was?«

»Nein. Bitte machen Sie weiter.«

»Gerne. Für Sie tue ich doch fast alles, mein Lieber. Ich habe übrigens in unserem Telefonbuch nachgeschaut. Aber in Rostock wohnt nicht einer dieser Wischnewskis.«

»Macht nichts. Haben Sie noch etwas rausgekriegt?«

»Nein, das war's im Augenblick.«

»Gut, vielen Dank, Sie haben uns wirklich sehr geholfen. Und bitte seien Sie so lieb und melden sich sofort, falls Sie noch etwas finden sollten«, säuselte der beurlaubte Leiter des K 1 und drückte die Unterbrechertaste.

Unmittelbar darauf telefonierte er mit Sabrina und bat sie, umgehend in dem ›POLAS‹ genannten polizeilichen Auskunftssystem die relevanten Personendaten abzufragen. Nach etwa fünf Minuten quälenden Wartens meldete sich seine junge Mitarbeiterin. Ihre Recherche im Einwohnerinformationssystem des BKA hatte Adresse und Telefonnummer einer gewissen Almut Wischnewski zutage gefördert. Sie wurde am 23. April 1932 geboren und wohnte in Wismar. Ihr Ehemann Siegbert war bereits verstorben. Das Ehepaar hat ein gemeinsames Kind: Knut Wischnewski, geboren am 14.3.1956 in Rostock – 1990 ausgewandert nach Thailand.

»Ausgewandert – so ein Shit«, grummelte Tannenberg vor sich hin. Dann wählte er die Telefonnummer, die er auf seinen Terminkalender gekritzelt hatte. Er zählte die Ruftöne: 9, 10, 11.

»Wischnewski«, hauchte endlich eine dünne Stimme.

»Guten Tag, Frau Wischnewski. Hier spricht Wolfram Tannenberg von der Kriminalpolizei in Kaiserslautern. Wir sind im Laufe unserer Ermittlungen auf einen Mann namens Knut Wischnewski gestoßen. Er wurde am 14. März 1956 in Rostock geboren. Handelt es sich dabei um Ihren Adoptivsohn?«

»Ja.«

»Würden Sie mir bitte ein paar Fragen beantworten?«

»Warum denn?«

»Reine Routine«, log der Kriminalbeamte. »Ihr Sohn ist 1990 nach Thailand ausgewandert, stimmt das?«

»Ja.«

»Haben Sie noch Kontakt zu ihm?«

»Nein.«

»Wann haben Sie ihn zum letzten Mal gesehen?«

»Im Herbst 2004.«

»Und wann haben Sie zum letzten Mal mit ihm telefoniert oder einen Brief von ihm erhalten?«

»Weihnachten 2004.«

Tannenberg überlegte einen Augenblick, ob er die alte Dame direkt auf den Grund für diesen Kontaktabbruch ansprechen sollte. Aber aus Angst davor, sie möglicherweise damit zu verprellen, schob er dieses Thema nach hinten. Zunächst wollte er noch einige Informationen einholen. »Erzählen Sie mir bitte etwas über ihn.«

»Was denn?«

»Na, zum Beispiel etwas über seinen Beruf.«

Knuts Adoptivmutter räusperte sich. »Er besaß in Thailand eine große Tauchschule.« Sie schien allmählich ein wenig aufzutauen. Ihre Stimme wurde klarer und fester. »Er war ein begeisterter Taucher, aber ein noch viel besserer Schwimmer. Knut war in mehreren Schwimmdisziplinen Rekordhalter und Mitglied der DDR-Olympiamannschaft. Er war *der* Favorit im Schwimmen.« Sie stockte und seufzte auf. »Aber dann kam ja leider der Boykott der Olympischen Spiele 1980 in Moskau.«

Um das Gespräch weiter in Gang zu halten, legte Tannenberg schnell eine Frage nach. »1990 ist er nach Thailand ausgewandert. Das war direkt nach der Wende, nicht wahr?«

»Ja. Irgendwann hatte er plötzlich die Nase gestrichen voll von der DDR. Außerdem war eine eigene Tauchschule schon immer sein Lebenstraum gewesen.«

»Hat Ihr Sohn eine Frau, eine Familie?«

»Nein«, kehrte die alte Dame zur Einsilbigkeit zurück.

»Was ist er denn für ein Mensch?« Blöde Frage, dachte Tannenberg und berichtigte sie umgehend: »Mit welchen Eigenschaften würden Sie seine Persönlichkeit umschreiben? Ist er launisch, mutig, ängstlich, …?«

»Ängstlich?«, fiel ihm Almut Wischnewski mit einem höhnischen Kichern ins Wort. »Nein, also das war er bestimmt nicht. Schon als kleiner Junge hatte er vor nichts und niemandem Angst. Und später erst recht nicht. Er ist immer gradlinig und diszipliniert seinen Weg gegangen. Wir waren stolz auf ihn. Er war ein richtiger Prachtjunge.«

Na, so ein unglaublicher Prachtjunge wird er wohl kaum gewesen sein, sonst hätten Sie garantiert nicht den Kontakt zu ihm abgebrochen, kommentierte der Kriminalbeamte in Gedanken. Oder ging es etwa von ihm aus? Oder von seinem Adoptivvater? Nein, seine eigene Mutter hat bestimmt selbst ihren Herzbubi verstoßen – warum sonst würde sie nur in der Vergangenheitsform von ihm sprechen?

»Wenn Knut solch ein Prachtjunge war, wie Sie behaupten, wieso haben Sie dann den Kontakt zu ihm völlig abgebrochen?«, konfrontierte er Almut Wischnewski mit der entscheidenden Frage.

»Hab ich ja gar nicht.«

»Also wollte *er* keinen Kontakt mehr zu Ihnen haben.«

»Nein, nein. Was behaupten Sie da eigentlich?«, empörte sich die alte Dame. »Wir haben unseren Sohn über alles geliebt. Und er uns!«

»Und warum reden Sie dann in der Vergangenheitsform über ihn, so als ob er tot sei?«

»Ist er ja auch.«

»Was?«, stieß Tannenberg entsetzt aus.

»Ja, er ist Weihnachten 2004 bei diesem schrecklichen Tsunami ums Leben gekommen.«

Mit einem Schlag war Tannenberg klar, dass die

alte Dame nicht deshalb im Präteritum von ihrem Sohn gesprochen hatte, weil sie nichts mehr von ihm wissen wollte, sondern weil er offenbar bereits seit einigen Jahren tot war.

Du Idiot!, beschimpfte er sich selbst. Du bist so was von befangen und blockiert. Kein Wunder, dass dich Eberle suspendiert hat. Er benötigte noch einige Sekunden, bis ihm die ernüchternde Konsequenz dieser Information vollends bewusst wurde: Aber das bedeutet ja, dass Knut gar nicht Emmas Entführer sein kann – weil er tot ist.

Sein Gehirn war zunächst wie paralysiert. Doch auch als er wieder einigermaßen klar denken konnte, wollte er diese überraschende Wendung einfach nicht wahrhaben. Irgendetwas in ihm sträubte sich vehement dagegen. Mit einer Mischung aus Sturheit und kriminalpolizeilicher Berufsskepsis zog er die Aussage seiner Gesprächspartnerin in Zweifel: »Hat man damals den Leichnam Ihres Sohnes gefunden?«

»Ja.«

»Konnte man ihn eindeutig identifizieren?«

»Das haben uns die thailändischen Behörden jedenfalls versichert.«

»Sie oder Ihr Mann haben ihn aber nicht persönlich identifiziert?«

»Nein, das war auch gar nicht möglich.« Sie schluckte trocken, schniefte. »Er muss fürchterlich ausgesehen haben.«

»Wurde er mit einem DNA-Abgleich identifiziert?«

»Ja.«

So etwas kann man manipulieren. Ein paar Hundert Euro Bestechungsgeld – und alles ist dort unten möglich, sinnierte Tannenberg. Ich möchte nicht wissen, wie viele damals die einmalige Chance genutzt haben, um von der Bildfläche zu verschwinden. Allein schon wegen ihrer Lebensversicherungen. Er hatte eine Idee.

»Wurde Ihr Sohn in Thailand beerdigt?«, fragte er.

»Zunächst ja.« Die betagte Frau brach ab, begann zu schluchzen. Sie schien von ihren Erinnerungen überwältigt zu werden.

Doch Tannenberg ließ nicht locker. »Was heißt das?«

»Wir haben ihn in die Heimat überführen lassen. Es war der letzte Wunsch meines verstorbenen Mannes gewesen«, wimmerte sie mit tränenerstickter Stimme. »Er wollte mit seinem einzigen Kind beerdigt werden. Nun liegt er gemeinsam mit Knut in unserem Familiengrab.«

»In Wismar auf dem Hauptfriedhof?«

»Nein, auf dem Ostfriedhof.«

9 Uhr 45

Als sein bester Freund in den Katakomben des Westpfalzklinikums erschien, bereitete Dr. Rainer Schönthaler gerade die Obduktion eines alten Mannes vor, der tags zuvor bei einem Zimmerbrand ums Leben gekommen war. Mit hastig vorgetragenen Worten legte ihm Tannenberg die verblüffenden Neuigkeiten dar.

»Wenn dieser Knut Mattissen …«

»Wischnewski«, korrigierte der Leiter des K 1.

»Egal. Wenn dieser Kerl tatsächlich tot ist, können wir unsere bisherige Theorie natürlich ad acta legen. Aber wer steckt dann hinter Emmas Entführung? Das wird ja wirklich immer nebulöser.«

»Ja, leider«, seufzte Tannenberg. Er rieb sich fest die Stirn, so als wolle er sein Gehirn damit auf Trab bringen. »So eine verdammte Scheiße! Das war unsere einzige heiße Spur.« Mit einem Mal fletschte er die Zähne und knurrte: »Verflucht und zugenäht, ich glaub das einfach nicht!«

»Was glaubst du nicht?«

»Dass Lars' Zwillingsbruder tatsächlich in diesem Grab liegt.« Er schlug die Faust in seine andere Hand. In den lauten Knall hinein verkündete er: »Ich glaub es erst, wenn er exhumiert wurde.«

»Was, du willst ihn exhumieren lassen?«

»Ja, auf alle Fälle. Und zwar so schnell wie möglich.«

Der Pathologe stieß zischend seinen Atem durch die geschlossenen Zahnreihen und winkte ab. »Komm, vergiss es! Wo willst du Traumtänzer denn die richterliche Anordnung dafür herkriegen? Ich denke, es soll niemand etwas von unserem Alleingang erfahren.«

»Könntest du denn nicht …?«, fragte Tannenberg mit bettelnder Miene. Den Rest ließ er unausgesprochen.

»Was könnte ich?« Dr. Schönthaler krauste die Stirnpartie. »Du willst mich jetzt wohl hoffentlich nicht auffordern, nach Wismar zu fahren, bei Nacht und Nebel das Grab zu öffnen und dem Leichnam eine Gewebeprobe zu entnehmen.«

»Doch, du hast es genau erraten.« Der Kriminalbeamte machte eine entschuldigende Geste. »Was sollen wir denn machen, wenn es keine andere Möglichkeit gibt, diese Frage eindeutig zu klären?«

»Wolf, du hast sie doch nicht mehr alle!«, polterte der Rechtsmediziner. »Also erstens ist es ausgesprochen unwahrscheinlich, dass sich in diesem Grab ein anderer als dieser Knut befindet.« Er legte eine kurze Denkpause ein. »Alles andere ist doch purer Blödsinn! Und zweitens würde es schätzungsweise einen ganzen Tag dauern, bis ich wieder hier wäre. Du verrennst dich mal wieder total. Denk besser darüber nach, welcher Mistkerl wirklich dahintersteckt. Emma wird wohl kaum von einem Toten entführt worden sein.«

»Nein, Rainer, das glaub selbst ich nicht. Aber wir brauchen endgültige Gewissheit. Ich werde den Verdacht nicht los, dass in diesem Grab ein anderer liegt und wir es doch mit dem Zwillingsbruder von Lars Mattissen zu tun haben. Das ist zwar nur so ein Gefühl …«

»Du und deine Gefühle – welch ein mysteriöses Labyrinth«, höhnte Dr. Schönthaler. Er schüttelte den Kopf, presste die Kiefer fest aufeinander. Man sah ihm an, dass sein kreatives Gehirn unter Hochdruck arbeitete. Plötzlich stach er wie ein Florettfechter auf seinen Freund ein. »Mir ist da gerade eine Idee gekommen.«

»Und welche?«

»Ich hab mal bei einem Kongress einen unheimlich netten Kollegen aus Meck-Pomm kennengelernt: Gustl Grieshammer.« Ein Schmunzeln huschte über sein Gesicht. »Ein völlig verrückter Urbayer in

Mecklenburg-Vorpommern. Kannst du dir das vorstellen?« Er bemerkte selbst, dass er gerade vom eigentlichen Thema abzuschweifen drohte, und räusperte sich verlegen. »Gustl arbeitet als Forensiker beim LKA. Den könnte ich mal anrufen. Der ist mir sowieso noch einen Gefallen schuldig.«

»Du glaubst, der würde uns helfen?«

»Für einen Kasten Paulaner Weißbier macht ein richtiger Bayer so ziemlich alles.«

Der Gerichtsmediziner suchte gerade aus seinem Notizkalender die Telefonnummer heraus, als das Handy seines Freundes klingelte.

»Na, haben Sie sich gut erholt?«, fragte eine Stimme, die Tannenberg unwillkürlich an seinen ehemaligen Klassenkameraden Lars Mattissen erinnerte.

»Wo ist Emma?«

»Ihre süße Kleine ist natürlich bei mir.«

»Warum halten Sie sich nicht an unsere Abmachung und …«

»Ich wüsste nicht, dass wir beide eine Abmachung haben.«

»Sie haben doch das Geld. Lassen Sie endlich Emma frei!«

»Hm, hm, hm«, ertönte ein summendes Geräusch, dessen tadelnder Unterton nicht zu überhören war. »Ich glaube, Sie verkennen völlig Ihre Situation, mein lieber Herr Hauptkommissar. Haben Sie etwa unser kleines Spiel vergessen? Simon reagiert nicht auf irgendwelche Forderungen seiner Mitspieler. *Er* befiehlt, und die anderen müssen gehorchen.« Ein teuflisches, mit einem gespenstischen Nachhall einhergehendes Lachen erklang. »Na, wie steht es denn um Ihre körperliche Fitness?«

»Wieso?«

»Weil Sie eine ziemlich gute Kondition brauchen, wenn Sie weiter mitspielen wollen. Und das wollen Sie doch, nicht wahr?«

»Mir bleibt ja nichts anderes übrig«, stöhnte Tannenberg.

»Das sehe ich genauso. Schön, dass Sie dazu bereit sind. Wir machen nun einen kleinen Wettlauf gegen die Uhr, bei dem es um nichts Geringeres geht als um Leben und Tod. Und zwar um *Emmas* Leben und Tod.«

Tannenbergs Magen krampfte sich zusammen, er atmete schwer und stoßartig.

»Sie sind bereit dazu?«, setzte der Entführer nach einer kurzen Pause hinzu.

»Muss wohl.«

»Also, dann stellen Sie mal Ihre Lauscher. Simon says: Begebe dich zu Fuß in den Stadtpark und suche dort nach einer versteckten Plastiktüte. Es darf dir niemand dabei helfen. Du darfst weder ein Handy mit dir führen, noch Kontakt zu deinen Kollegen oder deiner Familie aufnehmen. Und denke stets daran: Jeder Versuch, das Spiel auf irgendeine Weise zu manipulieren, führt zum sofortigen Abbruch und zur Bestrafung des Mitspielers. In deinem speziellen Fall sieht die Spielregel den sofortigen Tod dieses süßen, unschuldigen Fratzes vor. Und das willst du doch nicht, oder?«

Mit zitternder Hand fasste sich Wolfram Tannenberg an die Kehle, er hatte Angst zu ersticken. »Nein«, keuchte er.

»Sie haben alles verstanden?«

»Ja.«

Ein sarkastisches Lachen ertönte. »Sehr schön.« Nach einem geräuschvollen Atemzug verkündete die Männerstimme: »Simon says: Du hast bis 12 Uhr Zeit, das Rätsel zu lösen.«

»Welches Rätsel? Wo soll ich überhaupt suchen?«

Die Leitung war tot.

10 Uhr 05

Er hatte eine halbe Schlaftablette in Kindertee aufgelöst. Emma hatte die Flasche bis auf den letzten Tropfen ausgetrunken und sich die ganze Nacht über nicht gerührt. Nun ließ die Wirkung des Narkotikums allmählich nach, und das kleine Mädchen dämmerte vor sich hin. Im Halbschlaf träumte sie von ihrem letzten Badeausflug an den Gelterswoog.

Sie saß am seichten Ufer des Sees. Kurt lag neben ihr und ließ sie nicht aus den Augen. Emma schüttete mit einer Gießkanne Wasser in ihr buntes Eimerchen. Sobald es voll war, kippte sie es in ein Loch, das sie in den weichen roten Sand gegraben hatte, und wartete, bis der bärige Familienhund ein paarmal seine riesige Zunge durch das Wasser gezogen hatte. Immer, wenn das Seewasser versickert war, begann das Spiel von Neuem.

»Em-ma«, rief jemand.

Emma blickte auf und sah ihre Mama, wie sie ihr von der Liegewiese aus fröhlich zuwinkte. Sie winkte kurz zurück, dann machte sie sich wieder an die Arbeit, schließlich hatte Kurt großen Durst. Sie tauchte ihr Gießkännchen in das trübe Seewasser und goss es in einem dicken Strahl in das Eimerchen. Sie hörte das plätschernde Wasser und das erwartungsvolle Brummen des gutmütigen Mischlingshundes. Sie lächelte und rekelte sich wohlig.

10 Uhr 10

»Ich muss sofort los«, sagte Tannenberg mit anschwellender Stimme. Er drehte sich zur Tür, wedelte dabei hektisch mit den Armen und fegte eine Metallsäge von einem chromfarbenen Beistelltischchen.

»Warte«, versetzte Dr. Schönthaler und zupfte an seinen Gummihandschuhen herum, »ich komme mit.«

»Nein, das geht nicht. Er hat gesagt, dass ich alles allein machen muss.«

»Aber der kennt mich doch überhaupt nicht.«

»Woher willst du das wissen? Nein, du bleibst hier und rufst diesen Gustl an!«, befahl sein Freund. »Wir brauchen Gewissheit. Aber in dem Grab *muss* ein anderer liegen. Das war Lars' Stimme – oder vielmehr die von Knut.«

»Komm, jetzt beruhige dich erst mal.«

»Nein, ich hab keine Zeit. Ich muss weg.«

»Jetzt warte doch mal einen Augenblick.« Der Rechtsmediziner trat zu Tannenberg und schlang seine krakenhaften Arme um ihn herum. Er drückte ihn ganz fest ans Herz, schien ihn überhaupt nicht mehr loslassen zu wollen. »Junge, pass ja auf dich auf. Versprichst du mir das?«

»Ja«, gab Wolfram Tannenberg gedehnt zurück. Er befreite sich aus der klammerartigen Umarmung und verschwand aus dem weiß gekachelten Sektionsraum.

Obwohl die gleißende Sommersonne noch lange nicht im Zenit stand, hatte sie die Innenstadt bereits in einen aufgeheizten Backofen verwandelt. Trotzdem joggte Tannenberg die Böckingstraße hinunter und die Goebenstraße entlang. An der Königstraße musste er wegen des dichten Autoverkehrs an der Ampel warten. Er hechelte wie ein abgehetzter Jagdhund.

Mein lieber Knut, ich war zwar nicht wie du im Olympiakader der DDR, aber auch ich hab früher Leistungssport betrieben. Auch wir Regionalliga-Handballer haben professionell trainiert. Unser Trainer war ein richtig harter Hund. Also unterschätze meine Kondition nicht. Ich hab noch mehr drauf, als du vielleicht ahnst, prahlte Tannenberg in Gedanken.

Doch kaum einen Wimpernschlag später meldete sich sein linkes, arthrotisches Knie mit einem stechenden Schmerzreiz zu Wort. Scheiße, fluchte er, dich elenden Quälgeist hab ich ja ganz vergessen.

Verdammt, ich glaube, ich hätte dieses liebe Knutchen vorhin mit seinem vollen Namen ansprechen sollen. Was heißt mit *seinem* Namen, wohl eher mit *seinen* Namen: Wischnewski und Mattissen. Vielleicht hätte er dann ja aufgegeben, weil er dann gewusst hätte, dass wir ihn identifiziert haben. Ich mach's beim nächsten Mal.

Die Ampel sprang um. Wieder rannte er los, aber der Schmerzreiz war so stark, dass er abbrechen musste und sich nur noch mit schnellen Schritten fortbewegen konnte.

Nein, das wäre wahrscheinlich doch nicht so gut, revidierte er schlagartig sein Vorhaben. Wer weiß, wie er darauf reagieren würde. Womöglich mit … Nein, nein, das wäre völliger Blödsinn. Er muss auch weiterhin glauben, dass er alle Fäden in der Hand hält und wir nach wie vor nicht wissen, wer er ist.

Tannenberg blickte auf seine Armbanduhr. Schon Viertel nach zehn. Was hat dieser Mistkerl nur für mich ausgeheckt? So ein Scheißspiel!

Zügigen Schrittes eilte er durch die Roonstraße und passierte die Stelle, an der früher das städtische Hallenbad stand. Kurz danach erreichte er das nordwestliche Eck des Stadtparks. Suchend blickte er sich um und raufte sich mit beiden Händen die schweißnassen Haare. Wo soll ich hier denn eine Plastiktüte finden?, fragte er sich verzweifelt. Und ich soll auch noch ein Rätsel lösen. Verfluchte Hacke!

Jammere nicht, tu endlich etwas!, feuerte ihn seine innere Stimme an.

Und was?

Such die Plastiktüte!

Er betrat den menschenleeren Park und inspizierte zuerst die Bäume und Sträucher. Doch außer einem vergilbten Stoffdrachen, der hoch oben im Geäst einer riesigen Platane hing, entdeckte er nichts. Anschließend spähte er hinter und unter jede Bank. Er kippte sogar den Inhalt eines jeden einzelnen Mülleimers auf den Boden und wühlte in dem Unrat herum. Er fand zwar einige Plastiktüten, aber diese enthielten lediglich leere Flaschen, angebissene Brote, Milchtüten oder Joghurtbecher. Inzwischen war es kurz vor elf Uhr. Enttäuscht und völlig ausgepumpt sank er auf eine Metallbank nieder. Er legte den Kopf nach hinten und starrte in den wolkenlosen Himmel.

»Was mach ich jetzt bloß? Was mach ich jetzt bloß?«, jammerte er. Soll ich etwa den ganzen Park umgraben? Er klatschte sich an die Stirn. Vielleicht ist das ja die Lösung! Vielleicht hat er die Tüte in einem der Sandkästen verbuddelt.

Einem Springteufelchen gleich schnellte er in die Höhe und hechtete mit schmerzverzerrtem Gesicht hinüber zu der mittleren der grauen, feinkörnigen Sandflächen – und somit exakt zu der Stelle, an der die kleine Emma am Sonntagmorgen von einem Unbekannten entführt worden war. Wie ein Wahnsinniger stürzte er sich zu Boden und begann, mit bloßen Händen in dem warmen Sand herumzuscharren.

»Schwachsinn«, schimpfte er völlig außer Atem. Er richtete sich auf, setzte sich auf ein Klettergerüst und betrachtete schnaubend die kraterartigen Löcher, die er in den Sand gegraben hatte. Ich muss mit System an die Sache herangehen!

Mit flackerndem Blick schaute er sich um. Neben einer alten Platane entdeckte er einen abgebrochenen Ast. Als er sich ruckartig erhob, fuhr ihm ein höllischer Schmerz in die Kniekehle. Er biss die Zähne zusammen und humpelte zu dem mächtigen Baum. Er brach den Ast auf Stocklänge und schleppte sich wieder hinüber zu der schon einmal beackerten Sandfläche.

Entsprechend seines Vorsatzes ging er nun systematischer vor. Er funktionierte den Stock zu einem spitzen Pflug um und zog im Abstand von circa 30 Zentimetern parallele Furchen in den Sand. Er hatte etwa die Hälfte der Fläche auf diese Weise beackert, als er plötzlich vor sich den Schattenwurf menschlicher Gestalten auftauchen sah. Erschrocken wandte er sich um. Hinter ihm standen zwei Jugendliche, die wie Mitglieder einer Straßengang aussahen. Kaugummi kauend und die Hände in die Hüften gestützt, grinsten sie ihn herausfordernd an. Tannenberg war sofort klar, dass es mit ihnen Ärger geben würde.

»Ey, Alder, suchste Gold oder was?«, fragte der Kleinere der beiden.

»Oder Erdöl«, ergänzte der andere.

Tannenberg antwortete nicht, sondern arbeitete unverdrossen weiter. Der Größere stellte sich ihm in den Weg und verschränkte die Arme vor der Brust. »Ey, Alder, wenn de jetzt bald reich bist, kannste uns ja schon mal'n paar Euro abdrücken, oder etwa nich?«

»Nee, Leute, keinen Bock«, gestattete sich Tannenberg einen Ausflug in die Jugendsprache. »Los, verschwindet!«

Die Mienen der beiden nahmen noch bedrohlichere Züge an. »Willste Zoff, Alder?«, krakelte der Kleinere und stieß ihm dabei mit der Hand an die Schulter.

Tannenberg ließ den Stock fallen, machte einen Schritt zurück, zog mit der einen Hand seine Dienstwaffe, mit der anderen zückte er seinen Dienstausweis. »Kriminalpolizei. Verpisst euch oder ich lasse euch einbuchten!«

Dieser martialische Auftritt zeitigte umgehend die beabsichtigte Wirkung. Die beiden provokativen Jugendlichen räumten wie geprügelte Hunde das Feld. Tannenberg konnte nun in Ruhe weiterarbeiten. Nachdem er die erste Sandfläche erfolglos durchpflügt hatte, eilte er zur nächsten. Auf dem Weg dorthin blickte er auf seine Armbanduhr: Sie zeigte bereits Viertel nach elf.

Ziemlich genau in der Mitte der ovalen Sandfläche spürte er einen weichen Widerstand. Er ließ sich auf die Knie fallen und buddelte im Sand. Er fand zwar eine Plastiktüte, aber sie war leer. Verzweifelt arbeitete er weiter. Seine Kehle war ausgetrocknet, und er hatte großen Durst. Doch er kratzte alle Energiereserven zusammen und kämpfte weiter gegen die schnell verrinnende Zeit.

Im dritten Sandfeld stieß er endlich auf eine weitere Plastiktüte. Sie enthielt ein mit Geschenkpapier umhülltes Päckchen. ›Ein lieber Gruß von Simon‹ stand darauf zu lesen. Mit zitternder Hand riss er das Papier entzwei. Als er die rote Aufschrift ›Emma‹ auf dem Pappdeckel las, blieb ihm fast das Herz stehen.

Bitte, lieber Gott, mach, dass nichts von Emma da drin ist, peitschte ein greller Kugelblitz durch sein Hirn.

Er nahm allen Mut zusammen und klappte den Deckel hoch. Zuerst sah er ein schwarzes Seidentüchlein. Er schlug es auseinander und entdeckte ein betriebsbereites Handy. Darunter befand sich ein zusammengefaltetes Kreuzworträtsel. Mit fahrigen Fingern breitete er es vor sich aus. Mehrere der leeren Felder waren mit rotem Filzstift umrahmt, mit Zahlen versehen und sollten offenbar ein Lösungswort ergeben.

Tannenberg schaltete sofort. Er tastete sein dünnes Leinensakko und die Jeans ab, doch er hatte nichts zu schreiben dabei.

»Verdammt, wo krieg ich denn jetzt auf die Schnelle einen Kuli her?«, grummelte er.

Mit einem hektischen Rundblick sondierte er die Umgebung. Doch um diese Uhrzeit war der von der prallen Mittagssonne aufgeheizte Stadtpark wie ausgestorben.

Krehbiel!, zündete eine Leuchtrakete in seinem Kopf.

11 Uhr 35

Tannenberg läutete Sturm und polterte gleichzeitig mit der Faust gegen die massive Haustür. Mit verdutzter Miene öffnete Elfriede Krehbiel und bat ihn in die Villa.

»Um Himmels willen, was ist denn mit Ihnen los?«, fragte sie den nach Luft schnappenden, verschwitzten Kriminalbeamten.

»Haben Sie einen Kuli für mich?«, stieß Tannenberg keuchend aus. Wie betend presste er die Handflächen aneinander, bewegte sie flehend auf und ab. »Und bitte, bitte kein Wort zu meiner Familie oder zur Polizei.« Erschrocken blickte er sich um, senkte die Stimme und ergänzte im Flüsterton: »Auch bitte keinen Ton zu Ihrer Familie. Es geht um Emmas Leben.«

»Um Gottes willen«, stöhnte die alte Dame, die inzwischen vor Schreck die Hand auf ihren Mund gepresst hatte. »Was ist denn passiert?«

Wie ein kleiner Junge, der dringend auf die Toilette muss, trippelte Tannenberg auf der Stelle herum. »Das kann ich Ihnen nicht sagen, Frau Krehbiel. Aber ich brauche schleunigst irgendetwas zu schreiben.«

Elfriede nickte mit einem nach wie vor völlig entgeisterten Gesichtsausdruck, wandte ihm den Rücken zu und entfernte sich.

Tannenberg eilte ihr ein paar Schritte nach. »Und bitte auch etwas zu trinken«, wisperte er mit gepresster Stimme.

»Ja, natürlich«, gab sie über die Schulter zurück.

»Haben Sie vielleicht Diclofenac oder Ibuprofen im Haus? Meine Knochen tun mir so fürchterlich weh«, jammerte er, wobei er sich nach vorne beugte und seine Hände das schmerzende Knie wie eine Bandage umfassten.

»Ich glaube schon«, entgegnete die alte Dame.

Sie eilte daraufhin zunächst in die Küche und anschließend ins Bad. Etwa eine Minute später kehrte sie zurück. Tannenberg nahm die beiden Kugelschreiber entgegen und steckte sie in die Jacke. Danach riss er die Voltaren-Packung auf, drückte sich zwei Tabletten auf die Hand und warf sie ein.

»Plagen Sie sich auch mit Rheuma herum, Sie Armer? Ich leide auch darunter«, erklärte Frau Krehbiel mit sorgenvoller Miene und reichte ihm eine geöffnete Wasserflasche. Sie hatte ihm noch eine weitere Trinkflasche mitgebracht, die er in die linke Außentasche seines Sakkos gleiten ließ.

Er setzte die Flasche an den Hals und trank hastig. Das Handy meldete sich mit einem ungewohnt schrillen Klingelton. Er verschluckte sich, drückte hustend die grüne Taste.

»Sie haben wirklich großes Glück, dass die Hilfe der Familie Krehbiel nicht gegen die von Simon aufgestellten Regeln verstößt«, verkündete die Entführerstimme. »Sonst wäre bereits zu diesem frühen Zeitpunkt unser Spiel zu Ende.«

»Aber ich kann doch nichts dafür. Ich hatte doch nichts zu schreiben«, versuchte Tannenberg sein Verhalten zu rechtfertigen.

Sein Gesprächspartner ignorierte diesen Einwurf. »Ach übrigens, bevor ich's vergesse: Ihre Dienstwaffe dürfen Sie natürlich nicht weiter mit sich führen. Obwohl die Sache eben mit den Jungs, das hatte schon was.« Affektiertes Kichern. »Das mit der Waffe geht klar?«

»Ja.«

»Schön, dass Sie so kooperativ sind. Na, wie steht's denn mit Ihrer Kondition? Sie konnten sich ja nun ein wenig warmlaufen.« Er kicherte erneut. »Dieser Begriff passt perfekt zum Wetter, finden Sie nicht auch?«

Tannenberg ließ lediglich ein merkwürdiges Grunzgeräusch verlauten.

»Ich wollte Sie nur ein wenig auf Touren bringen. Das ist doch ausgesprochen nett von mir, nicht wahr?«

Laber hier nicht blöd rum, dachte der Kriminalbeamte, und sag endlich, was du von mir willst. Ich muss noch vor zwölf dieses verdammte Kreuzworträtsel hinkriegen.

Der unbekannte Anrufer schien seine Gedanken erraten zu haben: »Simon says: Verlasse sofort das Haus. Setz dich auf eine Parkbank und löse das Rätsel. Du hast nicht mehr viel Zeit. Es ist schon bald High Noon.«

Wieder dieses diabolische Lachen.

Entgeistert starrte Tannenberg auf seine Armbanduhr. Verflucht, schon Viertel vor zwölf.

Ohne ein Wort des Abschieds stürmte er aus der Villa und ließ sich auf der nächsten erreichbaren Parkbank nieder. Nur noch 13 Minuten, pochte es unter seiner Schädeldecke. Ich hasse Kreuzworträtsel, schimpfte er tonlos.

Er begann links oben in der Ecke. Zahlenglücksspiel – fünf Buchstaben. Sein pulsierendes Gehirn spielte ihm Jacob als Assoziation ein. Tannenberg verstand den göttlichen Fingerzeig auf seinen von Spielleidenschaft besessenen Vater: LOTTO. Englisch: Tee – TEA. Firmensymbol (kurz) – LOGO.

Es dauerte keine fünf Minuten, bis der Leiter des K 1 das recht einfach gestrickte Kreuzworträtsel vollständig ausgefüllt hatte. Er schrieb den Inhalt der nummerierten Kästchen hintereinander:

ESSA

Essa, Essa – was ist denn das für ein komisches Wort? Panik brach in ihm aus. In Windeseile überprüfte er noch einmal seine Einträge und die richtige Reihenfolge der mit den Zahlen eins bis vier durchnummerierten Buchstaben. Aber er kam erneut zu demselben Ergebnis: ESSA.

Er blickte hinunter zu seinem linken Handgelenk. »Fünf vor zwölf«, brabbelte er vor sich hin. »Was für eine Uhrzeit – was für eine Symbolik!«

Dieser Saukerl muss mich die ganze Zeit über beobachtet haben, schlussfolgerte er aus dem Inhalt des kurzen Telefonats. So ein Wahnsinn! Der beobachtet mich garantiert immer noch. Der sitzt bestimmt hier irgendwo in einem Auto. Sein unruhiger Blick hüpfte von einem der rund um den Stadtpark abgestellten Autos zum anderen. Oder er steht irgendwo in einem dieser Häuser hinter dem Vorhang und amüsiert sich köstlich.

»So ein Scheißspiel«, zischte er zum wiederholten Mal in die hochsommerliche Hitze. Er nahm einen tiefen Schluck aus der Plastikflasche. Anschließend wischte er sich mit einem Taschentuch den Schweiß von der Stirn und aus dem Genick.

Er zog das im Sandkasten entdeckte Handy aus seinem beigen Leinensakko und verglich die Uhrzeit auf dem Display mit der auf seiner Armbanduhr. Die Differenz betrug knapp 30 Sekunden.

Besitzt ein Handy eigentlich eine Funkuhr?, fragte er sich gerade, als es in seiner Hand zu blinken begann: ›Unbekannter Anrufer‹.

»Na, wie sieht's aus mit der Lösung?«

»Ich hab's rausgekriegt«, erwiderte Tannenberg mit einem leisen Anflug von Stolz.

»War ja auch nicht gerade schwer«, höhnte der Entführer. »So, dann nennen Sie mir mal das Lösungswort.«

»Essa«, kam es wie aus der Pistole geschossen.

»Sehr gut«, lobte die Männerstimme betont gedehnt.

»Und was soll das sein – Essa? Dieses Wort ergibt doch überhaupt keinen Sinn. Das hab ich noch nie gehört.«

»Seien Sie doch nicht so ungeduldig, Herr Hauptkommissar. Irgendwann im Leben ergibt alles einen

Sinn – manchmal früher, manchmal aber auch erst später.«

»Kommt dieses Wort aus einer anderen Sprache?«

Ein blechernes Kichern ertönte. »Wer weiß.« Der Anrufer räusperte sich. »Ich habe Ihnen gerade eine MMS geschickt. Wissen Sie wenigstens, was das ist?«

»Ja, das sind Fotos, die man mit einer Digitalkamera aufnehmen und an ein Handy versenden kann.«

»So in etwa. Na, ist das goldige Foto schon bei Ihnen angekommen.«

»Nein.«

»Dann warten wir eben noch einen Moment.«

›MMS-Eingang‹ erschien plötzlich auf dem Display.

»Jetzt ist diese MMS da«, erklärte Tannenberg.

»Dann öffnen Sie die Datei.«

»Und wie?«

»Einfach nur die O.-K.-Taste drücken.«

Der Kriminalbeamte tat wie ihm geheißen.

Das Digitalfoto zeigte Emma. Sie stand in ihrem Gitterbettchen, die winzigen Händchen klammerten sich an den Stäben fest. Dieser Anblick trieb Tannenberg einen glühenden Dolch ins Herz.

»Und? Erkennen Sie Ihren kleinen Schatz?«, fuhr die Erpresserstimme fort. Als niemand antwortete, schob Emmas Entführer geschwind nach: »Das Bild wurde gerade eben aufgenommen. Wie Sie sehen, lebt der süße kleine Engel noch. Ich betone das Wort ›noch‹. Und zwar deshalb, weil Sie Ihre erste Aufgabe in dem vorgegebenen Zeitkorridor lösen konnten. War ja auch Pipikram.«

»Du, du elender Sauhund«, schluchzte Tannenberg, der seine Erregung nicht mehr im Zaum halten konnte. »Wenn ich dich erwische, dich, dich mach ich, mach ich kalt.«

»Na, na, na, Herr Hauptkommissar, Sie werden doch nicht schon jetzt die Nerven verlieren. So etwas würde Emma nämlich gar nicht gut bekommen. Also regen Sie sich wieder ab und konzentrieren Sie sich auf Ihre nächste Aufgabe. Hören Sie genau zu, was Ihnen Simon zu sagen hat. Haben Sie sich wieder unter Kontrolle?«

»Ja«, grummelte der Kriminalbeamte, dem es nur unter großer Kraftanstrengung gelang, sich zusammenzureißen.

»Sehr gut. Und denken Sie stets daran, dass wir Sie permanent beobachten.« Der Mann brach ab und lachte auf. »Ach, übrigens: Falls Sie auf die Idee kommen sollten, mit Ihrem neuen Handy jemanden anzurufen – vergessen Sie es! Erstens würde es nicht funktionieren, denn das Handy nimmt nur Anrufe entgegen. Zweitens würde eine Kontaktaufnahme zu irgendjemandem zum sofortigen Spielabbruch führen. Die Sache mit den Krehbiels hat Ihnen Simon gnädigerweise verziehen. Aber dabei handelte es sich um ein einmaliges Entgegenkommen, als Beweis seiner Gutmütigkeit, schließlich hat Simon einem Kinderspiel den Namen gegeben. Und das verpflichtet ihn ja schon irgendwie. Simon says: Sage jetzt brav ›Danke, Simon‹.«

»Danke, Simon.«

»So ist's recht, immer schön artig sein und Simon gehorchen. Ja, ja, Simons Großmut wird ihm irgendwann noch mal das Genick brechen«, tönte die Männerstimme. »Können wir nun endlich mit unserem kleinen Spielchen fortfahren? Sind Sie bereit?«

»Ja.«

»Gut. Simon says: Gehe sofort zum Pfaffenbrunnen. Finde eine Plastiktüte. Löse die Rätsel. Verbleibende Restzeit: eine Stunde, 54 Minuten.«

Somit hab ich bis Punkt 14 Uhr Zeit, dachte Tannenberg, während das Gespräch mit einem leisen Knacken beendet wurde. Fast zwei Stunden, um von hier aus zum Pfaffenbrunnen zu gelangen, dort eine versteckte Tüte zu suchen und wieder ein Rätsel zu lösen. Stopp! Das stimmt nicht. ›Löse *die* Rätsel‹, hat er gesagt. Also handelt es sich wohl um mehrere Rätsel. Was für eine bescheuerte Schnitzeljagd!

Als er sich von der Metallbank erhob, spürte er, dass das starke, hoch dosierte Schmerzmittel bereits zu wirken begonnen hatte. Vorsichtig joggte er los. Im linken Knie machte sich nur noch ein leichtes Ziehen bemerkbar, nicht vergleichbar mit den stechenden Schmerzen, die ihm noch vor ein paar Minuten fast die Kehle zugeschnürt hatten.

Aufgrund seiner sportlichen Vergangenheit war ihm selbstverständlich klar, dass er so schnell wie möglich einen gleichmäßigen körperlichen Belastungsrhythmus finden musste. Nur dann würde er in der Lage sein, die vorhandenen Energiereserven optimal auszuschöpfen. Dazu gehörte auch der sparsame Umgang mit dem vorhandenen Trinkwasser. Das Haushalten mit den eigenen Kräften und Ressourcen war die zwingende Voraussetzung, um an diesem makaberen Todesspiel so lange wie nur irgend möglich teilnehmen zu können. Denn ein Ende war zu diesem Zeitpunkt noch nicht absehbar.

Aber es gab keine Alternative: Tannenberg musste auch weiterhin gehorchen und versuchen, die Rätsel zu lösen und die vorgegebenen Zeitlimits zu unterbieten, wollte er nicht die angedrohte Bestrafungsaktion des Entführers provozieren. Und dass mit diesem skrupellosen Erpresser nicht zu spaßen war, darin bestand für ihn mittlerweile nicht mehr der geringste Zweifel.

Dieser Knut ist genauso ein Psychopath wie sein durchgeknallter Zwillingsbruder Lars, sagte Tannenberg zu sich selbst, als er von der Kärcherstraße kommend im Laufschritt die Eisenbahnunterführung durchquerte. Vor dem Anstieg zum Lämmchesberg schnaufte er noch ein paarmal kräftig durch, dann ging er die beschwerliche Passage hinauf in Richtung des TSG-Sportgeländes in gleichmäßigem Tempo an.

Während er sich wie bei einer Meditation auf seinen Atemrhythmus konzentrierte, musste er plötzlich an einen Skiurlaub vor gut 30 Jahren denken: Er verbrachte damals mit einer Gruppe von Germanistikstudenten, zu denen auch sein Bruder Heiner gehörte, eine Woche in Saas Grund. Starker Schneefall hatte innerhalb von nur 36 Stunden für zwei Meter Neuschnee gesorgt. Da die Straße nach Saas Fee daraufhin wegen akuter Lawinengefahr gesperrt werden musste, quälte sich Tannenberg vier Tage hintereinander mit Langlaufskiern hinauf nach Saas Fee und besorgte frische Brötchen.

Plötzlich drängte sich ein anderer Gedanke mit Vehemenz in diese abschweifende Jugenderinnerung: Wieso hat dieser Irre vorhin eigentlich in der Mehrzahl gesprochen?, fragte er sich. Die Worte des

Entführers klangen ihm noch immer im Ohr: »Und denken Sie stets daran, dass *wir* Sie beobachten.« Was meint der damit? Dass mehrere Täter hinter diesem Wahnsinn stecken? Das ist doch Quatsch, das glaub ich nicht. Der muss sich eben versprochen haben. Oder er flunkert mir hier einen vor und will mich damit absichtlich verwirren. Vielleicht gehört das alles zu seinem Plan.

Andererseits: Wie konnte er gleichzeitig beobachten, dass ich zu den Krehbiels in die Villa rein bin und fast zum selben Zeitpunkt ein Foto von Emma schießen und es mir aufs Handy schicken?

Diese Überlegungen brachten ihn völlig aus dem Atemrhythmus, Seitenstechen setzte ein. Er musste stehen bleiben.

Dafür gibt es nur eine einzige schlüssige Erklärung, schoss es ihm durch den Kopf: Der Kerl befindet sich in einem Haus direkt am Stadtpark. Nur so konnte er diese beiden Dinge gleichzeitig tun. Ich muss zurück und Emma suchen. Ich muss die Kollegen verständigen. Wir müssen nacheinander alle Häuser durchkämmen. Er rannte die Straße hinunter. Doch plötzlich bremste er ab, kam zum Stillstand und stemmte keuchend die Hände auf die Hüftknochen.

»Scheiße, Scheiße, Scheiße«, fluchte er und verzog dabei sein Gesicht zu einer furchterregenden Grimasse. Eine ältere Frau, die nur wenige Meter von ihm entfernt im Schatten die Treppe putzte, fragte, ob sie ihm helfen könne.

»Mir kann niemand helfen«, gab er trotzig zurück. Er zog die Nase hoch und joggte wieder in entgegengesetzter Richtung los.

Wenn ich das jetzt tue, begehe ich einen gravierenden Regelverstoß – und das wäre Emmas Todesurteil, schoss es ihm durch den Kopf. Ich muss weitermachen. Vielleicht spielt die Zeit ja für mich. Obwohl es gegenwärtig nicht gerade danach aussieht.

Er hielt sich seinen Arm vor die Nase. Seine Uhr zeigte 12 Uhr 21.

Trotz des Seitenstechens bewältigte er den strapaziösen Anstieg ohne eine weitere Pause. Erst oben am vorläufig höchsten Punkt seines unfreiwilligen Stadtlaufs legte er vor den Toren der Pestalozzi-Schule eine kleine Rast ein. Er setzte sich auf die Bank an der Bushaltestelle, wo er ein paar Schlucke Wasser trank. Die meisten der wartenden Studenten taxierten ihn wie einen Außerirdischen. Aber nicht etwa wegen seiner körperlichen Betätigung in dieser Bullenhitze, sondern vielmehr angesichts seines unorthodoxen Jogging-Outfits, das aus Sakko, Jeans und schwarzen Lederschuhen bestand.

Hier im Umfeld der Kaiserslauterer Universität war man zwar durchaus seltsame sportliche Aktivitäten gewöhnt, wie zum Beispiel der jährlich stattfindende Bierkastenlauf hinauf zum Humbergturm. Zudem liefen auf dem Unigelände des Öfteren skurrile Gestalten herum, die selbst im kältesten Winter demonstrativ barfuß oder in kurzen Lederhosen über den Campus stolzierten. Aber ein 50-jähriger Hochsommer-Jogger in dieser Montur, das hatte es hier bislang wirklich noch nicht gegeben.

Tannenberg bemerkte diese neugierigen Blicke nicht. Seine Augen blieben auf dem dürren Sekundenzeiger haften, der unerbittlich in ein und dieselbe Richtung lief: 12 Uhr 29. Noch eineinhalb Stunden.

Mit geschlossenen Augen schöpfte er tief Luft, dann drückte er sich in die Höhe und joggte weiter. Hinter der Sporthalle des Heinrich-Heine-Gymnasiums ging es in den südlichen Stadtwald. Da er zweimal einen falschen Weg benutzte, musste er am Ende querfeldein laufen und benötigte für die Überwindung der circa hundert Höhenmeter eine knappe halbe Stunde.

Als er völlig ausgepumpt am Pfaffenbrunnen eintraf, hatte er das Gefühl, dass sein Kopf gleich bersten würde. Unter den Schläfen pochte der Schmerz, die stark gerötete Gesichtshaut brannte wie Feuer. Er nahm zwei weitere Diclofenac-Tabletten ein, spülte sie mit großen Schlucken die ausgetrocknete Kehle hinunter. Die erste Trinkflasche war leer.

›Brunnen‹, leuchtete auf seiner inneren Leinwand auf. Doch ein flüchtiger Blick auf die aus sieben Buntsandsteinfindlingen zusammengesetzte Brunnenanlage genügte: Die Brunnenkammer war ausgetrocknet, die Kaskaden hatten seit langer Zeit keinen einzigen Wassertropfen mehr gesehen. Kein Wunder, denn in der Pfalz herrschte seit mehreren Wochen eine ungewöhnlich lange Dürreperiode. Diese mörderische Hitze war auch der Grund dafür, weshalb dieses beliebte Ausflugsziel kaum mehr angelaufen wurde.

Verflucht, genau hier auf diesem Felsbrocken hat vor fast genau sechs Jahren dieser ganze Wahnsinn angefangen, sinnierte Tannenberg.

Vor seinem geistigen Auge tauchte ein gespenstisches Szenario auf: Lars Mattissen hatte sein erstes Opfer auf dem obersten der sieben Sandsteinfindlinge wie auf einem Altar aufgebahrt. Der weibliche

Leichnam war bis auf die fehlenden Schuhe vollständig bekleidet gewesen. Der mehrfache Frauenmörder hatte alle seine Opfer den Kriminalbeamten in der gleichen Art und Weise präsentiert: mit Waldschmuck dekoriert und mit einem in die fachmännisch geöffnete Kehle hineingesteckten Speisepilz. Darüber hinaus hatte er Tannenberg ein makaberes Katz-und-Maus-Spiel aufgezwungen: Damals musste er unter großem Zeitdruck Schachrätsel lösen. Doch am Ende hatte auch dies Lars Mattissens letztem Opfer nicht mehr das Leben retten können.

Warum hab ich bloß damals nicht abgelehnt, als Eberle mich um die Leitung des K 1 gebeten hat? Ich Idiot!, beschimpfte er sich selbst. Dann wäre es nie so weit gekommen. Emma wäre niemals entführt worden. Er kniff die Augen zusammen, dicke Tränen liefen ihm über die Wangen.

»Warum, Gott, lässt du so etwas nur zu? Das arme Kind kann doch nichts dafür«, schrie er mit sich überschlagender Stimme in den Wald hinein.

Wütend sprang er auf, riss die Arme nach oben und brüllte wie von Sinnen weiter: »Wenn du mich unbedingt quälen willst, dann foltere mich, mach mit mir, was du willst. Aber verschone Emma!« Er fiel auf die Knie und legte seine Stirn auf die sandige Erde. Dann drückte er sich wieder in die Höhe und faltete die Hände zum Gebet. »Bitte, bitte, lieber Gott, hilf der armen kleinen Emma!«, flehte er.

Völlig entkräftet und von Verzweiflung gemartert, sank er nun vollständig auf den staubigen Waldboden nieder und heulte wie ein Schlosshund. Nachdem er eine Weile wimmernd auf dem Bauch gelegen hatte, drehte er sich auf den Rücken und starrte mit wässrigen Augen hinauf in den azurblauen Sommerhimmel.

Du elender Jammerlappen, meldete sich seine innere Stimme wie immer ungefragt zu Wort. Du zerfließt hier in Selbstmitleid, und die arme Emma wartet darauf, dass du ihr hilfst. Mann, reiß dich endlich zusammen und spiele verdammt noch mal dieses Scheißspiel weiter mit! Das ist die einzige Chance, die Emma hat.

Tannenberg erhob sich ächzend und begann umgehend mit der Suche nach der angeblich hier am Pfaffenbrunnen deponierten Plastiktüte.

13 Uhr 20

Diesmal wurde er bedeutend schneller fündig. Ziemlich genau in der Mitte der imposanten Kaskadenkonstruktion lehnte ein flacher Felsbrocken an der Sandsteintreppe. Darunter lag in einer Kuhle die gesuchte Plastiktüte. Sie enthielt wieder eine Pappbox, die Tannenberg mit zitternden Fingern öffnete. Abermals stieß er auf ein Kreuzworträtsel, aber anstelle eines weiteren Handys entdeckte er einen zusammengefalteten Zettel. Auf ihm war eine Rechenaufgabe abgedruckt:

Simon says: Berechne das Volumen eines Raumes mit den Koordinaten: 2,5 m; 2,1 m; 3 m!

Tannenberg zückte einen der beiden Kugelschreiber, führte die geforderte Multiplikation aus und unterstrich die Lösung mit zwei dicken Strichen. »15,75 Kubikmeter – und was soll ich damit?«

Er hielt sich jedoch nicht lange mit dieser Frage auf, sondern wandte sich sogleich dem bedeutend umfangreicheren Kreuzworträtsel zu. Es stammte aus der Wochenendbeilage der *Pfälzischen Allgemeinen Zeitung*. Tannenberg konnte deshalb diese eindeutige Zuordnung treffen, weil sein Vater samstags stets mit Argusaugen darüber wachte, dass ja kein anderer als er selbst dieses Kreuzworträtsel löste. Diesmal waren fünf der gesuchten Buchstaben mit roten Kreisen markiert. Sie trugen die Ziffern fünf bis neun.

»Ich bin vielleicht ein Hornochse!«, beschimpfte er sich, als er die ersten Buchstaben eingetragen hatte. »Warum hab ich das vorhin nicht gleich so gemacht? Warum soll ich diesen ganzen überflüssigen Kram ausfüllen, wenn ich doch nur diese fünf Buchstaben brauche.« Er tippte sich an die Stirn. »Mann, Mann, Mann!«

Schmunzelnd kritzelte er die gesuchte Lösung unter das Ergebnis der Rechenaufgabe:

RTSRE

Doch mit einem Mal verfinsterte sich seine Miene. Kopfschüttelnd fügte er die Lösungsbuchstaben des ersten Rätsels hinzu:

ESSARTSRE

»Was ist denn das für ein Granaten-Schwachsinn?«, fluchte er ungehalten drauflos.

Er schaute auf seine Armbanduhr. Noch fast zehn Minuten Zeit. Ein Gedanke blitzte in seinem

Hirn auf. Vielleicht ist das ja auch ein Anagramm. Er übertrug die mysteriöse Buchstabenfolge in die Spiegelschrift.

»ERST-RASSE«, las er mit geschürzten Lippen vor. »Was soll das denn sein?«

Er wanderte grübelnd ein paar Schritte auf und ab, doch es fiel ihm beim besten Willen nichts zu diesen beiden Begriffen ein. Vielleicht hab ich ja beim Ausfüllen Fehler gemacht, überlegte er. Daraufhin überprüfte er noch einmal die gesuchten Lösungswörter.

»Stadt in Italien: PISA, englisch: Sohn: SON – das war das ›S‹«, murmelte er.

Die anderen Erläuterungen waren ebenfalls eindeutig und ergaben die aufgeschriebenen Buchstaben. Auch deren Reihenfolge stimmte.

14 Uhr

Kurz darauf läutete das Handy des Entführers.

»Na, wie sieht's aus mit den Befehlen? Haben Sie sie befolgt?«, fragte die Männerstimme.

»Selbstverständlich.«

»Na, da bin ich aber mal gespannt.«

»Die Buchstabenfolge lautet: R-T-S-R-E. Aber ich kann damit nichts anfangen. Auch nicht mit diesem ›ESSA‹ zusammen.«

»Sollen Sie auch gar nicht. Jedenfalls jetzt noch nicht. Und die Rechenaufgabe?«

»Die Lösung heißt: Der Raum hat ein Volumen von 15,75 Kubikmetern.«

»Respekt, Herr Hauptkommissar, ich hätte nicht

gedacht, dass Sie so gut rechnen können«, lobte die Männerstimme mit unüberhörbar spöttischem Unterton.

»Um welchen Raum geht es denn?«, fragte Tannenberg, obwohl er die niederschmetternde Antwort bereits seit Längerem ahnte.

»Na, das sollten Sie sich inzwischen aber zusammengereimt haben«, höhnte der Entführer. »Natürlich handelt es sich dabei um Emmas Verlies.«

Obwohl er versucht hatte, sich auf diese Mitteilung vorzubereiten, übermannte Tannenberg bei diesem Wort eine heftige Schwindelattacke. Er taumelte, japste nach Luft und sank kraftlos auf den obersten der Kaskadenfelsen nieder.

»Was ist denn los? Sind Sie noch da?«

»Ja«, stöhnte der Kriminalbeamte.

»Schön, schließlich wollen wir noch ein wenig miteinander spielen. In exakt einer Stunde schicke ich Ihnen eine weitere MMS, dann können Sie sich im wahrsten Wortsinne selbst ein Bild von Emmas aktueller Lage machen. Ein kleiner Tipp: Sie müssen nachher ein kleines, aber feines Bilderrätsel lösen.«

»In einer Stunde? Und was soll ich bis dahin tun?«

»Vielleicht wäre ausruhen keine schlechte Idee. Auf Sie warten nämlich noch einige Herausforderungen – physischer und psychischer Art«, fügte Emmas Entführer mit einem gehässigen Kichern an. »Simon says: Verbleibe an Ort und Stelle. Freue dich auf weitere Instruktionen.«

15 Uhr

Die quälende Warterei zermürbte Tannenberg immer mehr: Sein gerötetes und mit unzähligen kleinen Schweißperlen benetztes Gesicht wirkte nach den letzten Stunden um Jahre gealtert. Die körperlichen und seelischen Strapazen hatten ihn ausgemergelt und an seiner Substanz gezehrt. Die vielfältigen Entspannungsversuche waren erfolglos geblieben. Sein von der Psychofolter gemartertes Hirn wollte einfach nicht zur Ruhe kommen.

Genau diese psychische Zerstörung bezweckt dieser Mistkerl. Deshalb darf ich mich nicht davon beeindrucken lassen, lautete einer seiner litaneienartig rezitierten Appelle, die jedoch keinerlei Früchte trugen.

Wiederholt ertappte er sich sogar dabei, dass er sich den nächsten Kontakt zu Emmas Peiniger regelrecht herbeisehnte, nur um endlich aus dieser zersetzenden Untätigkeit herausgerissen zu werden.

Das einzig Gute, das die leidige Zwangspause mit sich brachte, war die Erkenntnis, dass diese nebulöse Buchstabenfolge durchaus einen Sinn ergab. Und zwar dann, wenn man die Zäsur nicht zwischen ›ERST‹ und ›RASSE‹ setzte, sondern hinter ›ER‹. Dann lautete das zweite Wort nämlich ›STRASSE‹.

Womöglich ist das Lösungswort ein Hinweis auf den Ort, an dem er Emma versteckt hält. Wenn ich weiter mitspiele, kann ich vielleicht das Versteck erraten und sie finden. Vielleicht ist der Kerl ja gar nicht so grausam, wie ich die ganze Zeit über angenommen habe. Vielleicht will er sogar, dass ich sie rechtzeitig finde, klammerte sich Tannenberg an einen dünnen Strohhalm.

Dieser Funken Hoffnung verflüchtigte sich jedoch genauso plötzlich wie ein Wassertropfen, der auf eine heiße Herdplatte fiel. Denn die vier exakt um 15 Uhr via MMS übermittelten Fotos ließen nicht viele Interpretationen zu:

Das erste war in dem zum Kindergefängnis umfunktionierten Kellerraum aufgenommen worden und zeigte im Hintergrund den auf einem Podest stehenden Gitterkäfig.

Das zweite dagegen war außerhalb des Gebäudes gemacht worden und wurde von einem in der Hauswand befindlichen Außenwasserhahn dominiert, an dem ein Gartenschlauch angebracht war.

Auf dem dritten Digitalfoto erkannte Tannenberg ein verschlossenes und vergittertes Kellerfenster, in dem ein Schlauch steckte.

Das letzte der MMS-Fotos wiederum zeigte dieses Fenster aus der Kellerperspektive und konfrontierte den Betrachter mit dem Schlauchende, aus dem sich ein dicker Wasserstrahl in Richtung des Betonbodens ergoss.

»Na, mein Lieber, ich hoffe, Sie verstehen die Message. Sind Sie in der Lage, dieses kleine Bilderrätsel zu lösen?«, tönte es aus dem Handylautsprecher.

Im ersten Moment raubte Tannenberg der Schock die Sprachfähigkeit. Doch dann blökte er mit heiserer Stimme. »Du elendes Dreckschwein!«

»Mäßigen Sie schleunigst Ihre Worte, sonst drehe ich den Wasserhahn noch ein bisschen weiter auf – und erhöhe damit die Fließgeschwindigkeit, was wiederum bedeutet, dass …« Den Rest ließ er absichtlich unausgesprochen. Er weidete sich stattdessen genüsslich an den voller Verzweiflung ausgestoßenen, animalischen Geräuschen seines Gesprächspartners.

Tannenberg schluckte so hart, dass er laut schmatzte. Dabei stöhnte er wie ein verendendes Tier. »Bitte, bitte, drehen Sie den Wasserhahn zu«, bettelte er schluchzend. »Ich tue auch alles, was Sie wollen.«

»Das machen Sie doch sowieso. Wissen Sie auch, warum? Weil Sie gar keine andere Wahl haben, als weiter das zu tun, was Simon befiehlt. Das Schicksal des armen kleinen Mädchens liegt nämlich ausschließlich in Ihrer Hand. Sie allein entscheiden, ob Emma jämmerlich ertrinken wird oder vielleicht doch noch rechtzeitig gerettet werden kann. Das hängt ganz von Ihren Fähigkeiten und Ihrer Kooperationsbereitschaft ab.«

»Was muss ich tun, um sie zu retten?«, keuchte der Kriminalbeamte.

»Ganz einfach: Sie müssen nur weiterhin mitspielen und die gestellten Aufgaben zu Simons vollster Zufriedenheit erledigen. Bei der nächsten Station unserer kleinen Schnitzeljagd wird Sie wieder ein schönes Rätsel erwarten.«

»Okay«, kam es Tannenberg gepresst über die Lippen. »Und wie lautet die nächste Aufgabe?«

»Die Wolfskaut ist Ihnen ja sicherlich ein Begriff. Das ist die Stelle, an welcher der Legende nach im 17. Jahrhundert der letzte Wolf des Pfälzer Waldes erlegt wurde.«

»Ja.«

»Dann hören Sie jetzt gut zu.« Der Anrufer räusperte sich. »Simon says: Begebe dich zur Wolfskaut, klettere auf den Gedenkstein und heule dort zehnmal laut wie ein einsamer Wolf. Genau zehnmal – und zwar mit Blickrichtung Kaiserslautern.«

»Muss ich dort wieder nach einer Plastiktüte suchen?«

»Hat Simon etwas Derartiges befohlen?«, kam es scharf zurück.

»Nein«, bemerkte Tannenberg kleinlaut. »Aber wo ist da ein Rätsel?«

»Die Wolfskaut ist keine Station, sondern nur ein kleiner Zwischenstopp, um ihre Stimmung ein wenig aufzuheitern. Sie gehen mir nämlich viel zu verkrampft an die Sache heran. Ich denke, wenn Sie etwas entspannter wären, würde Ihnen unser Spielchen bedeutend mehr Spaß bereiten.«

»Das glaub ich kaum«, grollte Tannenberg.

»Nun, denn.« Der Entführer legte eine Kunstpause ein, um dem Kommenden größere Wirkung zu verleihen. »Simon says: Begebe dich anschließend zur Weltachs, suche dort ein kleines Schatzkästlein und löse die gestellte Aufgabe. Du hast Zeit bis 18 Uhr.«

Warum so lange?, fragte sich der Kriminalbeamte, nachdem die Verbindung unterbrochen worden war. Drei Stunden für eine Strecke von … Wie weit ist es von hier aus zur Weltachs? Er krauste nachdenklich die Stirn. Zehn Kilometer bestimmt. Oh je, und dann auch noch bei dieser Affenhitze. Hoffentlich verlaufe ich mich nicht wieder. Obwohl, in diesem Waldgebiet kenne ich mich wenigstens besser aus als hier.

In dieser Gegend war er früher oft mit seinem Vater und seinem Bruder zum Heidelbeerpflücken, Schlittenfahren und Pilzsammeln unterwegs gewesen. Zudem war ihm der östliche Stadtwald von seinen letzten Fällen her noch bestens in Erinnerung geblieben.

Er steckte das Handy ein und joggte los.

15 Uhr 35

Seit vielen Stunden hatte Emma nichts mehr getrunken.

ich hab großen Durst
und Hunger
warum kommt der Mann nicht?
ich hab so oft nach ihm gerufen
mein Bauch tut mir weh
ich hab Durst
da unten ist Wasser
viel Wasser
aber ich kann nicht hin
da ist das Gitter
und die Decke
das Wasser plätschert
ich bin so müde

Bald darauf fiel Emma in einen tiefen Schlaf.

15 Uhr 45

Total ausgepumpt traf Wolfram Tannenberg an der Wolfskaut ein. Keuchend schleppte er sich zu den drei riesigen Buchen, wo der Gedenkstein stand.

Er begann, am ganzen Körper zu zittern. Er hatte das Gefühl, von Tausenden kleinen Nadeln gepiekst zu werden. Er sah blitzende Sternchen, die auf der dunkelgrünen Buchenrinde herumhüpften. Dann wurde ihm schwarz vor Augen. Sein Oberkörper sank nach vorne über den verwitterten Findling, er würgte und erbrach sich.

In seinem Gehirn spielten sich derweil chaotische Szenen ab. Völlig aus dem Zusammenhang gerissene Erinnerungsfetzen wirbelten wild durcheinander. Zuerst wurde ihm auf seiner inneren Leinwand eine tiefe Grube eingespielt, in der ein Wolf gefangen war und gerade von einem Jäger erschossen wurde. Dann bekam er wie in einem Kaleidoskop die MMS-Fotos aus Emmas Verlies präsentiert. Und zu guter Letzt konnte er sich selbst dabei beobachten, wie er auf einem Motorroller sitzend und von Förster Kreilingers Geländewagen verfolgt an diesem geschichtsträchtigen Ort vorbeiknatterte.

Nachdem er sich ein wenig erholt hatte, spülte er mit ein paar Schlucken Wasser den üblen Geschmack aus seinem Mund. Entsetzt betrachtete er die Flasche. Sie war fast leer. ›Wolfsbrunnen‹ schoss es ihm durch den Kopf. Doch bereits Sekundenbruchteile später verwarf er den Gedanken. Zwar befand sich in unmittelbarer Nähe der Wolfskaut tatsächlich eine kleine Quelle, die aber aufgrund der wochenlangen Trockenheit inzwischen ebenfalls versiegt war.

Wie von ›Simon‹ gefordert, kletterte er auf den Sandsteinfindling und heulte zehnmal laut wie ein einsamer Wolf.

»Was für eine beschissene Symbolik«, zischte er in ein bitteres Lachen hinein.

Bevor er sich wieder auf den Weg machte, zog er seine staubigen Lederschuhe und die Socken aus und inspizierte eingehend seine arg malträtierten Füße. An mehreren Stellen waren sie stark gerötet, an beiden Fersen hatten sich Blasen gebildet, und der linke Knöchel war geschwollen. Eine Verletzung, die er sich beim Abstieg vom Kleinen Humberg zugezogen hatte und die trotz der eingeworfenen Schmerzmittel das Joggen ziemlich beschwerlich gemacht hatte.

Er folgte der Wandermarkierung mit dem gelben Strich, überquerte das schmale Asphaltsträßchen, das den Schwabshof mit dem Hungerbrunnen verband, und hielt sich dann in östlicher Richtung. Nach etwas mehr als zwei Kilometern traf er an der ›Stall‹ genannten Kreuzung von B 48 und L 504 ein.

Bei seiner unfreiwilligen Schnitzeljagd hatte er bereits mehrere Orte passiert, die er während der Ermittlungsarbeit im Rahmen seines ersten Falls als Leiter der Kaiserslauterer Mordkommission schon einmal angelaufen hatte.

Warum, verdammt noch mal, muss ich das alles noch einmal durchmachen?, hatte er sich jedes Mal aufs Neue gefragt – und war stets zum selben Ergebnis gelangt: Es hat wohl etwas mit dieser verfluchten ›Duplizität der Ereignisse‹ zu tun, zitierte er mehrfach Dr. Schönthalers Worte.

Noch über eineinhalb Stunden bis zum nächsten Anruf, stellte er erleichtert fest. In einem Anflug von Übermut ergänzte er: Dieser elende Mistkerl hat vorhin nur von *einem* Kreuzworträtsel gesprochen. Na, das werd ich ja wohl locker schaffen.

Aber vielleicht ist es diesmal ja gar kein normales Kreuzworträtsel, sondern so ein schweres, so eins wie die, die in der *ZEIT* abgedruckt werden. ›Um die Ecke gedacht‹ heißt das, glaub ich. Verdammt, die hab ich doch noch nie rausgekriegt.

Oder vielleicht ist es ja auch gar kein Kreuzworträtsel, sondern ein anderes, zum Beispiel so ein neumodisches – ›Sodoko‹, oder wie sich das nennt. Davon hab ich überhaupt keine Ahnung. Ja, da weiß ich noch nicht mal, was man überhaupt tun muss, um es zu lösen. Verdammt, irgendeinen Grund wird es dafür geben, dass er mir so viel Zeit eingeräumt hat.

Ächzend schleppte er sich den steilen Berg zur Weltachs hinauf. Obwohl er völlig außer Atem war, als er an dem imposanten Naturdenkmal eintraf, begann er sofort mit der Suche nach einem ›Schatzkästlein‹, wie der Entführer das versteckte Objekt genannt hatte.

Zehn Minuten später wurde er circa drei Meter von dem Sandsteinmonument entfernt fündig: Unter einem Laubberg entdeckte er eine mit einem Plastikdeckel verschlossene Kaffeedose, deren Inhalt ihn zutiefst verwirrte: Sie enthielt eine silberne Bärenfigur, ein Feuerzeug, eine Ansichtskarte und ein Notizbüchlein, das mit dem Begriff ›Logbuch‹ beschriftet war.

Verdutzt schlug er es auf und stöberte darin herum. Auf jeder Seite sah er kryptisch anmutende Schriftzeichen und Zahlenreihen. Zunächst verstand er überhaupt nichts. Erst, nachdem er die verschiedenen Einträge durchgelesen hatte, ging ihm ein Licht auf: Er war aus purem Zufall auf ein sogenanntes ›Geocaching-Ziel‹ gestoßen, das Teil einer Art moderner Schatzsuche war, bei der offensichtlich das GPS-Navigationssystem eine zentrale Rolle spielte. Bei den nebulösen Daten handelte es sich anscheinend um Koordinaten, welche auf die jeweiligen Zielorte dieser Schnitzeljagd verwiesen.

Er legte die nach gemahlenem Kaffee duftenden Utensilien wieder zurück in die Dose, verschloss sie und versteckte sie am selben Ort, an dem er sie zuvor gefunden hatte. Dann begab er sich zu einer Holzbank, von der aus man einen spektakulären Fernblick auf die in einer Senke eingebettete Barbarossastadt werfen konnte.

Doch nach solchen Eindrücken stand Tannenberg gegenwärtig nicht der Sinn. Mit verkniffenem Gesicht grübelte er angestrengt darüber nach, an welchen Stellen er wohl noch nach dem Schatzkästchen suchen könnte. Er umkreiste die beiden aufeinandergestapelten dicken Felsplatten und kehrte kopfschüttelnd zu seinem Ausgangspunkt zurück.

Verzweifelt schaute er auf seine Armbanduhr. Der kleine Zeiger begann bereits, an der Fünf zu knabbern. Panik erfasste ihn. Sein hektischer Blick hüpfte unkontrolliert durch die Gegend. Plötzlich entdeckte er auf dem Stamm einer Eberesche eine frisch in die Rinde eingelassene Vertiefung. Sie stellte einen Pfeil dar, der direkt nach unten auf den mit unzähligen Steinen und Felsen gespickten Waldboden zeigte.

Tannenberg machte einen Satz hinüber zu dem weitverzweigten Wurzelwerk, das an dick aufgequollene Adern einer gut durchbluteten Männerhand erinnerte. Er trat mit dem Fuß an die Wurzeln und zerrte an ihnen. Die dritte Wurzel gab nach und offenbarte ihr Geheimnis: Unter der nur in die Erde hineingesteckten, morschen Wurzel lagerte eine Plastiktüte.

Tannenberg riss sie heraus und öffnete sie. Abermals enthielt sie eine Pappschachtel. Wie angekündigt, musste er sich diesmal lediglich mit einem einzigen Rätsel herumplagen. Es war erneut ein Kreuzworträtsel, diesmal aber eines, das es wirklich in sich hatte. Der Umfang betrug etwa das Zehnfache des letzten. Es handelte sich um ein ganzseitiges Buchstabenrätsel, wie es mehrmals im Jahr an Weihnachten, an Ostern und im Sommer in der *Pfälzischen Allgemeinen Zeitung* abgedruckt war.

Das eigentlich Fatale an dieser Knobelaufgabe war jedoch nicht deren beträchtlicher Umfang, sondern die Tatsache, dass auf der gesamten Seite nicht ein einziger Buchstabe rot umrahmt war. Somit war Tannenberg gezwungen, jedes einzelne Kästchen zu beschriften.

Er raufte sich die Haare, kniete vor der Bank nieder, legte die Zeitung auf die Sitzfläche, zückte einen Kugelschreiber und begann konzentriert mit dem Ausfüllen der leeren Quadrate. Als er etwa die Hälfte des Kreuzworträtsels gelöst hatte, versagte der Kugelschreiber seine Dienste. Wütend schleuderte er den Kuli in hohem Bogen den Hang hinunter.

Gott sei Dank hat mir Frau Krehbiel zwei Kulis mitgegeben, atmete er erleichtert auf, nachdem er die Funktionstüchtigkeit des anderen Schreibgeräts überprüft hatte.

Viertel vor sechs hatte er den Großteil der Kästchen mit Buchstaben beschriftet, doch an zwei Stellen hakte es gewaltig. Die gesuchten Begriffe bezogen sich auf außereuropäische Flüsse, antike Götter, Opern und chemische Elemente – allesamt nicht unbedingt ausgesprochene Spezialgebiete Tannenbergs.

Er grübelte und fluchte im Wechsel, doch es half nichts: Etwa 15–20 Kästchen blieben leer.

»Na, wie sieht's aus?«, meldete sich die Entführerstimme. »Dieses Sommerrätsel war ein ziemlich dicker Brocken, nicht wahr?«

»Das kann man wohl sagen.«

»Aber Sie konnten es lösen?«

»Ja.«

»Vollständig?«

»Ja«, flunkerte Tannenberg.

Er hatte sich zu dieser Notlüge deshalb entschlossen, weil er ansonsten befürchten musste, aufgrund der unbeschrifteten Buchstabenfelder möglicherweise eine Regelverletzung begangen zu haben. Und dieses Risiko wollte er nicht eingehen.

»Schön. Das werden wir am besten gleich mal überprüfen.«

Tannenberg fuhr der Schreck in alle Glieder. Einen Augenblick lang stockte ihm der Atem.

»Links unten in der Ecke befindet sich der Nullpunkt des Koordinatenkreuzes«, sagte der unbekannte Anrufer in das Schweigen hinein. »Sie wissen, was ich meine?«

»Ja.«

»Gut. Also, dann machen wir das jetzt einfach wie früher beim Schiffeversenken. Ich gebe die Koordinaten vor, und Sie umkreisen den betreffenden Buchstaben. Klar?«

»Klar«, antwortete Tannenberg. Sein Puls raste, und er spürte seinen Herzschlag im Halse pochen.

»Waagrecht acht, senkrecht vier. Dort befindet

sich der erste gesuchte Buchstabe. Bitte mit der Ziffer zehn beschriften«, sagte der Mann in einem unerwartet höflichen Ton.

Der Leiter des K 1 fuhr mit dem zitternden Zeigefinger die angegebenen Koordinaten nach, bis er den gesuchten Kreuzungspunkt gefunden hatte. »H«, sagte er.

»Richtig. Weiter: zweiundzwanzig waagrecht, achtzehn senkrecht.«

Nachdem alle vier Buchstaben umkreist und mit Ziffern versehen waren, fiel Tannenberg ein riesiger Stein vom Herzen. Die gesuchte Kombination lautete: HCAB. Zusammen mit den anderen Buchstaben ergab sich folgende Reihe:

ESSA RTSRE HCAB

Da Tannenberg sogleich diese kryptischen Lettern in Spiegelschrift umgewandelt hatte, standen unter seinem Kreuzworträtsel zusätzlich die Worte:

BACHER-STRASSE

Das bringt mir aber auch nicht viel: Otterbacher-, Fischbacher-, Siegelbacher-, Schwedelbacher-, Mehlbacher-Straße und noch tausend andere Straßennamen, stellte er enttäuscht fest.

»Ich hab noch einen kleinen Zusatz für Ihre Rechenaufgabe«, polterte Emmas Entführer in diesen Gedankengang hinein. »Sie erinnern sich garantiert noch an den Swimmingpool im Keller, nicht wahr?«

»Sicher«, kam es gepresst zurück.

»Kurz vor 15 Uhr wurde der Wasserhahn geöffnet. Der Schlauch weist einen Durchmesser von exakt drei Zentimetern auf. Um welche Uhrzeit wird der Kellerraum vollständig geflutet sein?«

Angesichts dieser perversen Aufgabe verstummte Tannenberg. Die Vorstellung, dass Emma in einen Gitterkäfig eingesperrt, hilflos den steigenden Wassermassen ausgesetzt war, brachte ihn an den Rand des psychischen Kollapses.

»Herr Hauptkommissar, Sie sollten unser Gespräch nicht vorsätzlich in die Länge ziehen und sich lieber am Riemen reißen. Sie gebärden sich ja wie ein Jammerlappen. Das ist richtiggehend peinlich«, suhlte sich der sadistische Entführer in Tannenbergs abgrundtiefer Verzweiflung. »Wissen Sie, der Akku Ihres Handys macht es bestimmt nicht mehr lange. Wir sollten deshalb schleunigst zurück zur Sache kommen. Na, was halten Sie von dieser Rechenaufgabe?«

»Das kann ich gar nicht berechnen. Mir fehlen entscheidende Angaben«, stöhnte der beurlaubte Leiter des K 1.

»Ach, das ist ja interessant. Ihr Gehirn scheint noch immer perfekt zu funktionieren. Sie haben recht: Ihnen fehlt ein zentrales Detail zur Lösung dieser interessanten Rechenaufgabe: nämlich die Durchflussgeschwindigkeit. Mit anderen Worten: Wie viel Liter Wasser laufen innerhalb einer Minute aus diesem Schlauch in den Keller hinein?«

»Und: Wie viel?«

»Da müssen Sie sich leider noch ein bisschen gedulden. Diese Frage werde ich Ihnen erst später beantworten. Das macht unser kleines Spielchen noch weitaus spannender, finden Sie nicht auch?«

Tannenberg konnte nicht antworten, seine Kehle war wie zugeschnürt.

»Zunächst müssen Sie sich wieder auf Wanderschaft begeben. Ich empfehle Ihnen dringend, dabei zu singen. Singen in Gottes freier Natur hebt die Stimmung und lässt auch die Schmerzen erträglicher werden. Was machen denn eigentlich Ihre Schmerzen?«

»Geht so.«

»Das Wandern ist des Bullen Lust, das Wandern ist des Bullen Lust, das Wa-an-dern«, tönte es verzerrt aus dem Handymikrofon. »Ach, wie herrlich: Singen befreit Körper und Geist von allen Alltagssorgen. Wie heißt es doch so schön im Volksmund: Wo man singt, da lass dich ruhig nieder, böse Menschen haben keine Lieder.«

Elender Dummschwätzer!, grollte es in Tannenberg. Während der Erpresser munter weiter drauflosfabulierte, nahm er in Anbetracht der zu erwartenden körperlichen Strapazen zwei weitere Voltaren ein und spülte sie mit dem Rest seines Trinkwasservorrates hinunter. Das Handy weiterhin ans Ohr gepresst, pfefferte er die leere Plastikflasche dem Kugelschreiber hinterher. Im Hintergrund vernahm er plötzlich ein anschwellendes Piepsgeräusch und kurz darauf die undeutliche Stimme des Entführers, der mit jemandem zu sprechen schien.

»Aber, aber, Herr Hauptkommissar, wie ich gerade gehört habe, werfen Sie nun schon zum zweiten Mal innerhalb kürzester Zeit Müll in den Wald. Das geht so nicht. Ich kann diese Umweltverschmutzung nicht tolerieren. Soll ich Sie bei der Polizei anzeigen?«

Ein albernes Kichern erklang, das jedoch schnell wieder abebbte. Der Entführer holte hörbar Luft und verkündete in seinen ausströmenden, zischenden Atem hinein:

»Simon says: Sammle auf der Stelle die Plastikflasche und den Kugelschreiber ein. Begebe dich anschließend auf direktem Wege ins Finsterbrunnertal. Du darfst dort aber erst um Punkt 23 Uhr eintreffen. Keine Minute früher, keine Minute später. Deshalb bleibst du bis 22 Uhr 50 auf dem Parkplatz an der alten Eisenschmelze. Er befindet sich etwa 500 Meter östlich des Naturfreundehauses. Warte dort auf weitere Instruktionen!«

18 Uhr 15

Er saß in seinem Arbeitszimmer am Schreibtisch und rieb sich vor Freude die Hände.

»Nur noch viereinhalb Stunden, dann bin ich endlich am Ziel meiner Träume angelangt«, murmelte er.

Sein Blick klebte auf dem flimmernden Monitorbild: Es zeigte ein kleines Mädchen, das in seinem Gitterbettchen stand und hinunter zu dem ansteigenden Wasserpegel blickte.

Jammerschade, dass ich nachher nicht dabei sein kann, wenn das Wasser die Matratze erreicht und höher und höher steigt. Was Emma wohl gerade denken mag? Versteht sie überhaupt, was da mit ihr passiert, oder freut sie sich vielleicht sogar auf das Wasser? Hat sie Angst? Kann ein Kleinkind Todesangst empfinden?

Er seufzte tief.

Ich würde wirklich liebend gerne wissen, was in diesem kleinen Köpfchen vorgeht. Vor allem später, wenn das Wasser immer weiter steigt. Eigentlich schade, dass es nachher einen Kurzschluss geben wird, wenn das Wasser die Deckenlampe erreicht. Ob die süße Kleine durch einen Stromschlag sterben wird? Er brummte nachdenklich. Na ja, ihr Patenonkel ist ja Gerichtsmediziner. Der kann die Todesursache sicherlich zweifelsfrei klären.

Sein schallendes Lachen brachte die Luft zum Erzittern.

Wirklich schade um sie. Eigentlich mag ich ja Kinder. Aber Emma ist eben nun mal das entscheidende Mittel zum Zweck, quasi das notwendige Damenopfer, um den König schachmatt setzen zu können.

Obwohl: Tannenberg als König zu bezeichnen – das wäre wohl ein wenig zu viel der Ehre. Sollte ich nicht einen Fernsehsender über das Finale Grande informieren? Die würden diesen Showdown vielleicht sogar live übertragen, die privaten Sender bestimmt. Was die wohl für solch einen spektakulären Event zu zahlen bereit wären?

Er lehnte sich in seinem Schreibtischstuhl zurück, faltete die Hände hinter dem Kopf und dehnte den Oberkörper. Als sein Blick zum Monitor zurückkehrte, sah er, wie Emma an den Gitterstäben zu rütteln begann. Dazu schrie sie laut. Er drehte den Lautstärkeregler des Babyfons herunter und schmunzelte versonnen.

»Ja, ja, mein süßes Schätzchen, schrei du nur,

so viel du willst. Dich wird niemand hören. Tobe dich noch einmal richtig aus und genieße die verbleibende Zeit. Es sind die letzten Stunden deines Lebens.«

18 Uhr 35

Wolfram Tannenberg suchte nun schon seit über einer Viertelstunde den Hang ab. Die Plastikflasche hatte er ziemlich schnell gefunden, aber der weggeworfene Kugelschreiber stellte ihn vor enorme Probleme. Es dauerte weitere zehn Minuten, bis er ihn endlich entdeckte: Er war unter einen dicken kahlen Ast gerutscht und hatte nur mit der Spitze darunter hervorgelugt.

Dieser Mistkerl beobachtet mich die ganze Zeit über, dachte er und spähte vorsichtig nach allen Seiten. Aber wenn er mich verfolgt, müsste er mir doch inzwischen aufgefallen sein. Obwohl, sein Zwillingsbruder hat mich damals ja auch auf Schritt und Tritt beobachtet, und ich hab's nicht gemerkt.

Der hatte mich sogar hier irgendwo im Wald mit seinem Mountainbike fast über den Haufen gefahren. Das war eines seiner fiesen Spielchen, mit denen er mir seine Überlegenheit demonstrieren wollte. Zum damaligen Zeitpunkt hab ich ja noch nicht einmal geahnt, dass er der Frauenmörder sein könnte. Deshalb hab ich ihn sicherlich auch nicht erkannt.

Aber jetzt weiß ich, wie der Täter aussieht, nämlich genau wie Lars Mattissen, sein eineiiger

Zwilling. Verstohlen blickte er sich abermals um, konnte jedoch niemanden ausmachen. Dieser Knut hält sich garantiert in sicherer Entfernung versteckt und beobachtet mich mit einem Fernglas. Der weiß ja auch immer, wo ich wann auftauchen werde, schließlich werde ich von ihm quasi ferngesteuert.

Was ist das nur für ein Mensch, dieser Knut Wischnewski? Kann man solch ein perverses Dreckschwein wie ihn überhaupt noch als Menschen bezeichnen? Einen, der ein kleines unschuldiges Kind in einen Käfig sperrt und den Raum, in dem es sich befindet, mit einem Wasserschlauch flutet. Damit es irgendwann jämmerlich ertrinken wird.

In Tannenberg schäumten mächtige Wogen der Wut auf. »Du bist nicht mal ein wildes Tier!«, fauchte er. »Denn welches Tier würde so etwas tun? Du bist eine Bestie, vor der man die Menschheit beschützen muss! Am besten dadurch, dass man dich tötet!«

Er erinnerte sich an die mysteriöse Rechenaufgabe. So ein Scheiß! Was soll ich denn mit diesen unvollständigen Informationen anfangen? Das sind doch alles nur Bruchstücke. Ohne Angaben zur Fließgeschwindigkeit kann ich niemals den Zeitpunkt ausrechnen, an dem … Er verscheuchte diesen furchterregenden Gedanken, indem er trotzig zu rechnen anfing: Wie lange dauert es wohl, bis man einen 10-Liter-Eimer mit Leitungswasser gefüllt hat? Eine Minute, zwei Minuten – oder länger? Mist, wenn ich zu Hause wäre, könnte ich das jetzt einfach ausprobieren. Egal. Nehmen wir mal an, es dauert zwei Minuten.

Während des Anstiegs zum Großen Rossrück blieb er stehen und verfolgte eine Runde lang den Sekundenzeiger seiner Armbanduhr. Vor seinem geistigen Auge stellte er sich dazu einen Wasserschlauch vor, der in einem Zehn-Liter-Eimer hing.

Quatsch, das dauert höchstens eine Minute, wenn nicht sogar weniger, dachte er und setzte sich wieder in Bewegung. Also: Dann laufen in sechzig Minuten sechshundert Liter aus dem Schlauch. Nein, wir gehen sicherheitshalber lieber davon aus, dass in einer Stunde tausend Liter in den Raum laufen. Tausend Liter sind ein Kubikmeter. Der Raum hat ein Volumen von 15,75 Kubikmetern. Dann würde es logischerweise über fünfzehn Stunden dauern, bis der Raum bis zur Decke vollgelaufen wäre. Wann hat er gesagt, hat er den Schlauch aufgedreht? Er blieb abermals stehen und grübelte eine Weile. Es war um fünfzehn Uhr, wenn ich mich richtig erinnere. Woraus wiederum folgt, dass der Raum erst morgen früh um sechs Uhr vollständig geflutet wäre.

Da ist doch irgendwas faul. Entweder habe ich völlig falsch gerechnet – vielleicht ergeben schon hundert Liter einen Kubikmeter. Verflucht.

Blödsinn, ein Kubikmeter hat tausend Liter – basta!

Will der mir wirklich so viel Zeit geben, um Emmas Versteck ausfindig zu machen? Was hat der bis dahin noch mit mir vor?

Wieso diese Information mit den drei Zentimetern Schlauchdurchmesser?

Wolfram Tannenberg versuchte, Zeigefinger und Daumen in exakt diesem Abstand einzujustieren.

Verdammt, ganz schön dick dieser Schlauch. Da läuft bestimmt mehr Wasser hindurch als durch einen normalen Wasserhahn. Quatsch, der Wasserhahn bleibt ja derselbe, egal wie dick der Schlauch ist, den man daran befestigt.

Er warf abermals einen Blick auf seine Armbanduhr. Sie zeigte 19 Uhr 15. Er war inzwischen auf dem Stüterberg angekommen, einem östlich der Gemeinde Mölschbach gelegenen Bergrücken. Er hatte zwar keinen Kompass dabei, fand sich aber trotzdem sehr gut zurecht. Erstens verfügte er hier in dieser Region über eine ausgesprochen gute Ortskenntnis, und zweitens besaß er ein bemerkenswertes Orientierungsvermögen.

Hinter dem Stüterhof traf er auf die gelb-blaue Wandermarkierung, die ihn zum Forsthaus Antonihof leiten würde. Und von dort aus musste er lediglich der untergehenden Sonne folgen, die ihn in südwestlicher Richtung ins Neuhöfertal und von dort aus durchs Moosalbtal bis zum Naturfreundehaus Finsterbrunnertal führen würde.

19 Uhr 55

Allmählich erreichten die Temperaturen im Wald ein erträglicheres Niveau. Doch daran konnte sich Tannenberg kaum erfreuen, denn der Durst quälte ihn weitaus mehr als die hochsommerliche Hitze. Mit der hatte er sich arrangiert, zumal er nichts dagegen tun konnte. Der enorme Flüssigkeitsverlust hingegen stellte ihn zusehends vor Probleme. Seine Lippen fühlten sich an wie Transparentpapier.

Die Zungenspitze haftete am Gaumen, und in seinen Mundwinkeln hatten sich schmerzende Risse gebildet. Seine Haut war nicht mehr schweißnass, sondern heiß und trocken, und vor seinen Augen flimmerte es ab und zu – erste Anzeichen eines Hitzschlages.

Angestrengt dachte er darüber nach, wo er sich etwas zu trinken besorgen könnte. Da er offenbar unter permanenter Beobachtung stand, konnte er nicht einfach in irgendein Haus gehen und um Wasser bitten. Solch eine Eskapade würde eine gravierende Regelverletzung darstellen. Also, was tun?

Zusätzlich plagten ihn starke Magenschmerzen, die er auf die beträchtliche Diclofenacdosis zurückführte, mit der er sich inzwischen mehrfach selbst medikamentiert hatte. Die Schmerzmittel wirkten zwar gut, sodass er trotz der außergewöhnlichen körperlichen Belastungen kaum Schmerzen verspürte, aber dafür rebellierte seine Magenschleimhaut umso heftiger.

Das Handy läutete.

»Hallo, mein lieber Herr Hauptkommissar, Sie kommen hoffentlich nicht gerade auf die Idee, sich nachher in den Sägemühler Weiher zu stürzen oder sich in der Moosalb zu erfrischen. Sie wissen, dieses inakzeptable Verhalten hätte einen sofortigen Spielabbruch zur Folge. Leuchtet Ihnen das ein?«, tönte eine blecherne Männerstimme.

»Ja.«

»Fein. Na, konnten Sie inzwischen etwas mit der weiteren Information bezüglich der Swimmingpool-Befüllung anfangen?«

»Nein, dazu muss ich die Durchflussmenge pro

Minute oder Stunde wissen. Sie haben mir doch versprochen, es mir …«

»Versprochen habe ich Ihnen gar nichts«, würgte ihn die Erpresserstimme ab. »Höchstens angekündigt. Aber nicht schon zum jetzigen Zeitpunkt. Ich habe von ›später‹ gesprochen. Und das ist ein überaus dehnbarer Begriff. Sie müssen besser zuhören. Sagen Sie mal, haben Sie eigentlich keine Blasen an den Füßen? Bei den komischen Schuhen, die Sie zum Joggen tragen.«

Wieder ein albernes Kichern.

»Doch, die hab ich«, räumte Tannenberg ein.

Ein genüssliches Brummen wie bei der Verköstigung einer Delikatesse ertönte. »So richtig schöne, dicke Blutblasen, Hautfetzen und rohes Fleisch?« Der Anrufer wartete wohl eine Reaktion seines Gesprächspartners ab, doch als diese sich nicht umgehend einstellte, schob er nach: »Das müssen doch höllische Schmerzen sein, oder?«

»Sind es auch«, log der Kriminalbeamte, denn aufgrund der hohen Voltarengaben spürte er lediglich ein leichtes Ziehen an den Fersen. »Aber warum quälen Sie mich eigentlich so?«

»Weil es mir großen Spaß macht«, antwortete der Entführer, wobei er jedes Wort voller Genugtuung in die Länge zog. »Vor allem dieses andauernde Wechselspiel zwischen Hoffnung und Verzweiflung empfinde ich als psychologisch höchst interessant. Sie müssen wissen, mich faszinieren menschliche Grenzerfahrungen. So wie diejenige, die Emma gerade durchleiden muss. Was fühlt sie wohl, wenn sie sieht, wie die Wassermassen unaufhörlich steigen, immer existenzbedrohlicher für sie werden?«

»Du bist so eine perverse Drecksau!«, stieß Tannenberg so abrupt und kraftvoll aus, dass weiße Speichelfäden das Handy benetzten.

Am anderen Ende war es plötzlich still, totenstill.

»Hallo, hallo, sind Sie noch da?«, rief Tannenberg, von panischen Angstwellen überflutet.

Weg, der ist weg. Ich Vollidiot! Warum bin ich nur so ausgeflippt? Der hat den Kontakt abgebrochen. Oh Gott, was passiert jetzt mit Emma?

Erneut klingelte das Handy.

»Haben Sie sich wieder beruhigt?«

»Ja, sicher, tut mir leid«, flötete der Kriminalbeamte erleichtert.

»Schon gut. Ich kann Sie ja verstehen, aber Sie müssen auch mich verstehen: Ich will mit Ihnen spielen, wie eine Katze mit einer gefangenen Maus. Als kleines Entgegenkommen meinerseits erhalten Sie nun die von Ihnen gewünschte Zusatzinformation: Um Ihnen die Rechnerei zu erleichtern, habe ich den Wasserhahn so eingestellt, dass pro Stunde exakt eintausend Liter in Emmas wasserdicht verschlossene Gefängniszelle sprudeln. Wie aus einer Bergquelle.«

Da hab ich doch zufällig genau richtig gelegen, freute sich Tannenberg im Stillen. Also Zeit bis morgen früh um 6 Uhr.

»Simon says: Berechne die Uhrzeit …«

»Hab ich schon: morgen, 9. August«, sprudelte es unkontrolliert aus Tannenbergs Mund heraus. Entsetzt brach er ab. Ach du Scheiße, 6 Uhr stimmt ja gar nicht!, zischte ein greller Erkenntnisblitz durch sein Gehirn. Das Volumen beträgt nicht 15, sondern 15,75 Kubikmeter.

»Was ist denn los mit Ihnen?«

»Entschuldigung, ich muss noch mal kurz über die richtige Antwort nachdenken.« Er rechnete im Kopf den Faktor 0,75 Stunden in Minuten um. »Morgen früh um 6 Uhr 45 wäre der Raum vollständig gefüllt.«

»Schlaues Kerlchen – dann bis später!«

Gleich darauf wurde die Verbindung unterbrochen.

»Mann, oh Mann, war das knapp«, stöhnte der Kriminalbeamte. »Das war Rettung quasi in letzter Sekunde.«

20 Uhr 30

Dich schickt der Himmel, jubilierte Tannenberg in Gedanken, als er eingangs des Neuhöfertals in einem dichten Fichtenwäldchen unverhofft auf einen Wanderer traf. Der circa sechzigjährige Mann lief ihm in einer engen Wegkehre direkt in die Arme und reagierte so, als begegnete ihm gerade der leibhaftige Teufel, beziehungsweise ein aus einer psychiatrischen Anstalt entlaufener Geisteskranker.

Mit entgeisterter Miene starrte er seinem Gegenüber erst in das dreckverkrustete, ausgemergelte Gesicht, dann auf dessen verstaubtes Sakko. Doch vollends verblüfft war er, als ausgerechnet dieser verwahrloste Vagabund sich per Dienstausweis als leitender Kriminalbeamter vorstellte und ihn um etwas zu trinken, zu essen und um ein Handy bat.

Kopfschüttelnd öffnete er seinen Rucksack und reichte ihm eins nach dem anderen. Danach befolgte er brav die ihm erteilte Instruktion, nach der er sich zum Ende des kleinen Zauberwaldes begeben und nach einem potenziellen Verfolger Ausschau halten sollte.

Zuerst trank Tannenberg hastig ein paar Schlucke Mineralwasser, dann schlug er gierig seine Zähne in ein Hausmacherbrot. Während er ausgiebig rülpste, tippte er Dr. Schönthalers Nummer ein.

»Mensch, Wolf, wo steckst du denn, warum meldest du dich nicht bei uns?«, erklang die besorgte Stimme des Freundes.

Mit knappen Sätzen schilderte Wolfram Tannenberg die wichtigsten Ereignisse der vergangenen Stunden. Sein Blick blieb dabei starr auf den Wanderer gerichtet, der jedes Mal, wenn er sich kurz zu ihm umdrehte, den Kopf schüttelte.

Ich kann hier nicht bleiben. Das ist auf Dauer zu gefährlich für mich, dachte er und winkte den Mann zu sich. Im Befehlston eröffnete er ihm, dass sein Handy hiermit beschlagnahmt sei, und bat ihn eindringlich, seinen Verfolger, falls dieser hier einträfe, mit irgendeinem Trick eine Weile aufzuhalten.

Zum Glück führte der schmale Wanderpfad noch etwa einen Kilometer lang durch das schwer einsehbare Nadelwäldchen. Genügend Zeit für ein ausführliches Telefonat:

»Ich soll exakt um 23 Uhr im Finsterbrunnertal eintreffen«, setzte Tannenberg das Gespräch fort.

»Wir haben uns schon gedacht, dass er dich dorthin lotsen will. Pfaffenbrunnen – Wolfskaut – Weltachs. Da ist dieser Zielort nur logisch.«

»Woher wisst ihr denn …«

»Da staunst du, was?«

»Also, woher?«

»Du erinnerst dich sicherlich an den Abschiedsschmerz, den ich dir heute Morgen in der Pathologie vorgespielt habe. Dabei liegt mir ja gar nichts an dir.«

Tannenberg seufzte, verdrehte dabei die Augen. »Komm zur Sache«, mahnte er.

»Während dieser innigen Umarmung habe ich dir einen Peilsender angesteckt. Das war Mertels Idee. Und ich hab sie dann ausgeführt. Dem Signal nach befindest du dich gerade circa eineinhalb Kilometer östlich des Neuhofs.«

»Kann hinkommen.«

»Also funktioniert das kleine Ding unter deinem Jackenkragen noch.«

»Wo?«

»Hinten in der Mitte.«

Vorsichtig griff sich Tannenberg ins Genick und ertastete den kleinen Knopf.

»Wolf, wie es ausschaut, läuft wohl alles auf einen Showdown vor dem großen Felsen im Finsterbrunnertal hinaus. Wie damals bei Lars Mattissen.«

»Ja, sieht ganz danach aus.«

»Wir befinden uns bereits im Naturfreundehaus und liegen dort auf der Lauer.«

Wolfram Tannenberg traute seinen Ohren nicht. »Was? Um Himmels willen, verschwindet sofort. Das ist Emmas Todesurteil.«

»Nein, das geht leider nicht, denn Eberle und

Hollerbach haben davon Wind bekommen und die Sache an sich gerissen. Aber du brauchst dir überhaupt keine Sorgen zu machen, wir haben hier alles unter Kontrolle. Einige Scharfschützen haben sich in den Steilhängen eingebuddelt. Die werden dich dort nachher raushauen.«

»Rainer, das ist viel zu gefährlich. Wenn dieser Irre davon Wind bekommt, ist das Spiel aus, und Emma …«

»Mach dir keine Gedanken. Es gibt da nämlich eine Neuigkeit, die du unbedingt wissen musst: Vor einer halben Stunde hat mein Kollege Gustl vom Meck-Pomm-LKA angerufen. Wir haben die DNA von Lars und dem Toten in Knut Wischnewskis Grab via Internet-Datenaustausch abgeglichen.«

»Und?«

»Bei dem untersuchten Leichnam handelt es sich definitiv um den von Knut Wischnewski, dem eineiigen Zwillingsbruder von Lars Mattissen.«

»Zweifel ausgeschlossen?«, hauchte Tannenberg, in dessen Kopf sich gerade ein Karussell drehte. Taumelnd ließ er sich auf den Nadelteppich niedersinken.

»Ja, Wolf, diesbezüglich ist jeglicher Zweifel ausgeschlossen.«

»Also, ich kapier jetzt allmählich überhaupt nichts mehr.« Der vom Dienst beurlaubte Kriminalbeamte benötigte einige Sekunden, bis er wieder einen einigermaßen klaren Gedanken fassen konnte. »Und was bedeutet das? Ist das etwa alles nur eine gigantische Finte, die Inszenierung eines Wahnsinnigen?«

»Tja, wenn wir das nur wüssten. Was wir inzwischen allerdings hundertprozentig wissen, ist die Tatsache, dass Knut Wischnewski als Tatverdächtiger ausscheidet.«

»Somit sind die anderen Mistkerle, die es auf mich abgesehen haben könnten, wieder im Spiel.«

»Durchaus.«

»Gibt's dahingehend etwas Neues?«

»Nee, von diesem Dr. Croissant existiert auch weiterhin nicht die geringste Spur. Was weiß ich, wer sonst noch für diese Wahnsinnstat infrage kommen könnte.«

»Es muss auf alle Fälle jemand sein, der mindestens einen Komplizen hat. Ein Einzeltäter scheidet definitiv aus.«

»Wieso?«

»Weil diese Person über magische Fähigkeiten verfügen müsste. Denn sie hat etwas geradezu Unmögliches getan, nämlich Emma und mich gleichzeitig beobachtet. Und das kann einer allein nicht hinkriegen.«

Dr. Schönthaler brummte nachdenklich. »Es sei denn, er hätte Emma zu dem Zeitpunkt dabeigehabt, als er dich beobachtet hat.«

»Quatsch, Emma ist doch irgendwo in diesem verfluchten Keller eingesperrt, der gerade geflutet wird.« Auf die Nachfrage seines Freundes hin informierte er ihn über die Fotos, die ihm Emmas Entführer zugesandt hatte.

»Und wenn diese Fotos überhaupt nichts mit Emmas Versteck zu tun haben und alles nur eine Illusions- und Zaubershow ist, ein magisches Theater, das dich und uns verwirren soll?«

Tannenbergs Gehirn war wie gelähmt. Sein Mund schnappte ein paarmal auf und zu, doch er konnte nicht sprechen.

»Was ist mit dir? Bist du noch da?«

»Ja«, hauchte er. Dann peitschte ein gewaltiger Energieschub durch seinen Körper. »Egal, Rainer, was und wer dahintersteckt. Wir müssen jetzt da durch. Deshalb musst du auch unbedingt Eberle und Hollerbach klarmachen, dass, egal, was auch passieren mag, kein vorzeitiger Zugriff erfolgen und auch kein einziger Schuss abgegeben werden darf. Ich muss zuerst Emmas Versteck herausfinden. Und dazu brauche ich Zeit, um auch noch das letzte Rätsel zu lösen. Außerdem will ich mit ihm reden. Wenn er tot ist, kann er uns das Versteck nicht mehr verraten.«

»Du hast recht, Wolf, diese Chance dürfen wir uns auf keinen Fall entgehen lassen.«

22 Uhr 30

Als Wolfram Tannenberg auf dem Parkplatz an der alten Eisenschmelze eintraf, war er derart müde und erschöpft, dass er sich am liebsten gleich ins Laub gelegt und geschlafen hätte. Aber er durfte diesem ausgeprägten Schlafbedürfnis nicht nachgeben, er musste unter allen Umständen wach bleiben.

Die letzten eineinhalb Stunden seines unfreiwilligen Gewaltmarsches hatten sich regelrecht zur Tortur entwickelt. Um 21 Uhr war es dunkel geworden. Obwohl ein riesengroßer Vollmond das enge Tal beschien, hatte er sich nicht getraut, Waldwege zu benutzen, und hatte sich die restliche Wegstrecke die Straße entlanggeschleppt. Er konnte es sich einfach nicht leisten, ein weiteres Mal umzuknicken.

Der bereits lädierte Fußknöchel war inzwischen so stark angeschwollen, dass er kaum mehr in den Schuh hineinpasste. Die ehemals weißen Socken waren blutgetränkt und scheuerten wie Schmiergelpapier über seine geschundenen Fersen hinweg.

Wie von Simon gefordert, erwartete Tannenberg auf dem Waldparkplatz den nächsten Anruf. Um nicht einzuschlafen, wanderte er ziellos umher, alle paar Sekunden den Blick auf seine Armbanduhr gerichtet. Er setzte sich auf einen bemoosten Felsen und zog Schuhe und Socken aus. Seufzend betrachtete er die offenen Wunden an seinen Fersen.

Ob meine Verletzungen wohl auch Teil seines perversen Plans sind? Lars hatte die ermordeten Frauen so lange über den steinigen Waldboden geschleift, bis die Achillessehnen in Fetzen herunterhingen. Ob dieser Hundsfott auch das in sein makaberes Spiel eingeplant hat? Vielleicht als Teil meiner Bestrafungsaktion? So eine abartige Sau!

Das ist ja schon wieder so eine bescheuerte Duplizität der Ereignisse. Oder bilde ich mir diese Parallele nur ein? Wer weiß. Jedenfalls ist es schon mehr als merkwürdig, dass wir außerdem genau wie vor sechs Jahren Vollmond haben. Wie aus dem Nichts schoben sich die beiden Schlussstrophen des letzten Gedichts, das Lars Mattissen damals an die Mordkommission geschickt hatte, in sein Bewusstsein:

Oh Tannenberg, du armer Wicht,
Siehst nicht die Fäden hinterm Licht.
Oh Tannenberg, du armer Tropf,
Es lacht dich aus der Schweinekopf!

Bevor der Mond ist kugelgleich,
Entdeckst du schon die nächste Leich!
Der Frauen Tod ist Liebesfron –
Neigt sich zu End die Pilzsaison?

Wahnsinn, dachte er gerade, als das Handy des Entführers läutete.

»Na, wie sieht's aus? Alle Befehle Simons brav befolgt?«

»Ja, sicher.«

»Das heißt, Sie befinden sich bereits hier ganz in der Nähe?«

»Ja, ich bin auf diesem Waldparkplatz.«

»Sehr schön. Dann bis gleich. Sie können übrigens schon loslaufen.«

»Was? Aber es ist doch noch gar nicht so weit. Wenn ich jetzt losmarschiere, bin ich doch vor elf Uhr im Finsterbrunnertal. Und Simon hat …«

»Simon, Simon. Was interessiert uns Simon. Der ist ab jetzt aus dem Spiel, den brauchen wir nicht mehr. Kommen Sie zu uns. Wir können es nämlich kaum mehr erwarten, Sie endlich zu treffen. Umso eher, desto besser – auch für Emma.«

»Okay, ich komme sofort«, versetzte Tannenberg und wollte gerade barfuß losjoggen.

»Stopp, stopp! Fast hätte ich etwas Wichtiges vergessen«, quäkte die Stimme aus dem Handy: »Am selben Felsen, an dem damals die Frau hing, haben wir den letzten Teil des Kreuzworträtsels angebracht. Sie müssen es lösen und erfahren auf diese Weise Emmas Aufenthaltsort. Kapiert?«

»Ja.«

»Noch etwas: Wir haben ein kleines Handicap für Sie eingebaut.« Ein sadistisches Lachen ertönte. »Es ist wirklich ein Handi-Cap. Wie damals sind an besagtem Felsen zwei Gurte angebracht. An deren Enden befindet sich jeweils eine Handfessel. Sie legen sie beide um Ihre Handgelenke und lassen sie einrasten. Verstanden?«

»Ja. Aber wie soll ich das Kreuzworträtsel ausfüllen, wenn ich gefesselt bin?«

»Das werden Sie dann schon sehen. Lassen Sie sich einfach überraschen. Sie dürfen sich dabei aber nicht umdrehen – erst, wenn wir es Ihnen sagen. Ende der Durchsage.«

Wer ist *wir*, verdammt noch mal?, pochte es unter Tannenbergs Schädeldecke, während er barfuß loslief.

Nach knapp fünf Minuten traf er an dem großen Hinweisschild zum Naturfreundehaus im Finsterbrunnertal ein. ›Donnerstag Ruhetag‹ stand darauf geschrieben.

Damals war auch Ruhetag, schoss es durch seinen Kopf. Alles genau so wie vor sechs Jahren.

Nachdem er auf den ersten Schotterstein getreten war, bewegte er sich nur noch auf den Fußballen weiter. Auch die Brücke über die Moosalb überquerte er in Storchenmanier.

Bin mal gespannt, ob die auch diesmal wieder so eine blöde Lichtschranke installiert haben, dachte er, als er den Waldparkplatz erreichte.

Vorsichtig schaute er sich um, konnte im fahlen Mondschein jedoch kein einziges Auto erspähen. Auch war von den SEK-Beamten niemand zu sehen oder zu hören. Der große, mondbeschienene Felsen, der wie ein überdimensionierter Grabstein in seinem Blickfeld auftauchte, löste ein gespenstisches Déjà-vu-Erlebnis aus, das ihm eiskalte Schauer den Rücken hinunterjagte. Für einen Moment sah er tatsächlich eine junge Frau an dem Felsen hängen. Er schüttelte den Kopf und klatschte sich auf die Wangen.

Ich darf mich nicht ablenken lassen, ich muss mich voll konzentrieren, rief er sich selbst zur Räson.

Obwohl er inzwischen nur noch wenige Schritte von dem imposanten, nahezu senkrechten Sandsteinfelsen entfernt war, blieb es um ihn herum weiterhin dunkel und still, kein gleißendes Halogenlicht, kein brummender Generator.

An den blauen Spanngurten, die im Abstand von etwa einem Meter wie Hosenträger an der Felswand herunterhingen, waren wie angekündigt zwei silberne Handschellen angebracht. Tannenberg trat direkt an den Felsen heran. Die offenen Rundbügel baumelten nun neben seinem Kopf. Er legte sie um beide Handgelenke und ließ sie mit einem metallischen Klicken einrasten. Er lehnte die Stirn an den kühlen Felsen, der auf dieser Nordseite reichlich mit Moos und Flechten überwuchert war. Seine Nasenspitze berührte das fädrige Moos, das würzig nach Walderde duftete.

Plötzlich vernahm er in seinem Rücken das Geräusch eines fahrenden Autos, das sich von der Straße her zügig dem Parkplatz näherte. Bereits Sekunden später wurde der Felsen in gleißendes Halogenlicht getaucht. Während er das Zuschlagen einer Autotür hörte, lief der Motor des Pkws weiter.

»Wie ich sehe, haben Sie meine Anordnungen befolgt«, sagte die Erpresserstimme. »Sie dürfen sich nun umdrehen.«

Tannenberg tat wie ihm geheißen. Die grellen Fernscheinwerfer blendeten ihn so stark, dass er reflexartig den Blick zu Boden senkte. Er hörte ein schleifendes, leicht knirschendes Geräusch, das von einer Stelle schräg hinter dem Felsen herkommen musste.

Oh Gott, hoffentlich sind das nicht die Kollegen, dachte er und spürte, wie ihm die kalte Hand der Angst ins Genick griff.

»Und wieder zum Felsen hin umdrehen«, befahl der Mann, dessen Umrisse neben dem linken Autoscheinwerfer nur schemenhaft zu erkennen waren.

Da seine Arme vor dem Kopf gekreuzt waren, achtete Tannenberg bei seiner erneuten Kehrtwende darauf, dass er sich nicht in die falsche Richtung zurückdrehte. Vor ihm in Augenhöhe befand sich nun eine quadratische Holztafel, die vom Felsenkopf heruntergelassen worden war. Ein stark vergrößertes Kreuzworträtsel war mittig darauf platziert worden. Auf Höhe seiner Handfesseln pendelte ein an einer Schnur befestigter roter Filzschreiber.

Das war also dieses komische Geräusch, stellte er im Stillen erleichtert fest.

»So, mein lieber Herr Hauptkommissar, vor Ihnen befindet sich der letzte Teil unseres kleinen Wortpuzzles. Wenn Sie dieses Rätsel gelöst haben, erfahren Sie den Ort, an dem Emma schon bald ein kleines Vollbad nehmen wird. Wenn Sie im vorgegebenen Zeitrahmen damit fertig werden, haben Sie jedoch gute Chancen, die Kleine gerade noch rechtzeitig vor dem Ertrinken zu retten.«

»Aber da sind ja überhaupt keine Buchstaben umrandet«, stieß der Kriminalbeamte mit panischer Stimme hervor. »Wie soll ich denn so das Lösungswort rauskriegen?«

»Tja, ganz so einfach wird es natürlich nicht werden, schließlich wollen wir beide ja noch ein bisschen Spaß miteinander haben.«

»Wie viel Zeit hab ich dafür?«

»Genügend. Wir beide haben ausreichend Zeit heute Nacht. Auch für die Beantwortung der vielen Fragen, die Ihnen seit Tagen keine Ruhe mehr lassen. Erst um 24 Uhr steht die Lösung der nächsten Aufgabe für Sie an.«

»Können wir nicht vorher Emma …«

»Nein, nein, nein, alles zu seiner Zeit. Sie sollten nicht außer Acht lassen, dass sich an den Spielregeln nichts geändert hat: *Ich* gebe die Regeln vor und *Sie* haben sie zu befolgen. Verstehen wir uns?«

»Ja.«

»Gut. Und wenn wir mit allem fertig sind, nenne ich Ihnen die Koordinaten für die letzten Lösungsbuchstaben. Gemeinsam mit den anderen ergeben sie den Namen des Ortes, an dem sich Emmas Swimmingpool befindet. Aber wie gesagt: erst die Arbeit, dann das Vergnügen. Wie Sie Ihre nächste Aufgabe bewältigen können, muss ich Ihnen hoffentlich nicht näher erläutern, oder?«

Nein, das musst du elender Drecksack wirklich nicht, dachte Tannenberg und zog den dicken Filzstift aus der Kappe.

23 Uhr 20

Das Kreuzworträtsel gehörte zur einfacheren Kategorie. Zwar war es etwa doppelt so umfangreich wie das täglich in der *Pfälzischen Allgemeinen Zeitung* abgedruckte, dafür aber fragte es im Wesentlichen nur leicht zu erratende Begriffe ab.

»Ich bin fertig, kann ich mich wieder umdrehen?«

»Ja, selbstverständlich, wir sind schließlich keine Unmenschen«, antwortete Emmas Entführer. Er öffnete die Wagentür und schaltete auf Fahrlicht um.

Nun konnte Tannenberg endlich besser sehen. Die Gestalt, die da im abgeblendeten Scheinwerferlicht auf ihn zukam, deren Gesicht er aber noch immer nicht deutlich erkennen konnte, wies eine frappierende Ähnlichkeit mit Lars Mattissen auf. Und je weiter sich der Mann auf ihn zubewegte, umso stärker festigte sich die Gewissheit, dass es wirklich der mehrfache Frauenmörder war – oder sein Zwillingsbruder Knut.

Aber das kann doch einfach nicht sein! Die sind doch beide definitiv tot, wirbelte es durch Tannenbergs Kopf.

»Verflucht, wer bist du?«, rief er dem circa 55-jährigen Mann entgegen, der ein kurzärmeliges hellblaues Hemd, Jeans und Sandalen trug.

»Gestatten« sagte Emmas Entführer und verneigte sich theatralisch vor ihm: »Jens Rombach, der letzte lebende Reinke-Drilling. Da staunen Sie, was?« Als der schockgefrostete Kriminalbeamte nicht reagierte, schob er sogleich eine weitere Erläuterung nach. »Reinke ist der Geburtsname unserer Mutter, falls Sie das noch nicht wissen sollten. Da Sie gefesselt sind, kann ich Ihnen jetzt leider nicht die Hand zur Begrüßung reichen.« Ein affektiertes Kichern, das in Hüsteln mündete.

Das ist die Erklärung für alles, zündete unterdessen in Tannenbergs Gehirn eine Leuchtrakete.

»Gerlinde Reinkes Drillinge wurden getrennt und erhielten im Laufe der Jahre drei verschiedene Familiennamen: Mattissen, Wischnewski und Rombach«, verkündete Jens. »Lustig, nicht wahr?«

Tannenberg war alles andere als zum Lachen zumute. Er fixierte Emmas Entführer mit einem stechenden Blick. »Ihre Mutter ist mit Lars in den Westen geflüchtet und hat Sie und Knut in der DDR zurückgelassen.«

Jens Rombachs Augen verengten sich zu schmalen Schlitzen. Er presste die Kiefer so fest aufeinander, dass sich die Kaumuskeln als kleine Erhebungen unter der geröteten Haut seiner Wangen abzeichneten. Dieser Satz schien ihn ins Mark getroffen zu haben.

»Das wissen Sie also schon«, erwiderte er mit belegter Stimme.

»Ja, und ich weiß darüber hinaus, dass Sie und Knut irgendwann danach adoptiert wurden«, sagte der beurlaubte Leiter des K 1 und setzte nach einer kurzen Pause hinzu: »Und zwar *zwangs*adoptiert wurden.«

»So kann man das nicht nennen, die Partei hat immer nur das Beste für uns alle gewollt«, kam prompt die Antwort zurück.

Gut einstudiert, wie auf Knopfdruck abrufbar, dachte Tannenberg. Du musst unbedingt cool bleiben, mischte sich seine innere Stimme ein. Du darfst ihn nicht weiter provozieren!

»Aha«, entgegnete er deshalb so neutral wie irgend möglich.

»Mir ist durchaus bekannt, wie sehr Sie hier im Westen unseren Staat gehasst haben. Und wissen Sie auch, warum Sie das getan haben und auch weiterhin tun werden?« Ohne eine Antwort abzuwarten, schob er geschwind nach: »Weil unser sozialistisches System Sie mit den unsozialen Schattenseiten Ihres angeblich so überlegenen Kapitalismus konfrontiert hat. Aber glauben Sie mir: Die Zeit für eine neue sozialistische Revolution wird kommen – und zwar schon sehr bald.«

Deine politische Meinung interessiert mich nicht die Bohne. Ich muss mehr Informationen aus dir rausholen, legte Tannenberg in Gedanken seine weitere Strategie fest.

»*Warum* haben Sie Emma entführt?«, fragte er mit betonten und gedehnten Worten.

Jens Rombach schien diese Frage nicht registriert zu haben, denn er blieb weiter bei seinem Thema: »Ihr habt doch alle überhaupt keine Ahnung, wie es bei uns wirklich war. Ich dagegen kann es sehr gut beurteilen. Ich war nämlich Insider. Ich habe an den Schaltstellen der Macht gesessen. Mein Adoptivvater war hoher SED-Funktionär und ich ranghoher Offizier unserer Nationalen Volksarmee.«

Tannenberg ereilte ein plötzlicher Geistesblitz, den er nicht für sich behalten konnte: »Das ist wohl die Erklärung dafür, weshalb uns die Damen im Rostocker Standes- und Jugendamt Ihre Existenz verschwiegen haben.«

Jens reckte drohend den Zeigefinger: »Passen Sie ganz genau auf, was ich jetzt sage: Sie werden es nicht glauben, aber im Gegensatz zu Ihrem Einzelkämpfer-System existiert im Osten nach wie vor ein starker Zusammenhalt unter den ehemaligen Volksgenossen. Auch nach dieser Scheiß-Wende, die nur eine Wende zum Schlechteren war.«

Von diesen kritischen Einlassungen unbeeindruckt, wiederholte der Kriminalbeamte wortwörtlich die kurz zuvor schon einmal gestellte Frage: »Warum haben Sie Emma entführt?«

»Na, warum wohl?«, gab Jens mit einem hämischen Grinsen zurück. »Weil sie ein adäquates Druckmittel für die Durchsetzung meiner Interessen ist, wie es eure Politiker und Lobbyisten nennen würden. Ein hervorragendes Druckmittel sogar. Das müssen Sie doch wirklich zugeben. Schließlich würden Sie alles für sie tun, nicht wahr?«

Tannenberg nickte mit zusammengepressten Lippen. »Aber wieso das alles?«, keuchte er. »Ich verstehe Ihr Motiv nicht.«

Jens krauste demonstrativ die Stirn und zog abschätzig die Mundwinkel nach oben. »Sie verstehen das nicht, Herr Hauptkommissar?«, höhnte er. »Sie enttäuschen mich aber gewaltig. Wo bleibt denn Ihre Fantasie? Stellen Sie sich doch einfach mal Folgendes vor: Ihr ganzes Leben über spüren Sie«, er hämmerte sich mit der Faust auf die linke Brust, »hier tief drinnen in Ihrem Herzen, dass Ihnen etwas ganz Entscheidendes fehlt. Teile Ihrer Existenz, die zu Ihnen gehören, wie Ihre Arme und Beine. Und zwar beide! Im Alter von drei Jahren wurde ich amputiert. Man hat mir meine beiden eineiigen Brüder geraubt.«

»Ja, aber dafür kann ich doch nichts. Es war schließlich Ihr System, das Sie und Ihren Bruder durch Zwangsadoptionen auseinandergerissen hat.«

»Nein, nein, das war nicht die eigentliche Ursache für diesen barbarischen Trennungsakt: Ihr imperialistischer Kapitalismus hat uns unserer Mutter und unseres dritten Bruders beraubt.«

»Aber das erklärt noch lange nicht Emmas Entführung«, versetzte der Kriminalbeamte.

»Doch, natürlich«, brüllte Jens Rombach mit sich überschlagender Stimme. »Sie *können* es eben nicht verstehen. Dazu müssten Sie einen Zwillingsbruder haben. Und ich hab zwei davon. Eineiige Zwillinge haben ein sehr enges Verhältnis zueinander, auch über große Distanzen hinweg. Man kann sie zwar räumlich trennen, aber nicht die Einheit ihrer Seelen. Seit ich denken kann, war ich unruhig, nie zufrieden, immer auf der Suche nach irgendetwas. Inzwischen weiß ich endlich, wonach: nach meinen beiden Brüdern – obwohl ich gar nicht wusste, dass es sie überhaupt gibt. Komisch, nicht wahr?«

»Wann haben Sie eigentlich erfahren, dass Sie zwei Zwillingsbrüder haben?«, wollte Tannenberg wissen.

Jens lachte. »Das war reiner Zufall. Im Internet bin ich irgendwann auf einen Bericht über spektakuläre Kriminalfälle gestoßen. Und was sehe ich da plötzlich? Das Foto eines mutmaßlichen Frauenmörders, der die Verunglimpfungen seiner verstorbenen Mutter gerächt hat, indem er irgendwelche Schlampen ihrer gerechten Strafe zugeführt hat. Es war *meine* Mutter, und es war *mein* Bruder. Und dieser Bruder sah fast ganz genauso aus wie ich.«

Ein Lächeln huschte über sein Gesicht. »Nur seine Frisur war etwas anders.« Er seufzte tief. »Ich habe dann natürlich recherchiert und unter anderem Knut, unseren dritten Bruder, gefunden.« Er stöhnte auf. »Aber da war er leider schon tot.«

Tannenberg brummte. »Und dann haben Sie sich in die Wahnvorstellung hineingeritten, *ich* sei für den Tod Ihres anderen Drillingsbruders verantwortlich.«

»Wahnvorstellung«, stieß Jens Rombach empört aus. »Dass ich nicht lache! Natürlich sind Sie dafür verantwortlich, dass ich mein letztes lebendes Familienmitglied verloren habe. Wer denn sonst? *Sie* haben es mir geraubt! *Sie* haben mein Leben dadurch endgültig zerstört!«

Nun stach Jens Rombach mit dem Finger wie ein Florettfechter auf den gefesselten Kriminalbeamten ein. »Es gibt keinen Grund mehr für mich weiterzuleben, denn wegen Ihnen habe ich auch noch das letzte Drittel meiner Seele verloren – und dies, bevor ich es überhaupt finden konnte.«

Jens packte Tannenberg an dessen Sakkokragen und brüllte ihm mit hochrotem Kopf entgegen: »Stellen Sie sich das doch einmal vor: Sie erfahren, dass Sie zwei Brüder haben, die dasselbe Erbgut wie Sie besitzen, und können noch nicht einmal ein einziges Wort mit ihnen wechseln – weil sie beide tot sind.« Er lockerte den Griff, ließ die Arme herabsinken und wiegte den Kopf hin und her. Dann schlug er die Hände vors Gesicht und wimmerte: »Sie sind an allem schuld.«

Der Typ ist wirklich total durchgeknallt, dachte Tannenberg und warf einen schnellen Blick auf seine Armbanduhr. Schon zwanzig vor zwölf. Ich muss unbedingt das Gespräch wieder auf Emma lenken.

»Woher wissen Sie eigentlich Emmas Namen?«, fragte er in einem betont sanften, aggressionsfreien Ton.

Ein Ruck ging durch Jens Rombachs Körper. Er hob den Kopf und blickte sein Gegenüber mit einem arroganten Gesichtsausdruck an. »Na, woher wohl? Weil wir Sie und Ihre Familie seit Monaten ausgespäht haben.« Wieder brüllte er los: »Sie haben nämlich im Gegensatz zu mir noch eine Familie.«

»Wer ist *wir*?«

»Das werden Sie gleich erfahren«, gab Jens barsch zurück. »Wollen Sie nicht zuerst noch die Lösung Ihres Kreuzworträtsels wissen?«

»Doch.«

Der Entführer nannte die Koordinaten, und Tannenberg schrieb die Buchstaben auf die Tafel: RELIEW. Im Kopf kehrte er die Lettern um und fügte sie in Gedanken zu der schon bekannten Buchstabenreihe hinzu:

WEILERBACHERSTRASSE

»Wie ich Sie kenne, basteln Sie gerade das Wort zusammen«, mutmaßte Jens Rombach. »Falls Sie Probleme damit haben sollten, gebe ich Ihnen einen kleinen, aber feinen Tipp: Spiegelschrift – also einfach alles von hinten nach vorne lesen.«

Darauf bin ich schon lange selbst gekommen, du Dödel, spottete Tannenberg im Stillen.

Mit einem zischenden Laut verbunden, führte Jens den gestreckten Zeigefinger vor seinen Mund. »Pscht, keinen Ton darüber! Sie dürfen den Straßennamen nicht aussprechen. Wenn Sie es doch tun sollten, werden Sie nicht mehr in der Lage sein, um Mitternacht das letzte Rätsel zu lösen.«

Welches letzte Rätsel?, fragte sich der Kriminalbeamte und entschloss sich, die erteilte Order widerspruchslos zu befolgen.

»Wer weiß, vielleicht stimmt diese Ortsangabe ja aber auch gar nicht«, schob Jens Rombach derweil kichernd nach.

23 Uhr 45

Jens warf den Kopf ins Genick und rief in Richtung des Felsenkopfes: »Los, komm runter. Unser Freund will endlich wissen, wer du bist.«

Tannenberg hörte raschelndes Laub, knackende Äste, dann sah er rechts im Augenwinkel eine menschliche Gestalt auftauchen. Er wollte nicht glauben, was er da sah: Aber es war tatsächlich Alexander Fritsche, der Mann, den er und Sabrina vor dem Hauptfriedhof entdeckt, verfolgt und in dessen Wohnung festgenommen und verhört hatten. Mit einem breiten Grinsen auf den Lippen baute sich der Stalker vor seinem Erzfeind auf. In jeder Hand hielt er ein Jagdgewehr mit Zielfernrohr.

»Ich dachte, Sie hätten ein felsenfestes Alibi für die Zeit, als Emma entführt wurde«, sagte der völlig verdutzte Leiter des K 1.

»Hab ich ja auch, denn *ich* habe den kleinen Wurm nicht entführt.«

»Nein, das war ich«, behauptete Jens, der nun direkt neben Fritsche stand.

Erst jetzt bemerkte Tannenberg etwas, das ihm

nun vollends die Sprache verschlug. Er traute seinen Augen nicht: Beide Männer trugen die gleiche sommerliche Kleidung, ja sogar identisch anmutende Sandalen. Da sie zudem in etwa die gleiche Körpergröße hatten, sahen sie auf den ersten Blick tatsächlich aus wie Zwillinge.

»Ein schöner Gag, unser Outfit, finden Sie nicht?«, meinte Jens. Als der versteinerte Kriminalbeamte nicht umgehend reagierte, schob er nach: »Wir wollen damit zum Ausdruck bringen, dass wir Zwillinge sind – und zwar im Geiste.«

»Du weißt sicherlich, warum wir das sind, oder?«, fragte Alex.

Tannenberg schüttelte lethargisch den Kopf.

»Dann sag ich es dir.« Die Stimme des Stalkers klang mit einem Mal weitaus bedrohlicher und entschlossener als noch Sekunden zuvor: »Auch mir hast du einen wesentlichen Teil meiner Seele geraubt. Nicht meinen Zwillingsbruder, nein, das nicht. Aber du hast mir trotzdem denselben Schmerz zugefügt, denn du hast mir die Liebe meines Lebens weggenommen. Den Menschen, der mir am meisten bedeutet auf der ganzen Welt. Den einzigen Menschen, den ich abgöttisch liebe.«

Wolfram Tannenberg war immer noch völlig durcheinander. Mann, reiß dich am Riemen und kämpfe! Es geht um Emmas Leben!, schimpfte seine innere Stimme.

Er schluckte hart, dann sagte er: »Ihr beiden habt also von Anfang an gemeinsame Sache gemacht.« Er stieß Luft durch die Nase und schnaubte dabei. »Ich glaub es einfach nicht.« Er ließ seinen fassungslosen Blick von dem einen Mann zum anderen hüpfen.

»Aber wie habt ihr denn überhaupt voneinander erfahren?«

»Allmählich enttäuschen Sie mich aber gewaltig«, entgegnete Jens. »Das ist doch nun wahrlich nicht schwer zu rekonstruieren. Ich habe natürlich alle möglichen Erkundigungen über Sie eingezogen. Unter anderem im Archiv Ihrer Lokalzeitung. Und da bin ich eben auch auf die Berichte über Alexanders Anschlag auf Sie gestoßen. Da war mir klar: Das ist genau der richtige Mann, den ich für meinen Plan brauche.«

»Dann hat er Kontakt zu mir aufgenommen«, riss Alexander Fritsche das Wort an sich. »Ich war natürlich sofort hellauf begeistert von seinem Vorhaben. Wir haben dann gemeinsam überlegt, wie wir dich wohl am besten bestrafen könnten. Unser Hass auf dich hat unsere Kreativität richtiggehend beflügelt. Wie fandest du eigentlich diese Todesanzeigen? Das war nämlich meine geniale Idee«, prahlte der Stalker.

Tannenberg schwieg.

»Oder diese netten Überraschungspäckchen. Das habe ich ausgeheckt«, ergänzte Jens mit stolzgeschwellter Brust.

Jens Rombach blickte auf die Uhr. »Gleich fünf vor zwölf. Welch eine symbolträchtige Uhrzeit! Wir müssen uns ein wenig beeilen.« Einige Sekunden grinste er dem gefesselten Kriminalbeamten frech ins Gesicht, dann fuhr er fort: »Denn die Zeit der Abrechnung naht. Sie wissen, welcher Tag in fünf Minuten beginnt?« Ohne auf Tannenbergs Reaktion zu warten, fügte er an: »Der 9. August. Sie wissen, was das für ein Datum ist?«

»Lars Mattissens Todestag«, seufzte Tannenberg.

»Richtig. Und an dem haben wir noch einiges mit Ihnen vor.«

»Und was?«

»Sie können es wohl kaum erwarten.«

Alex lehnte sein Jagdgewehr an den Felsen und hob einen Jutesack auf, der von Tannenberg bislang völlig unbeachtet ein paar Schritte von ihm entfernt auf dem Waldboden lag. Er entnahm ihm eine Rolle Paketband, begab sich zu seinem Erzfeind und klebte ihm zwei Stücke davon über den Mund. Als er damit fertig war, trat er zurück. Nun begab sich Jens zu Tannenberg und flüsterte ihm ins Ohr: »Natürlich haben wir in unseren Plan einkalkuliert, dass die Bullen uns hier eine Falle stellen werden.«

Ohne den Kopf merklich zu bewegen, wanderten seine Augen kurz nach beiden Seiten. Dabei sagte er: »Uns ist durchaus bekannt, dass diese Steilhänge mit Scharfschützen gespickt sind.«

Danach fixierte Jens sein Gegenüber abermals mit einem eiskalten, überheblichen Blick. »Selbstverständlich haben wir Ihnen unterstellt, dass Ihnen irgendetwas in der Art einfallen würde. Eher haben wir uns die ganze Zeit über gewundert, dass Sie uns so lange so überaus diszipliniert gehorcht haben.«

Emmas Entführer lachte hämisch. »Na ja, wie heißt es so schön: ›Angst essen Seele auf.‹ Habt ihr Wichte denn wirklich gedacht, ihr könntet *uns* eine Falle stellen? *Ihr* seid *uns* in die Falle getappt. Denn selbst Sie dürften inzwischen die verborgene Dramaturgie unseres Showdowns erraten haben, nicht wahr?«

Tannenberg starrte ihn weiterhin mit panisch aufgerissenen Augen an.

»Exakt eine Sekunde nach Mitternacht werden wir beide Ihnen zeitgleich zwei Kugeln in den Kopf jagen. Und zwar genau wie damals aus einem Jagdgewehr. Damit Sie dasselbe Schicksal ereilt, wie es mein armer Zwillingsbruder erleiden musste. Aber vorher sollten Sie noch schnell Ihr letztes Rätsel lösen.« Mit lauter Stimme wandte er sich an seinen Komplizen. »Alex, schick ihm die MMS.«

Alexander Fritsche zückte sein Handy und hantierte daran herum. Unterdessen zog Jens Tannenbergs Handy aus dessen Sakko, kontrollierte, ob es auch eingeschaltet war, und drückte es ihm anschließend in die gefesselte rechte Hand.

Zitternd tippte Tannenberg auf die entsprechende Taste. Auf dem Display erschien ein Digitalfoto: Es zeigte ein vergittertes Kellerfenster, in das *zwei* Schläuche eingelassen waren. Die beiden Gartenschläuche führten in verschiedene Richtungen von der Hauswand weg.

Natürlich war Tannenberg sofort klar, was dies bedeutete: eine Verdopplung der Wassermenge und damit eine Halbierung der Füllzeit des Kellerraums. Er brauchte nicht lange nachzurechnen: Die Zeit war bereits abgelaufen.

»Da staunen Sie jetzt aber, was? Man sollte Fotos eben grundsätzlich nicht trauen. Die können ganz leicht manipuliert werden. Einfach wunderbar, dass dieses schöne Häuschen zwei Außenwasserhähne besitzt, meinen Sie nicht auch? Nach meiner Berechnung wurde Emmas Verlies bereits um 22 Uhr 30 vollständig geflutet.«

Tannenberg versuchte zu schreien. Aber aufgrund des Klebebandes hörte man nur ein kehliges Stöhnen, das von hochtonigem Jaulen unterbrochen wurde. Wie von Sinnen riss er an den Handfesseln, schleuderte die Beine in Richtung seiner Peiniger und trat wie ein wild gewordenes Pferd nach ihnen. Der Oberkörper schlug zurück auf die Felswand. Ein höllischer Schmerz fuhr ihm in alle Glieder.

Mit gemächlichen Schritten schlenderten Jens Rombach und Alexander Fritsche zurück zu ihrem Auto. Jens schaltete das Fernlicht wieder ein. Nun standen die beiden wie Zwillinge gekleideten Männer links und rechts neben den grellen Halogenscheinwerfern. Der riesige Sandsteinfelsen wurde in gleißendes Licht getaucht.

Tannenberg hatte das Kinn zur Brust hin abgesenkt. Sein willenloser Körper hing schlaff in den Seilen. Er hatte sich seinem unausweichlichen Schicksal ergeben. Ja, er sehnte sogar seinen Tod herbei. Er wollte nicht mehr weiterleben.

Emma ist tot, hörte er eine kreischende Stimme in seinem Kopf.

Und ich ganz allein bin schuld daran.

Das abgekartete Spiel dieser Psychopathen hatte von vornherein nichts anderes im Sinn, als Emma und mich zu vernichten.

Nie hatte Emma auch nur den Hauch einer Überlebenschance.

Sie war gleichermaßen Köder und Opfer dieses irrsinnigen Rachefeldzuges.

Die beiden Männer legten die Flinten an und nahmen mit ihren Zielfernrohren Tannenbergs Kopf ins Visier.

Wie sonst nur an Silvester zählte Jens Rombach mit Seitenblick auf seine Armbanduhr die letzten Sekunden des zu Ende gehenden Tages laut herunter: »Fünf, vier, drei, zwei, eins.«

Zwei nahezu zeitgleiche Schüsse peitschten durch die Mondnacht und erzeugten einen gespenstischen Halleffekt.

Alles vorbei, war Tannenbergs letzter Gedanke.

Freitag, 9. August

24 Uhr

Leuchtstarke Scheinwerfer verwandelten den Waldparkplatz zu einer beleuchteten Freilichtbühne. In Kampfanzüge gehüllte SEK-Einsatzkräfte stürmten die Hänge herunter, vom Naturfreundehaus her hörte man Stimmengewirr und lautstarke Kommandoschreie.

Als Dr. Schönthaler am Ort des Geschehens eintraf, hechtete er sofort zu seinem leblos in den Gurten hängenden Freund. Ein routinierter Gerichtsmedizinerblick genügte: Tannenberg wies keinerlei äußere Verletzungen auf. Er war nur ohnmächtig. Rainer Schönthaler tätschelte ihm die Wangen, während er vorsichtig die Klebebänder von seiner Mundpartie zog.

Blinzelnd schlug Tannenberg die Augen auf.

»Dreht mal das verdammte Licht runter«, blaffte der Pathologe in Richtung der Scheinwerfer.

»Was ist passiert?«, hauchte Tannenberg. »Was ist mit Emma?«

»Du bist unverletzt. Das SEK hat die beiden Irren erschossen«, berichtete Dr. Schönthaler im Telegrammstil. Er zuckte mit den Schultern. »Was mit Emma ist, weiß ich leider nicht. Haben die dir nicht gesagt, wo sie ist?«

Michael Schauß befreite derweil seinen Chef von den Fesseln.

Tannenberg rieb sich geistesabwesend die Handgelenke. »Sie soll irgendwo in der Weilerbacherstraße in einem Keller versteckt sein.« Er warf sich seinem Freund weinend um den Hals. »Aber sie ist schon seit eineinhalb Stunden tot.«

»Woher weißt du das?«, fragte der Rechtsmediziner geschockt.

»Rombach hat es gesagt. Diese Schweine haben *zwei* Schläuche in das Kellerfenster gesteckt.«

»Oh Gott«, stöhnte Dr. Schönthaler. Dann drückte er seinen Freund von sich weg und fasste ihn scharf ins Auge. »Wir müssen auf alle Fälle so schnell wie möglich dorthin fahren. Wer weiß, vielleicht haben wir ja Glück und die Scheibe ist geplatzt oder ein Schlauch hat sich gelöst.«

Wolfram Tannenbergs Gesicht leuchtete auf.

»Und wo in der Weilerbacherstraße?«, setzte der Pathologe nach.

»Keine Ahnung. Hausnummer hab ich leider keine.«

»Aber ich«, verkündete Michael Schauß.

Die beiden Freunde blickten ihn mit verblüffter Miene an.

Der junge Kommissar hatte sein Notizbuch gezückt und las vor: »Weilerbacherstraße 214. Da besitzt dieser Fritsche ein Haus.«

In diesem Augenblick traf Sabrina mit ihrem Dienstwagen bei ihren Kollegen ein. Die drei Männer sprangen in den silbernen Mercedes. An der Stelle, an der das Auto der Entführer stand, wurden sie von Mertel gestoppt.

Der Kriminaltechniker hielt eine der Waffen in die Höhe und sagte: »Beide sind tot – jeweils Kopfschuss. Ihre Jagdgewehre waren nicht geladen.«

»Scheiße«, zischte Tannenberg, während Sabrina mit Sirene und Blaulicht losbrauste. »Da hast du schon wieder deine bescheuerte Duplizität der Ereignisse«, herrschte er seinen Freund an: »Genau wie bei Lars, da war auch keine einzige Patrone im Magazin. Die wollten von uns erschossen werden. Was für ein verfluchtes Scheißspiel.«

»Ja, aber damit ist jetzt ein für alle Mal Schluss.«

»Von wegen: Ist dir denn nicht klar, dass die mich gar nicht erschießen wollten?«

»Was?«

Tannenberg packte seinen Freund am Arm.

»Ich hab's kapiert: Dieser verdammte Plan hatte von vornherein nichts anderes zum Ziel, als *mich* am Leben zu lassen«, sagte er und ergänzte schniefend, »und *Emma* zu töten.« Dann wurde er von einem neuerlichen Weinkrampf überfallen.

Dr. Schönthaler legte ihm tröstend eine Hand auf die Schulter. »Du glaubst, das Perfide an diesem Plan besteht darin, dich nicht zu töten, sondern dich dadurch zu bestrafen, dass du am Leben bleiben musst. Du sollst damit leben müssen, für Emmas Tod verantwortlich zu sein. Jeden Tag sollst du damit gequält werden. Eine lebenslange Psychofolter.«

»Damit kann ich nicht leben«, jammerte Tannenberg mit bebender Stimme. »Dann bring ich mich lieber um.«

Mit hoher Geschwindigkeit jagte das silberne Zivilfahrzeug durch das in fahles Mondlicht getauchte Moosalbtal. Eine plötzlich auftauchende Wildschweinrotte nötigte Sabrina zu einer scharfen Vollbremsung. Da sich ihr Chef nicht angeschnallt hatte, knallte er mit der Stirn an die Scheibe und zog sich eine dicke Beule zu. Am Walzweiher schwenkte die junge Kommissarin in die B 270 ein.

Bis auf diesen kleinen Zwischenfall kauerte Tannenberg die ganze Fahrt über auf dem Beifahrersitz. Seine Hände umklammerten krampfhaft die zitternden Oberschenkel. Mit geschlossenen Augen schickte er ein Stoßgebet nach dem anderen in den schwarzgrauen Nachthimmel: Bitte, bitte, lieber Gott, mach, dass Emma lebt, bitte, bitte.

Als auf der linken Seite der Gelterswoog auftauchte, musste er unweigerlich an den Badeausflug vor nunmehr knapp zwei Wochen zurückdenken. Vor seinem geistigen Auge lief ein kurzer Videoclip ab, der Emma zeigte, wie sie im seichten Uferwasser saß und fröhlich planschte.

»Scheiß-Wasser!«, fauchte Tannenberg ein paarmal vor sich hin.

Der Mercedes war in einem Höllentempo durch Hohenecken und die Vogelweh gerast, am Straßenstrich in der Kaiserstraße vorbeigebrettert und erreichte nun den Einsiedlerhof.

24 Uhr 25

»Rechts und nach der Brücke links«, dirigierte Michael Schauß von der Rückbank aus.

Schon bald entdeckten sie das gesuchte Haus. Das Grundstück war von einer dichten Ligusterhecke eingefriedet. Freie Sicht auf das unscheinbare Einfamilienhäuschen war nur von der Garageneinfahrt her möglich.

Während Michael Schauß zur Haustür hastete und Sturm läutete, rannte Tannenberg um das Haus herum. Sabrina und Dr. Schönthaler folgten ihm. Auf der Rückseite des Hauses stießen sie auf ein von innen beleuchtetes Kellerfenster, in dem ein gelber und ein grüner Gartenschlauch steckten. Sabrina hechtete sogleich zu dem an der linken Ecke der Außenwand angebrachten Wasserhahn, der Pathologe zu dem, der sich an der Rückfront der Garage befand. Mit hektischen Handgriffen drehten sie das Leitungswasser ab. Tannenberg hastete derweil zu dem vergitterten Fenster, fiel davor auf die Knie, riss die Schlauchenden heraus.

»Emma, hörst du mich? Emma, wo bist du?«, schrie er, so laut er nur konnte.

Zu seiner großen Erleichterung hatte der Wasserpegel noch nicht einmal die Spitze des gemauerten Sockels erreicht. Emma lag also im Trockenen. Tannenberg rief erneut ihren Namen, doch das kleine Mädchen rührte sich nicht.

Tannenberg sprang auf, eilte die Kellertreppe hinunter und wollte gerade versuchen, die Holztür einzutreten, als ihm bewusst wurde, dass er gar keine Schuhe an den Füßen trug. Michael schob ihn zur Seite und trat mit voller Wucht gegen das Schloss. Im dritten Anlauf splitterte das Holz, und die Tür schwang auf. Tannenberg drängte sich an ihm vorbei und stürmte in den Kellerflur.

»Das muss sie sein«, brüllte er, als er die Feuerschutztür sah. Hektisch begann er an den Metallschiebern zu ziehen und zu rütteln, aber aufgrund des enormen Wasserdrucks gaben sie keinen Millimeter nach. Seine Mitstreiter durchsuchten daraufhin den Keller. Dr. Schönthaler entdeckte einen Vorschlaghammer und brachte ihn seinem Freund.

»Ihr solltet euch jetzt besser verziehen. Es reicht, wenn einer nass wird.«

»Quatsch, mitgegangen, mit nass geworden«, stellte der Rechtsmediziner unmissverständlich klar. »Wolf, du solltest vielleicht zuerst den Schlüssel umdrehen, bevor du weiter an den Riegeln herumhämmerst.«

Wolfram Tannenberg nickte und befolgte den Rat.

»Soll ich nicht besser weitermachen?«, schlug der junge Kommissar in Anbetracht der erlahmenden Kräfte seines Chefs vor.

»Ja, mach. Ich, ich kann nicht mehr«, hechelte Tannenberg, stellte den schweren Hammer auf den Boden und trat zwei Schritte zurück. »Aber pass ja auf, dass dich die Tür nicht umhaut.«

»Klar. Ich halte Sicherheitsabstand.«

Ein letzter kraftvoller Schlag, und auch der dritte Metallschieber schlug zurück bis zum Anschlag. Am Türrahmen sickerte bereits Wasser herunter. Nun hinderte nur noch der massive Türschnapper die Feuerschutztür am Aufspringen. In Erwartung der beträchtlichen Wassermassen, die sich gleich in den Keller ergießen würden, stellte sich Michael Schauß mit dem Rücken zur Wand und donnerte den Vorschlaghammer auf die Metallklinke.

Die Tür schleuderte in den Flur, das Wasser schoss in einem wahren Sturzbach heraus und verteilte sich in Windeseile in den Kellerräumen, deren Türen der Rechtsmediziner in weiser Voraussicht geöffnet hatte. In Sekundenschnelle war der ganze Spuk vorüber.

Im nun nicht einmal mehr knietiefen Wasser wateten alle in den zu einem Gefängnis umfunktionierten Kellerraum.

Dr. Schönthaler stapfte zu dem Gitterbettchen, umfasste Emmas Handgelenk und suchte ihren Pulsschlag. Seine ernsten Gesichtszüge entspannten sich.

»Sie lebt«, verkündete er in einen gewaltigen Stoßseufzer der Erleichterung hinein.

»Der NAW ist bereits verständigt«, erklärte Sabrina.

»Gut«, gab Tannenberg zurück. An den Mediziner gerichtet, schob er nach: »Aber warum rührt sie sich dann nicht?«

»Ich nehme an, sie haben ihr ein Schlafmittel verabreicht.«

»Hoffentlich keine Überdosis«, stöhnte Tannenberg. Seine Mimik drückte nach wie vor große Besorgnis aus. »Komm, Michael, hilf mir mal, dieses verdammte Ding runterzuheben.«

Schauß arbeitete sich zur anderen Seite des Kinderbettchens vor. Behutsam hievten die beiden kräftigen Männer den Gitterkäfig auf Hüfthöhe herunter. Dr. Schönthaler klappte den Deckel hoch und nahm Emma vorsichtig auf den Arm.

Die Kleine atmete ruhig und gleichmäßig. Sie sah aus wie ein schlafender Engel. Tannenberg streichelte sanft über ihre rosige Wange und drückte ihr einen zarten Schmatz auf die Stirn.

»Los, Leute, nichts wie raus aus dieser verfluchten Gruft.«

Bis auf Michael, der sich ein wenig in Alexander Fritsches Haus umschauen wollte, befolgten alle seine Anweisung. Draußen im Freien, wo sie eine wolkenlose, milde Sommernacht empfing, setzte sich Dr. Schönthaler auf einen Gartenstuhl und wiegte sein Patenkind in den Armen.

Tannenberg bat Sabrina um ihr Handy. Er wandte sich von den anderen ab und wählte Heiners Nummer. Er war derart von den unerwartet erfreulichen Ereignissen ergriffen, dass er zunächst keinen Ton herausbrachte. Sein Bruder beschwerte sich bereits wortreich über den stummen nächtlichen Anrufer, als dieser endlich seine Sprache wiederfand.

»Wir haben Emma gefunden. Sie lebt«, kam es abgehackt und gepresst aus seinem Mund. Erst nach einigen tiefen Atemzügen hatte er seinen Gefühlsausbruch im Griff und konnte weitersprechen. »Kommt alle sofort zu uns«, forderte er. »Weilerbacherstraße 214. Das ist auf dem Einsiedlerhof.«

24 Uhr 55

Als etwa zehn Minuten später der Notarztwagen bei ihnen eintraf, war Emma bereits hellwach. Sie saß auf Tannenbergs Schoß und spielte Hoppe-Hoppe-Reiter mit ihm. Da sie sich offenkundig bester Gesundheit erfreute, bat Dr. Schönthaler seinen Medizinerkollegen, mit Emmas Untersuchung zu warten, bis ihre Mutter eingetroffen sei.

Es dauerte keine fünf Minuten mehr, bis der gesamte Tannenberg-Clan angerollt kam. Selbst Hanne und Kurt waren dabei. Natürlich preschte Kurt als Erster vor. Aus lauter Wiedersehensfreude warf er sein Herrchen fast vom Stuhl.

Als Emma den bärigen Mischlingshund entdeckte, streckte sie ihre Händchen nach ihm aus und rief »Urt, Urt- muuuusen!« Kurt bedankte sich für die nette Begrüßung dadurch, dass er ein paarmal ihr Gesicht mit seiner riesigen Zunge abschleckte. Dann legte er sich zu Tannenbergs Füßen ab. Quietschend warf sich Emma auf sein zottiges Fell und kuschelte sich eng an die bärenartige, gutmütige Hundedame.

Marieke und Max gerieten verständlicherweise völlig aus dem Häuschen, als sie nach dieser fürchterlich langen Leidenszeit endlich ihre Tochter wieder in die Arme schließen konnten. Sie stürmten auf ihren kleinen Schatz zu, herzten, schmusten, drückten, streichelten, küssten alle frei liegenden Stellen, sogar die Fußsohlen, während ihnen die Tränen nur so die Wangen hinunterrannen.

Es spielten sich kaum beschreibbare Szenen ab. Die ganze Familie befand sich in einem regelrechten Glückstaumel. Abwechselnd weinend, lachend, johlend und singend lagen sie sich in den Armen oder zogen sich, von ihren Gefühlen überwältigt, eine Weile in eine Ecke des weitläufigen Grundstücks zurück.

»Du, ich bin völlig baff, dass Emma die Entführung und ihre Gefangenschaft so locker weggesteckt hat«, meinte Tannenberg, als er abseits von den anderen auf seinen besten Freund traf.

»Kinder in diesem Alter sind zum Glück psychisch weitaus robustere Wesen, als sich viele Erwachsene gemeinhin vorstellen können.«

»Ich hab befürchtet, dass sie extrem traumatisiert sein wird, wenn wir sie finden – und jetzt so was!«

»Na, mein Lieber, lass dich mal nicht täuschen, da kommt noch etwas nach. Ganz so spurlos wird diese Sache sicherlich nicht an ihr vorübergehen. Aber sie hat ja das große Glück, dass sie in eine wunderbare Familie eingebettet ist.«

»Das hast du wirklich schön gesagt«, freute sich Tannenberg. »Und zudem hat sie den besten Patenonkel, den man weit und breit hat auftreiben können.«

»Na, alter Junge, jetzt hör aber mal auf, mich aus purem Übermut so ekelhaft anzuschleimen. Das ist ja geradezu peinlich. Du weißt schließlich ganz genau, dass Marieke und Max gar nicht lange nach einem Patenonkel für Emma gesucht haben, sondern gleich den Erstbesten genommen haben. Und das war halt mal ich«, sagte er mit einem Augenzwinkern.

»Dir kann man's aber auch nie recht machen.« Tannenberg schmunzelte. Sein Blick hakte sich an dem vergitterten Kellerfenster fest. Nach wie vor brannte im Innern das Licht. »Weißt du, was ich nicht verstehe?«

»Na ja, wahrscheinlich vieles, so wie immer«, scherzte Dr. Schönthaler.

»Nun aber mal im Ernst.«

»Kennst du diesen schönen Spruch: Aus Spaß wurde Ernst – Ernst lernt jetzt laufen.«

»Rainer, komm. Ich hab wirklich ein Problem damit.«

»Womit?«

»Haben diese beiden Irren etwa am Ende gar nicht vorgehabt, Emma zu töten, sondern …«

»Du meinst, weil das Wasser nicht so hoch stand,

wie es nach ihren Berechnungen eigentlich hätte stehen müssen?«

»Ja, genau.«

Der Rechtsmediziner schüttelte den Kopf. »Nein, nein, ich glaube nicht an diese Gutmenschen-Version. Der Plan dieser Psychopathen war von vornherein einzig und allein auf Emmas Tod ausgerichtet. Um dich damit lebenslang zu quälen. Freundlicherweise haben diese netten Herren dich ja zuerst das letzte Rätsel lösen lassen und dir dann freudestrahlend eröffnet, dass Emma bereits seit eineinhalb Stunden tot ist, eigentlich auch hätte tot sein müssen. Wenn, ja, wenn diese Typen nicht einen gravierenden Fehler begangen hätten.«

»Und welchen?«

»Ihr entscheidender Denkfehler bestand darin, dass sie den Test mit der Durchflussmenge wohl irgendwann morgens oder mittags durchgeführt haben. Von diesem Ergebnis ausgehend, haben sie dann hochgerechnet, wie lange es dauern wird, bis der Kellerraum bis zur Decke vollgelaufen ist.« Dr. Schönthaler reckte theatralisch den Zeigefinger in die Höhe. »Sie haben nämlich den hohen Wasserverbrauch der Nachbarschaft nicht berücksichtigt.«

Er führte mit seinem rechten Arm eine ausladende Bewegung durch. »Schau, Wolf, die meisten dieser Leute da draußen haben zu Emmas großem Glück heute Nachmittag und Abend gleichzeitig ihre Rasen gesprengt, Swimmingpools gefüllt, Gärten gewässert, geduscht und was weiß ich womit noch kostbares Trinkwasser verschwendet.«

»Wodurch sich die Durchflussgeschwindigkeit

enorm reduziert hat«, ging Tannenberg nun endlich ein Licht auf.

Dr. Schönthaler klopfte ihm grinsend auf die Schulter. »Ich hab doch schon immer gewusst, dass du ein wirklich schlaues Kerlchen bist.«

»Wolf, kommst du bitte mal zu uns«, rief plötzlich Marieke von der anderen Ecke des Gartens her.

Gemeinsam mit seinem besten Freund schlenderte der Kriminalbeamte hinüber zu seiner Großfamilie, die mit gesenkten Köpfen im Halbkreis beisammenstand. Ihre Blicke schienen sich in den Rasen hineinzubohren.

»Was ist denn mit euch los?«, fragte Tannenberg.

Marieke räusperte sich verlegen und sagte: »Wir alle möchten uns bei dir entschuldigen.«

»Ach was, nicht nötig«, entgegnete er mit einer abwinkenden Handbewegung.

»Doch«, gab seine Nichte zurück. Jeder sah, dass sie alle Mühe hatte, die aufsteigenden Tränen zurückzuhalten. Sie schnäuzte sich dezent die Nase und fuhr fort: »Wir waren sehr ungerecht zu dir. Wir haben dich für Emmas Entführung verantwortlich gemacht. Wir haben dich beschimpft und …« Sie konnte nicht mehr weitersprechen. Ihr bildhübsches Gesicht wurde von wilden Zuckungen heimgesucht, sie schluchzte, bebte am ganzen Körper.

»Ach, Marieke, jetzt mach dir doch mal keine Gedanken.«

»Mach ich aber. Das war so gemein von uns, besonders von mir«, stieß sie mit sich überschlagender Stimme aus.

Auch Tannenberg konnte nun seine aufgestauten Emotionen nicht mehr länger bändigen. Weinend nahm er seine geliebte Nichte in den Arm und drückte sie ganz fest an sich. »Das war nicht gemein, mein Schatz, das war nur normal. Jeder an eurer Stelle hätte genauso reagiert, auch ich. Außerdem wäre es ohne meinen blöden Job erst gar nicht so weit gekommen.«

Marieke löste sich von ihrem Onkel und hauchte ihm einen zärtlichen Kuss auf die Nasenspitze. Nachdem er noch einmal jedes einzelne Familienmitglied herzlich umarmt hatte, nahm Hanne ihn bei der Hand und zog ihn in einen abgelegenen Teil des Grundstücks.

Hinter der Garage lagen sie sich eine Weile schmusend in den Armen und wiegten sich sanft hin und her. Hanne legte ihre Wange an sein Ohr und flüsterte: »Ich bin unglaublich stolz auf dich. Diese Strapazen hätten nicht viele durchgehalten.«

Tannenberg blickte tief in ihre blauen Augen. »Danke, dass du das gesagt hast. Das tut wirklich gut. Hanne, ich liebe dich.«

Johanna strahlte über beide Ohren. »Das hast du mir noch nie gesagt.«

»Tut mir ja auch wirklich leid, aber ich musste es jetzt einfach mal loswerden.«

2 Uhr

Obwohl der Notarzt im Rahmen einer ersten, oberflächlichen Untersuchung bei Emma keinerlei Verletzungen oder sonstige gesundheitliche Auffälligkeiten festgestellt hatte, brachten Marieke und Max ihre kleine Tochter sicherheitshalber zur weiteren fachärztlichen Begutachtung in die Kinderklinik. Der Rest der Familie fuhr nach Hause.

Tannenberg und seine Kollegen blieben dagegen noch an Ort und Stelle. Inzwischen waren die Mitarbeiter der Spurensicherung, aber auch Kriminaldirektor Eberle und der Oberstaatsanwalt in dem unscheinbaren Einfamilienhaus in der Weilerbacherstraße eingetroffen. Selbstverständlich wurde die unbefristete Beurlaubung des K-1-Leiters umgehend außer Kraft gesetzt. Zudem verzichtete man auf jegliche Vorwürfe oder Belehrungen.

Inzwischen hatte auch die Presse Wind von dem ebenso glücklichen wie spektakulären Ende der Kindesentführung bekommen. Als die Journalisten in Begleitung ihrer Fotografen erschienen, spielte sich Dr. Hollerbach wieder derart unerträglich in den Vordergrund, dass sich Tannenberg angewidert ins Innere des Einfamilienhauses zurückzog.

Gemeinsam mit Dr. Schönthaler betrat er den Raum des Hauses, dessen Wände Jens Rombach und Alexander Fritsche nahezu vollständig mit Zeitungsausschnitten über Tannenbergs Kriminalfälle und postergroßen Fotos tapeziert hatten. Darauf waren sowohl Rombachs Zwillingsbrüder abgebildet als auch Johanna von Hoheneck, deren Porträtfotos mit kitschigen roten Herzchen und dem Zusatz ›In ewiger Liebe – dein Alex‹ bemalt waren.

»Na, das ist aber mal etwas wirklich Originelles«, frohlockte der Rechtsmediziner, als er die Dartscheibe mit dem aufgeklebten Kopf seines Freundes entdeckte. »Das Ding nehm ich mir nachher mit nach Hause.«

Er zog einen Wurfpfeil aus der Scheibe, ging ein paar Schritte zurück, zielte – und bohrte ein weiteres Loch in das bereits stark durchlöcherte Konterfei.

Tannenberg schüttelte amüsiert den Kopf und sprach denselben Satz noch einmal aus, den er knapp zwei Wochen zuvor schon einmal zum Besten gegeben hatte, und zwar an dem Tag, an dem ihm sein Freund einige provokative Geburtstagsgeschenke überreicht hatte: »Wenn man solche Freunde hat, braucht man wirklich keine Feinde mehr.«

ENDE

Website des Autors:
www.tannenberg-krimis.de

Weitere Krimis finden Sie auf den folgenden Seiten und im Internet: www.gmeiner-verlag.de

BERND FRANZINGER
Zehnkampf

368 Seiten, Paperback.
ISBN 978-3-8392-1086-4.

UNTER BESCHUSS Tannenbergs Neffe nimmt an einem Zehnkampf teil. Während des 100m-Laufs wird ein Sprinter von der Kugel eines Heckenschützen niedergestreckt. Am nächsten Tag entdeckt man in einer Weitsprunggrube einen Sportler, der ebenfalls mit einem Präzisionsschuss getötet wurde. Der heimtückische Killer hat sich offenbar zum Ziel gesetzt, innerhalb eines engen Zeitfensters zehn Menschen mit jeweils nur einem einzigen Schuss zu töten. Plötzlich gerät Kommissar Tannenberg selbst ins Fadenkreuz …

BERND FRANZINGER
Leidenstour

327 Seiten, Paperback.
ISBN 978-3-8392-1016-1.

HÖLLENRITT Für den Jungprofi Florian Scheuermann geht ein Lebenstraum in Erfüllung: Er darf an der diesjährigen Tour de France teilnehmen. Doch seine anfängliche Euphorie verfliegt schnell, als im Trainingslager ein Mechaniker seines Teams mit einer Fahrradkette erdrosselt wird.

Kommissar Wolfram Tannenberg ermittelt fieberhaft. Gibt es einen Zusammenhang zwischen dem Mord und den Dopingpraktiken, mit denen auch Florian konfrontiert wird? Der verheißungsvolle Karrierestart entwickelt sich zum Albtraum …

GMEINER

Wir machen's spannend

BERND FRANZINGER

Jammerhalde

324 Seiten, Paperback.
ISBN 978-3-89977-727-7.

NEUE MORDE IM PFÄLZERWALD An der Jammerhalde, einem düsteren Nordhang im Pfälzerwald, wurde im Dreißigjährigen Krieg ein grausames Massaker verübt. An diesem geschichtsträchtigen Ort wird ein auf bestialische Weise verstümmelter Leichnam entdeckt, dem schon bald weitere folgen sollen. Die Suche nach dem Serienmörder führt Hauptkommissar Wolfram Tannenberg zu einem Historikerverein, bei dem auch seine neue Herzdame Mitglied ist …

BERND FRANZINGER

Bombenstimmung

325 Seiten, Paperback.
ISBN 978-3-89977-684-3.

BOMBENSTIMMUNG BEI DEUTSCHLANDS BELIEBTESTER QUIZ-SHOW Hauptkommissar Wolfram Tannenberg fiebert dem Ereignis des Jahres entgegen. Deutschlands beliebteste Quiz-Show gastiert in seiner Heimatstadt. Mit von der Partie ist seine Familie: Vater, Bruder und Neffe nehmen als Kandidatenteam an dem Quiz in der ausverkauften Stadthalle teil.

Mitten in der Livesendung meldet sich ein skrupelloser Erpresser und fordert den Hauptgewinn von 10 Millionen Euro. Er behauptet, mehrere Sprengsätze im Keller des Gebäudes deponiert zu haben und droht diese zu zünden. Als zwei Bomben in der Nähe der Halle explodieren, wird Tannenberg klar, dass ihm nur noch wenig Zeit bleibt, um eine Katastrophe zu verhindern …

GMEINER

Wir machen's spannend